# Der unendliche Traum

Richard Paul
Evans

# Der unendliche Traum

Deutsch von Michaela Link

**Weltbild**

Originaltitel: *The Locket*
Originalverlag: Simon & Schuster, Inc.

Besuchen Sie uns im Internet:
*www.weltbild.de*

## Der Autor

Richard Paul Evans ist der Autor mehrerer sehr erfolgreicher Bücher, die jeweils in fast zwanzig Sprachen übersetzt und teilweise für das Fernsehen verfilmt wurden. Alle seine Romane gelangten auf die Bestsellerliste der *New York Times*. Weltweit wurden über 13 Millionen Exemplare seiner Bücher verkauft. Evans ist der Gründer des *Christmas Box House International,* einer Organisation, die es sich zum Ziel gemacht hat, missbrauchten und verstoßenen Kindern zu helfen. Er lebt mit seiner Frau Keri und den fünf gemeinsamen Kindern in Salt Lake City, Utah.

# Danksagung

*»Einen Roman zu schreiben ist nicht weiter schwer«, schrieb einmal ein Romancier, »öffne dein Herz und gib all dein Herzblut für dein Buch«. In meiner Geschichte steckt viel Herzblut. Ich stehe in der Schuld meines Großvaters, Marius O. Evans, und meines Freundes Tom Sanford, die beide mit ihrem Blut zu meinem Roman beigetragen haben.*

Bedanken möchte ich mich bei vielen: Wie immer bei meiner Freundin und Staragentin Laurie Liss für ihr Vertrauen und ihre Liebe und bei meiner Lektorin Laurie Chittenden für ihre wertvollen Einsichten, ihre Inspiration und ihre Beiträge – und dafür, dass sie meine Geschichten liebt. Ich bin dankbar für die Möglichkeit, mit Ihnen zu arbeiten, Laurie. Brandi Anderson danke ich für ihre ausgezeichnete Hilfe bei meinen Recherchen. Ein weiteres Dankeschön geht an meine Mannschaft: Barry Evans, Melyssa Romney, Lisa May und Elaine Peterson. David Rosenthal und Annik LaFarge haben stets mit hingebungsvoller Unterstützung zu Erfolg und Glanz beigetragen. Carolyn Reidy danke ich für ihr unablässiges Interesse an meinen Büchern. Danke, Carolyn, für das Cover. Ein Danke auch an Isolde C. Sauer und Chuck Antony sowie Jackie Seow. Das Vertriebsteam von Simon & Schuster hat alles erst möglich gemacht: Danke. Des Weiteren danke ich dem *New-York-Times*-Journalisten Rick Bragg, einem Schreiber nach dem Geschmack eines Schriftstellers, der im Laufe eines Morgens eine Tür wieder aufgestoßen hat, die ich Jahre zuvor sicher verschlossen zu haben glaubte; Kris Rogers aus der Riege der Pflichtverteidiger von Salt Lake City; Detective

Steve Cheever vom s l c Police Department; Ron Stromberg und Nancy Stallings vom Erwachsenenhilfswerk; Carin Hadley vom Holladay Gesundheitsdienst; Kent Vandegraff vom Weber State College; Christine Johnson von der Denkmalpflege; und meiner Lesegruppe (oder meinen Lesegroupies) in Colorado.

Verstorben ist leider mein lieber Freund, Leser und Fürsprecher der Christmas-Box-Kinderschutzhäuser, Ken Bell. Wir lieben und vermissen dich.

*Für Keri*
*und für Gott, zum Dank, dass er sie mir nicht genommen hat.*

*Du sollst deinen Vater und deine Mutter ehren,*
*auf dass du lange lebest in dem Lande, das dir der Herr,*
*dein Gott, geben wird.*

*2. Buch Mose 20,12*

*Glaube. Glaube an dein Schicksal und den Stern,
von dem es leuchtet.
Glaube, dass Gott dich geschickt hat als einen Pfeil
von seinem Bogen.*

*Das ist der eine universale Weg, dem die Großen
dieser Welt gefolgt sind; die Schatten werden derweil
bevölkert von Geistern, die sich mit jammernden Klagerufen
auf den Lippen in alle Winde treiben lassen.*

*Glaube, als hinge dein Leben davon ab, denn wahrlich,
das tut es.*

*Auszug aus Esther Huishs Tagebuch*

# Prolog

Es heißt, als Mann müsse man sich schämen, von Gefühlen zu sprechen – und ist es nicht genau das, was man tut, wenn man eine Liebesgeschichte erzählt? Sollte dieser Gleichmut tatsächlich eine Tugend sein, habe ich sie bisher allerdings darin nicht erkennen können, und wenn ich auch nicht die Kraft habe, diesem Dogma zu widersprechen, so bin ich doch auch nicht bereit, mich ihm zu beugen. Daher erzähle ich meine Geschichte einfach so, wie sie ist. Vielleicht hat die Zeit von meinem Gefühl für Anstand ebenso wenig übrig gelassen wie von meinem Haar.

Aber sollte meine Erzählung tatsächlich eine Liebesgeschichte sein, wird die Welt sie vielleicht gar nicht als solche erkennen – denn in den üblichen Kitschromanen ist kaum die Rede von Gehgestellen aus Aluminium oder dem scharfen Geruch von Pfefferminzöl. Wie dem auch sei, es gibt jedenfalls Geschichten, die kann man nicht ohne Weiteres in stillen Gräbern beerdigen wie diejenigen, die ihnen Leben eingehaucht haben. Wie die Geschichte von Esther Huish – sie beginnt und endet in einer aus Gold geborenen Stadt in einem Goldgräberlager im Schoß des Oquirrhgebirges in der entlegenen, windgepeitschten Bergwelt des westlichen Utah, in der Stadt Bethel.

Bethel ist inzwischen eine Geisterstadt, und seine Vergangenheit erzählt nicht nur eine Geschichte, sondern zwei, weil Städte bisweilen mehr als ein Leben haben. Im Jahr 1857 wurde ein vagabundierender Goldgräber und Gelegenheitsprediger namens Hunter Bell wegen Betrugs beim Kartenspiel aus dem nahe gelegenen Goldgräberlager Goldstrike verjagt. Auf seinen Streifzügen durch das Vorgebirge des Oquirrhs

9

stieß er zufällig auf ein reiches Vorkommen an Waschgold. Bell steckte seinen Claim ab, und innerhalb eines Monats stießen mehr als tausendsechshundert Goldgräber zu ihm. Bewandert in der Ausdrucksweise des Evangeliums, wenn auch nicht in dessen Geist, hinterließ Bell der Stadt den biblischen Namen Bethel – das Haus Gottes.

Die Schwesterstädte Goldstrike und Bethel waren in ihrem Wesen und in ihrer äußeren Erscheinung so unterschiedlich, wie man es oft bei Geschwistern findet. Bethel war ein gesetztes, emsiges Städtchen. Sein größtes Bauwerk, die Kapelle, diente, wenn sie sich vom Sabbath ausruhte, als Gemeindehaus und als Schule mit nur einem Klassenzimmer. Im Gegensatz dazu war Goldstrikes prachtvollstes Gebäude eine Spelunke, ein Pianosaloon mit Bordell. Prostitution, Glücksspiel und Mord fanden dort reichen Nährboden, und in den Zeitungen von Salt Lake City wurde die Stadt passenderweise »Sodom West« genannt. Da Goldstrike größer und leichter zu erreichen war als Bethel, wurde die Stadt bald zum Handelszentrum, auf das die Bewohner von Bethel wegen seines Bahnhofs, seiner Betriebe und Läden angewiesen waren.

Ein Jahr nach der Jahrhundertwende, als die Goldproduktion in beiden Städtchen langsam zurückging, wurde Goldstrike Opfer einer Tragödie: Ein Feuer, das in der Küche eines Saloons ausgebrochen war, verwüstete die Goldgräberstadt. Dem Feuer folgte zu einem denkbar ungünstigen Zeitpunkt eine Überschwemmung, die die meisten Bergwerkseinrichtungen und die Überreste der einst blühenden Stadt mehr oder weniger fortspülte – eine, wie die meisten Prediger aus der Umgebung meinten, apokalyptische Taufe. Diese gottesfürchtigen Männer hatten schon lange prophezeit, dass eine große Plage über die verderbte Stadt kommen würde. Zwar war Bethel der Zorn des Himmels erspart geblieben, aber da man es nicht länger mit der Eisenbahn erreichen konnte, begann es ebenfalls zu sterben. Zurück blieben nur jene, die zu

alt waren oder zu ausgelaugt – wie Schlacken, die man beiseite-
wirft, nachdem man sie ihres Goldes beraubt hat.

Fast dreißig Jahre lang lag Bethel (oder Betheltown, wie Esther und die anderen Einwohner ihre kleine Stadt nannten) in
tiefem Schlaf, bis 1930, im Anschluss an die Große Depres-
sion, neues Interesse an den zugenagelten Bergwerksstollen
der Stadt erwachte und Bethel als Kind der großen Wirtschaftskrise wiedergeboren wurde.

Unmittelbar vor dieser Zeit kam Esther Huish nach Bethel –
die junge, schöne Tochter und einzige Begleiterin eines älteren Mannes, der dort als Goldsucher sein Glück auf die Probe
stellen wollte. Der Reichtum blieb dem Mann jedoch ver-
wehrt, und es zeigte sich, dass sein größter Wohlstand seine
Tochter war, die für ihn sorgte, als er zu kränkeln begann. Sie
hatte inzwischen die Bewirtschaftung des Gasthauses von Bethel übernommen. Als ich sie in den letzten Monaten ihres
Lebens kennenlernte, war Esther bereits ziemlich alt. Sie war
zu einer Einsiedlerin geworden und hatte unserer Welt den
Rücken gekehrt. Sie lebte in einer Zeit, die nur in ihrer Erinnerung existierte und in den Tagebüchern, in denen sie die Ereignisse jener Jahre festgehalten hatte. Ein weiteres sichtbares
Zeugnis dieser Ära war ein kleines goldenes Medaillon. Die
Begegnung mit Esther sollte mich für alle Zeit verändern.

Es liegt schon eine große Ironie in der Tatsache verborgen,
dass ich von einer Sterbenden so viel über das Leben lernte
und von einer so einsamen Frau so viel über die Liebe.

Ein jegliches hat seine Zeit, sagt der Prediger, und alles Vernehmen unter dem Himmel hat seine Stunde. Suchen, verlieren, lieben, hassen, tanzen, klagen, geboren werden und sterben – alles hat seine Zeit. Die Monate mit Esther waren die
Zeit für all das – und das Wichtigste: Sie waren für mich die
Zeit zu lernen, was Glaube und Vergebung bedeuten und dass
es im Leben so etwas wie eine zweite Chance gibt. All das
widerfuhr mir in einem Winter in einem Altenheim namens
Arkadien.

# 1

*Während ich im Bett liege und auf meinen Körper lausche,
der unter den Gebrechen des Alters ächzt, wandert mein
Herz wieder nach Betheltown, und ich stelle mir die Frage:
Wie ist es möglich, dass durch dieselbe Zauberei der Zeit,
die mich an mein Ende gebracht hat, Betheltown mir heute
weniger Kummer als Glück ist. Und weniger Erinnerung
als Traum.*

*Auszug aus Esther Huishs Tagebuch*

*Bethel, Utah – 2. April 1989*

Während die Wüste in den leuchtenden Farben des Impressionismus an uns vorüberzog, saß Faye dicht an die Wagentür gedrückt da. Sie hatte die Augen geschlossen, und ihr kaffeefarbenes Haar fiel ihr ins Gesicht. Die Musik war schon lange verstummt, die letzten abgerissenen Klänge eines ländlichen Countrysenders waren schon vor etlichen Meilen im Rauschen des Äthers untergegangen, und die einzigen Geräusche kamen nun von dem Wagen, der sich über die primitive Straße schlängelte, und von meiner schlafenden Begleiterin, die gelegentlich aufseufzte. Vor etwa fünfzig Meilen hatten wir das letzte Mal etwas gesehen, das auf die Anwesenheit von Menschen schließen ließ: den Zaun eines Ranchers aus Drehkiefer, hinter dem nur noch die ausgeblichene, karg bewachsene Ebene der Wüste lag. Faye hatte mich noch immer nicht gefragt, wohin ich sie eigentlich bringen würde. Ihr Zutrauen in diese Reise war ihrem Vertrauen in unsere aufkeimende Beziehung nicht unähnlich und konnte nur auf einem gottähnlichen Wesenszug im ewigen Rätsel Frau beruhen – dem unbeirrbaren Hoffen und Standhalten in Geduld. Auch wenn sie nichts über unser Ziel wusste, so genoss sie doch zumindest die Reise als solche.

Ich war noch nie zuvor in diesem Winkel der Erde gewesen – noch vor einigen Monaten hatte ich nicht einmal von dessen Existenz gewusst –, aber die Geschichten, die mir über die Geisterstadt zu Ohren gekommen waren, hatten dieser Gegend eine gewisse Bedeutung verliehen, und ich gestehe, dass ich unserer Ankunft dort mit Bangen entgegensah. Man hatte mir erzählt, dass die Stadt, die in dem Ausläufer des Oquirrhgebirges lag, ständig dem Wind aus den Bergen ausgesetzt sei. Aber damals war es windstill, und der feine rote Staub, den der Wagen aufwirbelte, hing wie eine Schleppe in der reglosen Luft über der seit Jahr und Tag nicht mehr befahrenen Straße.

Ich war dankbar für diesen Tag, für seinen bleichen, wolkenlosen Himmel, denn obwohl mir die immense Einsamkeit des Landes willkommen war – ich fühlte mich ihr verwandt –, wäre es töricht gewesen, die Zivilisation so weit hinter sich zu lassen, wenn die reale Gefahr bestanden hätte, auf diesen ausgewaschenen Straßen zu stranden. Plötzliche Überschwemmungen waren in diesem Gebiet durchaus nicht ungewöhnlich, und die meisten der stillgelegten Minen der Geisterstadt waren vor Jahrzehnten durch Hochwasser nach heftigen Regenfällen eingestürzt. Die Überreste dieser Katastrophe waren ein Fest für Souvenirjäger, die es auf Andenken, Münzen und hier und da ein Korn Gold abgesehen hatten. So war es mit dieser Stadt immer gewesen: Menschen kamen, um das Land zu berauben oder jene zu berauben, die vor ihnen dort gewesen waren, und selbst im Tod erging es dieser Stadt nicht anders.

Ich war allerdings nicht hergekommen, um zu nehmen, sondern um zu geben.

Vor uns führte die holprige Straße über einen Kamm und dann in das ausgetrocknete Bett eines Flüsschens hinunter. Die rosafarbenen Kleckse von Portulak sowie die vereinzelten Binsen an dessen Rand bezeugten, dass der Gebirgsbach gelegentlich Wasser führte. Am flachen Ufer ließ ich den Wagen im Leerlauf stehen, stieg in die eigentliche Rinne des Flussbettes hinab und legte die Hand auf den steinigen Boden. Keine Spur von Feuchtigkeit. Ich sah mir genau an, wo wir das Flussbett durchqueren wollten, rollte einen Stein zur Seite, der vielleicht ein Risiko dargestellt hätte, kehrte dann zum Wagen zurück und fuhr über den Schottergrund des Flusses ans andere Ufer. Nachdem wir von dort eine weitere halbe Meile zurückgelegt hatten, erhob sich auf einem mit Mesquitebäumen bewachsenen Hügel das hölzerne Skelett der Stampfmühle einer Goldmine – eine mit Holzteer gestrichene Vorrichtung mit verrosteten Rädern, Zahnrädern und Stahlschienen, über die einst Förderwagen mit Erz gerollt waren und Männer wie Pferde sich abgemüht hatten. Ich warf einen Blick auf die grob gezeichnete Karte und staunte darüber, dass Esther nach so vielen Jahren und mit nachlassendem Gedächtnis sich noch so deutlich an diese Dinge erinnert hatte. Wahrscheinlich war sie im Grunde niemals wirklich von hier fortgegangen.

Nachdem wir an der Mühle vorbei waren, bog ich nach Westen ab und quälte meinen Datsun den Hügel hinauf, wo sich die Straße in einer mit Buchweizen gesprenkelten Ebene verlor. Diese Ebene erstreckte sich nach Norden und Süden so weit das Auge reichte und zog sich die Ausläufer des Gebirges hinauf bis in die Ortschaft selbst hinein. Als wir uns den verfallenen Gebäuden der einst blühenden Stadt näherten, schlug Faye die Augen auf und setzte sich auf.

»Wo sind wir?«

»In Esthers Heimatstadt.«

Faye sah sich mit offenkundiger Faszination um. »… in dem, was davon übrig ist.«

Wir fuhren an dem schönen, schmiedeeisernen Zaun eines Friedhofs vorbei. »Willkommen in Bethel – dem Haus Gottes.«

»Und hier ist Esther geboren?«

»Sie ist als junge Frau hierher gekommen.« Ich betrachtete unsere trostlose Umgebung. »Was die Frage aufwirft, warum es überhaupt irgendjemanden hierher verschlägt.«

Faye drehte sich zu mir um. »Warum sind wir hier?«

»Um ein Versprechen einzulösen.«

Faye lehnte sich in ihrem Sitz zurück, für den Augenblick zufrieden mit meiner zweideutigen Antwort.

Etwa im Zentrum der verfallenen Stadt stellte ich den Wagen unter den knorrigen Zweigen einer Robinie ab und schaltete den Motor aus.

Unsere Fahrt hatte fast zwei Stunden gedauert – aber ich war am Ende einer sehr viel weiteren Reise, einer Reise von fast einem halben Jahr. Sie hatte an dem Tag begonnen, an dem meine Mutter gestorben war.

# 2

## HAUS ARKADIEN

*Das Haus Arkadien ist anders als die kalte, sterile Einrichtung, aus der ich hergebracht worden bin. Diese unterschied sich von einer Gruft lediglich durch den Filmabend.*

*Auszug aus Esther Huishs Tagebuch*

*Fünf Monate vorher*
*Ogden, Utah – 30. Oktober 1988*

Es schneite bereits den dritten Tag in Folge. Ein schweres Schneetreiben hüllte alles ein, was nicht die Vernunft oder das Vermögen besessen hatte, sich in Sicherheit zu bringen. Von meinem Platz an einem Erkerfenster aus beobachtete ich, wie der Leichenbestatter vorsichtig durch die Schneewehen auf das Haus zugestakst kam. Unter dem Arm trug er einen zusammengefalteten Leichensack aus PVC. Plötzlich verlor der massige Mann den Halt, ruderte mit den Armen und verschwand unter einem Gestöber von Pulverschnee in den Schneemassen. Kurz darauf rappelte er sich wieder hoch und klopfte fluchend seinen kohlschwarzen Mantel ab. Wenige Sekunden später hämmerte er mit seiner behandschuhten Faust an die Tür. Der Mann hatte hochrote Wangen und ein flaches Gesicht. Er war noch immer außer Atem von seinem Fußmarsch, und als ich ihm die Tür öffnete, war sein Kopf in eine weiße Dunstwolke gehüllt.

»Ich kann die Hausnummern nicht sehen. Bin ich hier richtig bei den Keddingtons?«

»Sie sind hier richtig, ja«, sagte ich.

»Die Leiche ist im Haus, nehme ich an.«

Ich sah ihn unverwandt an. »Meine Mutter ist im Haus.«

Der Mann trat sich die Füße auf der Türschwelle ab und ging dann an mir vorbei ins Wohnzimmer. Er sah sich um. In dem spärlich eingerichteten, mit einem zotteligen olivfarbenen Teppichboden ausgelegten Raum gab es nur drei bescheidene Möbelstücke – einen hölzernen Lehnstuhl, ein grässliches rotgoldenes Sofa, das an den Enden bereits fadenscheinig war, und eine Stehlampe mit Messingständer und einem Brandloch im Schirm, an der Stelle, an der die Lampe einmal auf ihre Glühbirne gefallen war. Das einzige Licht im Raum kam durchs Fenster.

»Wo ist Ihre Mama?«

Ich zeigte in den dunklen Korridor. »Das Schlafzimmer liegt gleich auf der rechten Seite.«

Der Mann knöpfte seinen Mantel auf, legte ihn aber nicht ab und ging in die Richtung, die ich ihm gewiesen hatte. Ich folgte ihm bis zur Tür. Er ging direkt auf den Leichnam meiner Mutter zu, die in dem dunklen Raum unter einer selbst genähten Steppdecke lag. Der Leichenbestatter streifte die Decke ab, zog einen Handschuh aus und legte ihr zwei Finger unters Kinn. Dann beugte er sich vor, um ihre Fingernägel zu untersuchen.

»Wann ist sie gestorben?«

Ich blickte noch einmal in das Gesicht meiner Mutter. »Ein paar Minuten bevor ich angerufen habe«, erwiderte ich und sah auf das im Dunkeln liegende Zifferblatt der Kaminuhr. »Vielleicht vor drei Stunden …«

»Ist der Leichenbeschauer schon da gewesen?«

»Der Totenschein liegt auf dem Nachttisch.«

»War sonst noch jemand Zeuge ihres Todes?«

»Nein. Wir hatten nur einander.«

»Tut mir leid«, sagte er, und in seiner Stimme schwang ein Hauch von Mitgefühl mit. »Keine weitere Familie?«

»Ich habe einen Onkel. Aber er gehört nicht zur Familie.«

»Wo ist Ihr alter Herr?«

»Er ist vor ein paar Jahren gestorben.« Dann fügte ich, ohne nachzudenken, hinzu: »Aber er hat auch nicht zur Familie gehört.«

Der Leichenbestatter runzelte die Stirn. »Wie das?«

Ich machte eine Handbewegung, als wollte ich eine Flasche an die Lippen führen, wie ich es mir in all den Jahren angewöhnt hatte, in denen ich die Abwesenheit meines Vaters erklären musste. »Wir hatten ihn mehr als sieben Jahre nicht gesehen, bevor er sich zu Tode trank.«

Der Mann nickte mitfühlend und streifte nun auch seinen zweiten Handschuh ab. Er trat an das Fußende des Bettes und zog die Decke dabei hinter sich her. Dann hob er seinen Plastiksack vom Fußboden auf und machte sich daran, ihn über meine tote Mutter zu ziehen.

»Ich will ja nicht anmaßend sein, aber dafür, dass Sie soeben Ihre einzige Angehörige verloren haben, wirken Sie nicht allzu erschüttert.«

Ich war zu benommen, um gekränkt zu sein. »Meine Mutter lag seit dem Sommer im Sterben. Es sind einfach keine Tränen mehr übrig.«

Er schloss den Sack über ihrem Kopf. »Ja. Irgendwann sind sie einfach versiegt.« Er trat einen Schritt zurück, wie um sein Werk zu begutachten. »Ich brauche noch ein paar Unterschriften von Ihnen. Amtliches Zeug.«

Wir gingen in die Küche hinüber. Er breitete die Formulare auf dem Tisch aus und zeigte mir die Stellen, wo ich unterschreiben musste.

»Gehört das Haus Ihnen, oder wohnen Sie zur Miete?«

»Es gehört überwiegend der Bank. Aber vor ein paar Jahren haben wir eine größere Zahlung geleistet.«

»Falls Sie daran denken sollten, zu verkaufen, kenne ich da

einen guten Makler. Er hat schon viele solcher Häuser abgerissen und kleine Supermärkte auf die Grundstücke gesetzt.« Er rümpfte die Nase. »Ich schätze, Sie werden ohnehin von hier weggehen.«

»Was bringt Sie auf diesen Gedanken?«

»So ist es doch immer. Die Dämonen werden Sie verjagen.«

»... nur die von der Hypothekengesellschaft. Ich konnte nicht mehr arbeiten, seit meine Mutter im letzten Sommer bettlägerig geworden ist. Durch die Arztrechnungen und die Raten für das Haus bin ich praktisch pleite.« Ich unterschrieb das letzte Formular.

»Sie suchen eine Stelle? Was schwebt Ihnen denn vor?«

»Ich nehme, was ich kriegen kann. Es gibt ja nicht gerade viel hier in der Gegend.«

Er griff in seine Manteltasche, zog eine zerknitterte Visitenkarte heraus und kritzelte eine Telefonnummer und eine Adresse auf deren Rückseite. Dann hielt er mir die Karte hin.

»Suchen Sie jemanden?«

»Nein, das ist die Telefonnummer eines Pflegeheims. Die Leiterin hat mir erst gestern gesagt, sie brauche Hilfe. Sagen Sie ihr, Roger habe Sie geschickt. Ich stehe da hoch im Kurs.«

»Mit so etwas habe ich keinerlei Erfahrung.«

»Sie haben seit dem letzten Sommer Ihre Mutter gepflegt. Also haben Sie jede Menge Erfahrung. Sagen Sie der Heimleiterin, ich hätte Sie geschickt«, wiederholte er. »Ich bin da eine Art Stammgast.«

»Wie heißt das Haus?«

»Arkadien-Pflegeheim.«

Ich steckte die Visitenkarte in meine Hemdtasche, und der Leichenbestatter erhob sich.

»Ich weiß, dass es eine Zumutung ist, aber könnten Sie mir wohl helfen, Ihre Mama zum Wagen zu tragen? Wegen des Schneesturms sind wir im Leichenschauhaus unterbesetzt.«

Unter dem fahlen Himmel trugen wir den Leichnam meiner Mutter hinaus und legten ihn in den Kombiwagen. Der

Bestatter schloss die Hecktür, dann nahm er einen Eiskratzer vom Vordersitz des Wagens und machte die Windschutzscheibe frei. Ich beobachtete aus dem Haus, wie der Wagen auf die vereiste Straße fuhr und meine Mutter fortbrachte. Dann schloss ich die Augen und weinte.

Es war sehr passend, dass Faye Blumen auf den Sarg meiner Mutter legte, bevor er in die gefrorene Erde hinabgelassen wurde. Sie hatte meiner Mutter während der letzten Monate ihres Lebens bei jedem ihrer Besuche Blumen mitgebracht. Vielleicht war es umso passender, weil es sich um Glockenblumen handelte, denn in der Sprache der Blumen steht die Glockenblume für Beständigkeit und Nachsicht. Außerdem ist die Glockenblume auch eine gute Metapher für das Leben meiner Mutter: Sind sie erst abpflückt worden, lassen die schweren Glocken bald die Köpfe hängen, und sie verwelken. Ich habe Fotos von meiner Mutter als junger, anmutiger Frau mit wunderschönem Gesicht gesehen. Es war danach von Tag zu Tag mehr verfallen, zerstört von dem kalten, scharfen Meißel harter körperlicher Arbeit. Ihre einzige Sünde, wenn man es denn so bezeichnen kann, bestand darin, dass sie einen Mann geheiratet hatte, der den Alkohol mehr liebte als Gott und sich selbst. Die Dämonen, die meinen Vater hetzten, suchten auch jene heim, die er hätte lieben und bewahren sollen. Meine Mutter opferte alles, um mich vor dieser Heimsuchung zu schützen, um das Herz ihres Kindes mit Hoffnung zu füllen, nachdem ihr eigenes gebrochen war. Wenn ich in diesem Leben irgendetwas erreicht habe, dann habe ich es ihr zu verdanken, nicht mir selbst, und wenn die Liebe in meinem Herzen einen Platz hat, dann nur, weil sie sie dort eingepflanzt hat. Ich weiß nicht, nach welchen Kriterien die Menschen an der Himmelspforte eingelassen oder abgewiesen werden und ob es ein himmlisches Reich überhaupt gibt – aber falls es so ist, nehme ich an, dass es von Menschen wie ihr bewohnt wird. Der Augenblick des Todes meiner Mutter hätte etwas Unvergessliches sein sollen, etwas Seelenvolles wie das hemmungslose Klagen der Aborigines. Etwas, das einer Frau würdig gewesen wäre, die die Stürme des Lebens erlitten hatte, um ihrem einzigen Kind eine Zuflucht zu sein, einer Frau, der ihr eigener Schmerz weniger wichtig war als die Sorge, dass ich sie leiden sehen könnte. Ihr Tod hätte in irgendeiner Weise ihrem Edelmut gerecht werden müssen. Stattdessen hatte ich das Fortschreiten des Todes gleichmütig mit angesehen, und als es schließlich so weit war, war das eigentliche Sterben nicht spektakulärer als die gequälten Atemzüge in all den Minuten oder Monaten, die ihm vorangegangen waren.

Meine Mutter war nicht schnell gestorben, und mein Schmerz um ihren Verlust war Tag um Tag dahingeschwunden wie ihr Atem, bis nur noch Schweigen übrig war und die tiefe Einsamkeit der Entschlossenheit. Vielleicht lag es daran, dass ich sie schon tausend Mal hatte sterben sehen. Vielleicht lag es auch einfach daran, dass ich glaubte, jeder andere Ort müsse besser sein als dieser.

Während der letzten Monate ihres Lebens blieb ich an der Seite meiner Mutter, abgeschirmt von der Außenwelt und ihren Ereignissen, wie ein Bergsteiger, der im Schatten des Gletschers nur das eine Trachten kennt, sich seinen eigenen Aufstieg zu sichern. Der einzige Mensch, der meine Abgeschiedenheit durchbrochen hatte, war Faye.

Faye war im vergangenen Sommer in Heller's Lebensmittelmarkt in meine Welt eingetreten, wo ich als Lagerarbeiter der Obst- und Gemüseabteilung beschäftigt war. Sie war mit einigen Kommilitoninnen in den Laden gekommen, schick, laut, schnodderig und wunderschön. Ich hatte sie verstohlen betrachtet, während ich Grapefruits auf ein abschüssiges Obstregal packte. Plötzlich drehte sie sich zu mir um, und es kam zu einem kurzen Blickkontakt zwischen uns, bevor ich mich abwandte, zutiefst verlegen, nicht nur, weil sie mein Interesse gespürt haben musste, sondern auch, weil sie mich in meinem Kittel gesehen hatte. Am nächsten Tag kam sie noch einmal allein in den Laden, um nach Gomboschoten zu fragen, und ganz gegen meine sonstige Gewohnheit brachte ich den Mut auf, sie zum Essen einzuladen – obwohl es auch möglich ist, dass sie mich einlud. Später gestand sie mir, sie hätte keine Ahnung gehabt, was sie mit den Gomboschoten anfangen solle. Auf der Reklametafel draußen vor dem Laden seien die Schoten angepriesen worden, und als Vorwand seien sie ja gerade so gut geeignet gewesen wie irgendetwas anderes.

Wir waren etwa sechs Wochen regelmäßig miteinander ausgegangen, als die Krankheit meiner Mutter mich zwang, bei Heller's zu kündigen und jedem normalen sozialen Leben Ade zu sagen. Ich hatte mir große Mühe gegeben, unsere Armut vor Faye zu verbergen, aber als ich mich eine Woche lang nicht bei ihr gemeldet hatte, spürte sie mein Zuhause in unserem heruntergekommenen Viertel auf. Ich weiß nicht, für wen von uns beiden die Situation demütigender war. Ich folgte ihrem Blick, während sie sich in unserem schäbigen Heim umsah. Gleichzeitig brachte ich eine gequälte Entschuldigung vor, weil ich nicht angerufen hatte. Faye war offenkundig betroffen von dem, was sie sah – sie war entsetzt –, und ich war davon überzeugt, sie verloren zu haben. Ich schlug ihr vor, mich bei ihr zu melden, wenn die Dinge besser standen – ich wusste genau, dass sie am Geschick meiner Mutter Anteil nehmen würde, denn sie war ein gutes Mädchen. Aber mein Anruf würde niemals kommen, und sie würde mich schnell vergessen. Es tat mir weh, aber ich müsste lügen, wollte ich bestreiten, dass ich nicht auch eine gewisse Erleichterung darüber verspürte, das Unausweichliche hinter mich gebracht zu haben. Reich und Arm passen nicht zusammen. Und meine Familie war immer arm gewesen. Mein Vater vertrank das Wenige, was er verdiente, und meine Mutter arbeitete, wo sie konnte, hatte ihr Kind mit in die Häuser geschleppt, in denen sie Fußböden und Fenster für Menschen putzte, die wie Faye in Wohnvierteln lebten, wo Armut durch dicke Fensterscheiben von Countryclubs verdeckt wurde und Bedürftige nur in Zeitungsartikeln existierten.

Wenn jemand, den wir lieben, stirbt, feilschen wir mit den Ärzten nicht um den Preis der Behandlung, und die Arztrechnungen meiner Mutter hatten mich in noch größere Schulden gestürzt. Ich hätte mich für zahlungsunfähig erklärt – es wäre vielleicht besser gewesen –, hätte der Geist meiner Mutter es mir gestattet. Selbst auf den Knien war meine Mutter eine stolze Frau geblieben, die »in niemandes Schuld lebte als der unseres Herrn Jesu«.

In Wahrheit waren meine finanziellen Umstände das Geringste der Probleme zwischen mir und Faye, denn um Armut zu beheben, braucht man nichts als Geld. Aber es gab noch schwerer wiegende Defizite, die die Vernachlässigung durch meinen Vater mir hinterlassen hatte.

Manche Männer macht der Alkohol gewalttätig, während andere – die Weichlinge – ihren Zorn gegen sich selbst richten. Zu diesem Typus zählte mein Vater. Obwohl er nie die Faust erhob, nahm er mir durch seine Vernachlässigung etwas Unerklärliches, das ich nie ersetzen konnte. Aber auch wenn er mich fast zerstört hatte, so sorgte Faye dafür, dass ich mich wieder geheilt fühlen konnte. Die Feststellung erschreckte mich mehr als alle Alkoholexzesse meines Vaters, denn ich wusste, dass Faye nicht von Dauer sein konnte. Ich wusste es von dem Augenblick an, da wir uns das erste Mal küssten. Ich rief es mir ins Gedächtnis, als sie mich bei der Beerdigung meiner Mutter tröstete. Auf dem Gebiet kannte ich mich aus. Ich sah es deutlich kommen. Ihr Vater wollte es so. Faye war nur eine Frage der Zeit. Warum aber ging sie dann nicht?

Das Pflegeheim Arkadien lag auf einem Hanggrundstück eine Meile oberhalb der Stadt im Ogden Canyon. Es war eines der ältesten Häuser der Stadt – ein zweigeschossiger Steinbau mit leuchtend rotem Schindeldach zwischen den Giebeln.

Knapp zwei Wochen nach dem Tod meiner Mutter machte

ich mich auf den Weg zu dem Pflegeheim, um mich dort um einen Job zu bewerben. Meinen Wagen ließ ich vor einer zwei Meter hohen Wand aus Schnee stehen, die der Schneepflug auf dem Parkplatz zusammengeschoben hatte. Der schwärzeste Mann, den ich je gesehen hatte, saß trotz der Kälte auf der Veranda des Hauses in einem Schaukelstuhl. Er war sehr schlank, aber nicht besonders groß, und silberne Bartstoppeln bedeckten sein Gesicht. Das Alter hatte seine Augen tief in die Höhlen sinken lassen. Die Augen selbst waren so schwarz wie Tintenfässer. Der Mann trug eine verblichene, zinnoberrote Jacke und fadenscheinige Jeans – das rechte Hosenbein war direkt oberhalb des Knies verknotet, wo früher einmal ein Bein gewesen war. Neben dem Stuhl lehnte eine Krücke, die bei der geringsten Bewegung umgefallen wäre. Eine dünne Rauchfahne stieg von der Spitze der Zigarette auf, die zwischen seinen Lippen steckte. Er sah unvorstellbar alt aus, fand ich.

Ich nickte dem Mann grüßend zu. »Morgen.«

Er antwortete nicht. Der Blick seiner ebenholzschwarzen Augen huschte umher, ohne jedoch Halt zu finden, und ruhte rasch wieder auf dem unbeweglichen weißen Panorama, das sich vor ihm ausbreitete. Plötzlich wurde er von einem grimmigen Husten geschüttelt. Ich ging an ihm vorbei ins Haus.

Den meisten Pflegeheimen ist ein unverkennbarer Geruch eigen – eine Art Eintopf aus medizinischen Zutaten –, aber im Arkadien war er nicht so ausgeprägt. Die Mauern des alten Hauses schienen die scharfen Ausdünstungen zu verschlucken und verströmten gleichzeitig ihren eigenen, holzigen Duft. Das Foyer war weitläufig, mit einer Wendeltreppe und einem modernen Aufzug an seiner Ostseite. Dort saßen einige Bewohner des Hauses in ihren Rollstühlen. Auf der anderen Seite des Foyers entdeckte ich hinter einer Resopaltheke eine junge, hübsche Frau in blauer Schwesterntracht. Sie hatte buschige dunkle Augenbrauen, hellbraune Augen und kurzes, rabenschwarzes Haar. Ihr Teint war sehr fahl, was durch das dunkle

Haar besonders auffällig war. Ich schätzte, dass sie ein paar Jahre älter war als ich selbst. Sie beobachtete meine Ankunft mit offenkundigem Interesse.

»Was kann ich für Sie tun?«, fragte sie freundlich.

»Ich bin hier, um mich um einen Job zu bewerben.« Ich griff in meine Hemdtasche, fischte die Visitenkarte des Leichenbestatters heraus und legte sie auf den Empfangstisch. »Roger aus dem staatlichen Leichenschauhaus meinte, ich solle mal vorbeikommen.«

Sie warf einen flüchtigen Blick auf die Visitenkarte. »Zweifellos, um das Geschäft zu beleben«, bemerkte sie sarkastisch. »Sie müssen mit unserer Direktorin sprechen. Ich sehe mal nach, ob sie gerade Zeit hat.« Sie verschwand durch eine Tür hinter dem Empfangstisch und kehrte einen Augenblick später mit einer korpulenten Frau zurück. Deren freundliches Gesicht war von leuchtend rotem lockigen Haar gerahmt, dazu trug die Frau eine fuchsienrote Bluse, die halb von ihrem weißen Kittel verdeckt wurde. Eine Plastikperlenkette rundete ihre Aufmachung ab. »Ich bin Helen Staples. Kann ich Ihnen weiterhelfen?«, fragte sie und streckte mir die Hand hin.

»Sie sind die Direktorin?«

»Ich bin der Boss hier«, erwiderte sie strahlend.

»Roger Clemmens vom Leichenschauhaus hat mir erzählt, dass Sie jemanden suchen.«

Sie nahm die Visitenkarte vom Empfangstisch und musterte mich eingehend. »Roger, hm? Haben Sie irgendwelche direkten Erfahrungen mit der Pflege von Patienten?«

»Ich habe die beiden letzten Jahre meine Mutter gepflegt.«

»Ihre Mutter ist schon älter?«

»Sie hatte Krebs im Endstadium. Sie ist vor Kurzem gestorben.«

Mitgefühl spiegelte sich im Gesicht der Frau wider. »Das tut mir leid.« Sie gab mir die Visitenkarte zurück. »Kommen Sie mit in mein Büro.«

Ich folgte ihr in einen angrenzenden Raum, der vollgestopft war mit Büchern, Aktenordnern und Pappkartons mit Medikamentenvorräten. Die Unordnung hier hatte Methode, und auch wenn sich überall im Raum Stapel von irgendwelchen Dingen türmten, so schien dem Ganzen zumindest ein System innezuwohnen. Hinter dem hölzernen Schreibtisch der Direktorin ächzte ein Heizgerät, das im gleichen Elfenbeinton gestrichen war wie die Wände. Ein großer laminierter Kalender war mit Heftzwecken an der Gipswand befestigt und mit unleserlichen Notizen bekritzelt, die die Aktivitäten des Monats bezeichneten. Auf dem Schreibtisch stand eine offene Schachtel mit puderzuckerbestreuten Donuts.

Helen nahm mir gegenüber Platz. »Erzählen Sie mir von sich selbst. Kommen Sie hier aus der Gegend?«

»Ich wohne unten in der Vierundzwanzigsten, gleich westlich des Viadukts, hinter dem Bahnhof der Union Pacific.« Ich war daran gewöhnt, dass meine Adresse bei den Menschen Widerwillen hervorrief, den sie verbal oder auf andere Art und Weise ausdrückten, aber Helen zuckte mit keiner Wimper.

»Haben Sie einen Collegeabschluss?«

»Ich war auf dem College, musste aber abgehen, um mich um meine Mutter zu kümmern. Ich hoffe, dass ich nächsten Herbst weitermachen und dann abends arbeiten kann.«

»Dann würden Sie also bis zum Herbst gern am Tag arbeiten und dann in die Nachtschicht wechseln?«

»Ja, Ma'am.«

Der Vorschlag schien zu ihrer Zufriedenheit zu sein. Sie beugte sich vor und legte die Arme auf ihren Schreibtisch.

»Was genau haben Sie für Ihre Mutter getan?«

»Ich war ihre Sterbeklinik. Daher habe ich so ziemlich alles getan. Ich habe gekocht, ich habe sie gefüttert und gewaschen, sie sauber gemacht und ihr bei ihren Medikamenten geholfen.«

»Haben Sie irgendwelche Referenzen von einem Arbeitgeber?«

»Ich habe ungefähr ein Jahr lang in Heller's Lebensmittelmarkt gearbeitet. Aber viel an Referenzen habe ich von dort nicht zu erwarten. Ich musste wegen meiner Mutter die Arbeit mehrmals einfach liegen lassen. Mein Chef hat mir deswegen ziemlich zugesetzt. Wenn ich nicht gekündigt hätte, hätte er mich wahrscheinlich gefeuert.«

Sie sah mich nachdenklich an. »Ich weiß Ihre Offenheit zu schätzen, Mr …«

»Keddington. Michael Keddington.«

»Michael. Sie haben Ihre Chancen mit Ihrem Geständnis nicht beeinträchtigt. Niemand hier wird gut genug bezahlt. Diese Menschen müssen Ihnen am Herzen liegen. Ehrlich gesagt, ich könnte wohl einen Affen dazu dressieren, Bettpfannen auszuwechseln, aber wenn die Menschen selbst Ihnen nichts bedeuten … Nun, das kann ich niemandem beibringen.« Sie warf einen Blick zum Empfangstisch hinüber, und ich fragte mich, ob sie bei diesen Worten wohl an die junge Frau dachte, die mich begrüßt hatte.

»Wie hoch wäre denn mein Lohn?«

»Für den Anfang vierzehnhundert im Monat, mit einer leistungsabhängigen Lohnerhöhung in sechs Wochen. Hinzu kommen die Mahlzeiten in der Cafeteria. Wobei einige der Angestellten darin kein großes Plus sehen.«

»Das ist mehr, als ich in dem Lebensmittelmarkt verdient habe.«

»Wenn diese Frage also zu Ihrer Zufriedenheit geklärt wäre, wann könnten Sie anfangen?«

»Heißt das, Sie stellen mich ein?«

»Nichts für ungut, aber wir befinden uns in einer verzweifelten Situation. Wir sind seit zwei Monaten unterbesetzt, daher können Sie, was mich betrifft, gar nicht früh genug anfangen. Wir müssen natürlich dafür sorgen, dass Sie sich als Hilfspfleger qualifizieren, aber das können wir intern regeln.«

»Ich kann sofort anfangen.«

Sie stand auf, sichtlich erfreut. »Wunderbar. Eine unserer Hilfspflegerinnen hat sich krank gemeldet. Deshalb wollte ich gerade anfangen, die Betten frisch zu beziehen. Sie können mich begleiten. Auf diese Weise können Sie sich das Haus ansehen und gleich auch einige unserer Bewohner kennenlernen.« Sie kam hinter ihrem Schreibtisch hervor und sah mich prüfend an. »Wie groß sind Sie?«

»Ungefähr eins achtzig.«

»Ich werde ihnen einen Arbeitsanzug besorgen, aber erst einmal können Sie einfach einen Kittel anziehen.« Sie nahm ein Kleidungsstück aus einem hölzernen Schrank und reichte es mir mitsamt dem Kleiderbügel. Ich zog den Kittel über meine Straßenkleidung, dann folgte ich ihr in den Korridor hinaus. An der Rezeption blieben wir noch einmal stehen.

»Alice, das ist Michael. Er wird als Hilfspfleger hier arbeiten.«

Alice lächelte, als freue sie sich über diese Nachricht. Sie hielt mir die Hand hin. »Willkommen in unserem griechischen Paradies.«

Helen lächelte nicht, und ich spürte eine gewisse Spannung zwischen den beiden Frauen. »Ist Wilmas Medizin schon geliefert worden?«, fragte sie.

»Noch nicht.«

»Geben Sie mir Bescheid, wenn sie da ist.«

»Wird gemacht«, erwiderte Alice schwungvoll. Dann lächelte sie mir abermals zu. »Ich freue mich schon auf die Zusammenarbeit mit Ihnen, Michael.«

Helen setzte sich in Bewegung und spulte einen Vortrag herunter. Sie klang wie ein Reiseführer, nur ohne Megafon. »Haus Arkadien ist eine vom Bezirk getragene Einrichtung der erweiterten Betreuung. Wir haben heute neununddreißig Bewohner hier, wir können bis zu sechsundvierzig Personen unterbringen. Die Belegung ändert sich wöchentlich. Die meisten unserer Bewohner müssen rund um die Uhr im Auge behalten werden. Einige sind aber auch nur hier, weil sie nirgendwo anders hinkönnen. Wir haben sechs Pflegekräfte, die in Schichten abwechselnd rund um die Uhr im Haus sind,

29

und dazu noch das Küchenpersonal. Das Büro, die Cafeteria, die Therapieräume und der Aufenthaltsraum liegen allesamt im Erdgeschoss. Die Zimmer der Hausbewohner liegen im ersten und zweiten Stock. Das ist nicht gerade die günstigste Anlage für ein Pflegeheim, aber den Bewohnern gefällt es…« Sie drückte auf den Knopf für den Aufzug, und die Tür öffnete sich. »… auf diese Weise wirkt es mehr wie ein Zuhause und weniger wie eine Institution.«

Wir stiegen im ersten Stock aus, und Helen blieb stehen, um einer kleinen, gebeugten Frau, die ein Gehgestell vor sich herschob, die Tür aufzuhalten.

»Wie geht es Ihnen heute, Grace?«, fragte sie munter.

Die Frau starrte Helen verwirrt an. »Wer zum Teufel sind Sie?«

Helen lächelte. »Ich bin Helen. Ich bin die Leiterin hier.«

»Oh«, sagte Grace und schob ihr Gehgestell in den Aufzug.

»Das ist hier ganz alltäglich«, erklärte Helen. Wir gingen zu der ersten der nummerierten Türen. »Das ist Stanleys Zimmer.« Ein schiefes Lächeln huschte über Helens Züge. »Es wird Ihnen gefallen.« Sie klopfte leise an, bevor sie langsam die Tür öffnete.

»Hallo, Stanley.«

An der Wand uns gegenüber lehnte ein alter Mann mit zerzaustem grauem Haar. Wenn auch vom Alter gebeugt, war er immer noch fast einen Kopf größer als ich. Neben ihm stand ein Nachttisch, auf dem sich religiöse Ikonen türmten und eine Unzahl Kerzen in verschiedenen Größen und Färbungen, von denen keine jemals von einer Flamme berührt worden war. Stanley starrte uns mit wilden Augen an, sichtlich erregt über unser Eindringen in sein Reich. Plötzlich stieß er hervor: »Weichet von mir, ihr schmutzigen Dämonen aus dem Höllenschlund.«

Helen brachte dieser Versuch eines Exorzismus nicht im Mindesten aus der Ruhe. »Stanley, wir werden Ihr Bett frisch beziehen.«

Er riss ein hölzernes Kreuz und eine Bibel in Großdruck vom Tisch und hielt sie vor sich hin. »Ich werde euch in eure Schranken weisen, ihr bösen, törichten Geister.« Er zeigte mit dem Kreuz auf mich, und ein dumpfes Glühen trat in seine Augen. »Gotteslästerer!«, rief er. »Ich habe dich gewarnt, Gotteslästerer! Hebe dich hinweg! Hebe dich hinweg!«

Als ich keine Anstalten machte, ihm zu gehorchen, ließ er den Kopf sinken und schlurfte in die Ecke des Raums.

Dort setzte er sich auf einen hölzernen Stuhl und wiegte sich, die Arme über seinen heiligen Utensilien gekreuzt, vor und zurück. Helen winkte mich zu sich, und wir streiften die Laken ab, während der Mann mit sichtlicher Qual den Vollzug dieses satanischen Rituals beobachtete. Schließlich waren wir mit dem Bett fertig und traten mit einem Arm voller zusammengeknüllter Laken aus dem Raum. Helen schien meine Reaktion mehr zu amüsieren als Stanleys Gebaren.

»Was halten Sie von Stanley?«

»Ist das normal?«

»Für Stanley, ja. Aber er war heute Morgen so gut in Form wie selten. Normalerweise verdammt er mich nur zu ewiger Hölle.« Dann fügte sie hinzu: »Vor zwanzig Jahren muss er eine echte Show gewesen sein.«

»Er war Prediger?«

»Steuerberater.«

Auf dem Weg in das nächste Zimmer ließ uns eine Frau, die im Rollstuhl saß und ein Sauerstoffröhrchen in der Nase hatte, keine Sekunde aus den Augen. Dann zwinkerte sie mir zu, was sie offensichtliche Anstrengung kostete.

Ich lächelte die Frau an, und wieder zwinkerte sie.

»Was mache ich, wenn die Leute noch im Bett liegen?«

»Wir sorgen dafür, dass sie aufstehen. Bettlägerige Patienten werden alle zwei Stunden umgebettet, damit sie sich nicht wund liegen. Alice soll Ihnen zeigen, wie es gemacht wird. Sie ist eine unserer ausgebildeten Krankenschwestern.«

»Sind Sie schon länger hier?«

»Seit das Arkadien eröffnet wurde. Aber ich arbeite seit meinem siebzehnten Lebensjahr in Pflegeheimen.«

Wir brauchten fast eine Stunde, um uns bis ins nächste Stockwerk hochzuarbeiten. Wir begannen bei der Tür am Ende des Korridors.

»Im nächsten Zimmer wohnt Esther. Sie können davon ausgehen, dass Sie sie dort antreffen werden. Sie sucht kaum Kontakt zu den anderen Bewohnern.«

»Wie kommt das?«

»Zum Teil liegt das wohl daran, dass sie jetzt fast blind ist. Aber sie hat auch vorher schon die meiste Zeit in ihrem Zimmer verbracht.«

Helen klopfte an die Tür, dann öffnete sie sie langsam. Auf der anderen Seite des Raums saß ganz vertieft in ihre Häkelarbeit eine alte Frau in einem Schaukelstuhl aus fleckigem Ahorn. Das Zimmer war kleiner als die anderen und bot nur Platz für ein einziges Bett. Es hatte eine Dachschräge und einen kleinen, gegiebelten Erker. Die alte Frau war nicht unattraktiv. Ihr Haar war dünn und hatte die Farbe von Platin angenommen, ihre Haut war durchscheinend wie feines Porzellan, wie man es oft bei alten Menschen sehen kann. Auf ihrem Schoß lag eine rotbraune Makrameedecke. An der Wand hinter ihr hing eine gerahmte Kreuzstickerei mit dem Satz: *Das Alter ist nichts für Feiglinge.* Der Raum war klein und ordentlich, und eine Duftkerze erfüllte ihn mit dem Geruch von Flieder. In der Mitte stand ein stählernes Krankenhausbett, dessen Nüchternheit ein wenig gemildert wurde von einem Sekretär aus Walnussholz mit einem kunstvoll gerahmten Spiegel. Auf dem Sekretär lag zum Schutz des schon betagten Furniers eine weiße Spitzendecke, und darauf standen einige Parfüm- und Cremefläschchen mit pastellfarbenen Etiketten, eine in Leder gebundene Bibel und drei gerahmte Bilder unterschiedlicher Größe. Das mittlere davon, im Querformat und in lasiertem Hartholz gerahmt, war ein altes Foto von fünf mürrisch dreinblickenden Soldaten, bekleidet mit den Uniformen irgendeines Krieges. Das Foto auf der linken Seite war jüngeren Datums, ein Soldat in offensichtlich neuer Uniform mit dem arroganten Lächeln jugendlichen Eifers, beides noch unberührt von der Wirklichkeit des Schlachtfelds. Das dritte Foto, in einem Rokokorahmen aus Zinn, zeigte eine schöne, junge Frau.

»Hallo, Esther«, sagte Helen.

»Ist da jemand bei Ihnen?«, fragte die alte Frau.

»Esther, das ist Michael. Michael wird uns von jetzt an hier zur Hand gehen.«

»Er ist ein neuer Angestellter?«

»Ja. Er hat heute erst angefangen.«

Mit einer anmutigen Handbewegung drückte Esther ihre Billigung aus. »Ich denke, das geht in Ordnung.«

Helen ging auf die Kerze zu, blies sie aus und konfiszierte das Streichholzheftchen, das daneben lag. »Esther, Sie wissen doch, dass Sie hier kein offenes Feuer haben dürfen, wenn nicht jemand bei Ihnen im Zimmer ist.«

»Es roch hier drinnen langsam wie in einem Altenheim.«

Helen grinste schwach, dann sagte sie zu mir: »Machen Sie die Zimmer hier im zweiten Stock fertig, und wenn Sie so weit sind, kommen Sie zu mir nach unten.«

Nachdem Helen gegangen war, machte sich Stille im Raum breit, und die alte Frau kehrte in ihre eigene, abgeschiedene Welt zurück, als sei mit Helen jede menschliche Gesellschaft verschwunden. Ich machte mich daran, das Bett abzuziehen, während die Frau mit geschickten Händen weiterarbeitete und methodisch etwas schuf, das sie nicht sehen konnte. Als die ganze Bettwäsche schließlich in einem Haufen auf dem Boden lag, wurde das Schweigen unbehaglich.

»Ich heiße Michael«, sagte ich.

»Das habe ich gehört.«

Ich warf einen Blick auf die Fotos auf ihrem Sekretär. »Sind das Bilder von Ihrer Familie?«

Es folgte eine lange Pause. »Geht Sie das etwas an?«

Ich wandte mich wieder zu der Frau um. »Nein. Ich habe lediglich versucht, Konversation zu machen.«

Sie erwiderte nichts, daher gab ich den Versuch auf und machte mich daran, ein frisches Laken auf die nackte Matratze zu spannen.

»... bei einem davon ist das der Fall – das Foto von den Soldaten. Der Mann ganz links ist mein Vater.«

Ich sah mir das Bild noch einmal an und betrachtete den düster dreinblickenden Soldaten. »Die Leute haben damals nie gelächelt.«

»Sie haben ständig gelächelt. Nur eben nicht für Fotos.«

Ich sah zu ihr hinüber und war mir nicht recht sicher, ob ich noch eine weitere Frage riskieren sollte. »Und das andere Bild? Ist das Ihr Mann?«

Sie zögerte kurz und antwortete schließlich spröde: »Nein. Das ist er nicht.«

Ich wandte meine Aufmerksamkeit dem letzten der Bilder zu, einem gestellten, sehr alten Porträt einer Frau. Ihr Gesicht war zart, blass und glatt, als sei es aus Marmor gehauen.

»Das letzte Bild ist von mir«, sagte sie, ohne dass ich sie noch einmal bedrängen musste. »Ich war einmal schön.«

Ich drehte mich um, um festzustellen, ob ich eine Ähnlichkeit erkennen konnte.

»Haben Sie irgendwelche Fotos?«, fragte sie.

Ich fand die Frage aus dem Mund einer blinden Frau seltsam. »Ich habe sie nicht bei mir.«

Sie wirkte enttäuscht, als fühle sie sich betrogen. »Wie sehen Sie aus?«

»Ich bin etwa eins achtzig groß. Ich habe braunes Haar und blaue Augen.«

»Wie alt sind Sie?«

»Fast zweiundzwanzig.«

»Sind Sie verheiratet?«

»Nein.«

»Sind Sie unansehnlich?«

Jetzt wünschte ich, ich hätte sie nicht aus ihrer Einsamkeit hervorgelockt, was möglicherweise genau das war, was sie mit ihrer Frage bezweckte. »Nein.«

»Sie klingen einigermaßen gut aussehend«, sagte sie barsch.

»Wie kann man gut aussehend *klingen?*«

»Schließen Sie mal die Augen, wenn der Fernseher läuft. Sie können es merken. Nur dass im Fernsehen praktisch alle Menschen schön sind. Darum sind sie ja da. Sie können darauf wetten, dass keiner von hier jemals im Fernsehen landet. Mit Ausnahme von Ihnen vielleicht. Sie klingen gut aussehend.«

Ich stopfte die letzte Ecke des Lakens unter die Matratze. »Alice sieht gut aus.«

»Die werden Alice nie ins Fernsehen holen, nicht mit diesem Stirnrunzeln.«

»Woher wissen Sie, dass sie die Stirn runzelt?«

»Sie spricht mit einem Stirnrunzeln.«

»Ich habe sie noch nicht die Stirn runzeln sehen«, sagte ich.

»Das werden Sie noch.«

Ich sammelte die Bettwäsche vom Fußboden auf. »Ich gehe dann besser jetzt.«

»Das sollten Sie.«

»Wir sehen uns dann später.«

»Das lässt sich vermutlich nicht verhindern.«

Dankbar verließ ich Esthers Zimmer und arbeitete mich durch den Rest des Stockwerks, ohne dass es zu weiteren Zwischenfällen kam, wenn man davon absah, dass eine Bewohnerin »Feuer!« schrie, als ich ihr Zimmer betrat. Sie kreischte ungefähr eine halbe Stunde mit zunehmend schriller Stimme weiter, bis Alice zu meiner Rettung herbeieilte. Als ich mit der Arbeit fertig war, trug ich ein riesiges Bündel schmutziger Wäsche ins Wäschezimmer und machte mich dann auf die Suche nach Helen. Sie war unten im Aufenthaltsraum, wo ein halbes Dutzend Hausbewohner ihre Rollstühle um einen Fernseher herum geparkt hatten, um sich *Hee Haw* anzusehen. Der Apparat war auf volle Lautstärke gestellt, sodass das Klimpern der Banjos im ganzen Raum widerhallte.

»Alles fertig?«, fragte Helen über das Getöse hinweg.

»Ich habe alle Betten frisch bezogen, die ich finden konnte.«

»Wie war Ihr Besuch bei Esther?«

»Erträglich.«

»So schlimm?«

»Sie ist ein ziemlich mürrischer Mensch«, bemerkte ich.

Helen nahm meine Einschätzung nicht allzu schwer. »Die Menschen mit den weichsten Herzen legen sich im Allgemeinen die härtesten Schalen zu.« Sie lächelte. »Sie werden sich an sie gewöhnen müssen. Sie muss mehr aus ihrem Zimmer heraus, und ich brauche Sie, um mit ihr spazieren zu gehen.«

Spaziergänge mit Esther waren eine Aufgabe, der ich nicht gerade mit Freuden entgegensah. Den Rest des Nachmittags folgte ich Helen durchs Haus, während sie mich mit der gleichen Leidenschaft mit meinen Aufgaben und mit meinen Patienten vertraut machte. So schrill sie auch wirkte, war Helen ein durch und durch ehrlicher und freundlicher Mensch. Sie behandelte die Heimbewohner mit Würde und deren Macken mit Humor. Um fünf Uhr gab Helen mir meinen Arbeitsplan für die kommende Woche und entließ mich für den Tag.

Als ich nach Hause kam, stand Fayes silberner BMW mit qualmendem Auspuff auf dem Gehsteig vor meiner Tür. Faye saß sichtlich entspannt im Wagen. Sie trug einen langen Mantel und las ein Buch. Ich klopfte ans Fenster, und sie fuhr erschrocken zusammen. Sie lächelte, und ich öffnete die Fahrertür.

»Hallo, mein Hübscher«, sagte sie und küsste mich. »Wo hast du den ganzen Tag gesteckt?«

Ich hockte mich auf den Bordstein. »Ich habe mit meinem neuen Job angefangen.«

»Im Pflegeheim?«

»Sie waren ziemlich in Druck.«

Faye lächelte zufrieden. »Schön, dass du den Job bekommen hast. Ein Pflegeheim passt viel besser zu dir als die Frischwarenabteilung von Heller's.« Sie beugte sich vor und legte mir die Arme um den Hals. »Du bist sehr mitfühlend, und Auberginen wissen das nicht zu schätzen.«

Mein Blick fiel auf den Bücherstapel auf dem Beifahrersitz. »Wie lange wartest du schon hier?«

Sie schaltete den Motor ab. »Ungefähr zwei Kapitel Kant.«

Ich nahm ihre Hand und half ihr aus dem Wagen. »Warum hast du nicht im Haus gewartet?«

»Habe ich ja. Aber dann wurde es drinnen zu kalt, deshalb bin ich rausgekommen, um mich aufzuwärmen.«

Wir gingen auf das Haus zu. »Ich bin gestern Abend dahintergekommen, dass mein Vater unsere Telefongespräche belauscht hat.«

Ich sah sie ungläubig an. »Wirklich?«

»Nach meinem Gespräch gestern Abend mit ihm kommt es mir so vor.«

»Man sollte meinen, ein Chefchirurg hätte etwas Besseres zu tun.«

»Etwas Besseres, als auf seine kleine Tochter aufzupassen? Unwahrscheinlich.«

Ihr Blick fiel auf die Tüte Donuts, die ich auf dem Heimweg gekauft hatte. Ich hielt sie ihr hin.

»Einen Donut?«

»Erzähl mir nicht, dass das dein Abendessen sein soll.«

»Hast du was gegen Donuts?«

»Ich koche heute Abend.«

»Dafür wirst du aber ein paar Zutaten brauchen.«

Sie schloss für mich auf und öffnete die Tür. »Ich weiß, ich bin einkaufen gegangen.«

Vor einigen Wochen hatte ich Faye einen Schlüssel für mein Haus gegeben, und dies war nicht das erste Mal, dass sie die Vorräte aufgefüllt hatte. Ich nahm Fayes Mantel, dann drehte ich die Heizung auf. Faye ging in die Küche.

»Bei Heller's gab es heute Lachs im Sonderangebot. Ich dachte, ich mache uns Spinatfettucine und Lachs. Hoffentlich bringt das deinen Verdauungsapparat nicht durcheinander. Es ist schwer, für jemanden zu kochen, der sich ausschließlich von Bagels und gezuckertem Müsli ernährt.«

»… und von Donuts.«

»Und von Donuts. Die Ernährungswissenschaftler sollten mal eine Studie über dich machen.«

Ich deckte den Tisch und füllte zwei Gläser mit weißem Traubensaft. Als Faye mit ihrer Alfredosauce fertig war, setzten wir uns zum Essen hin.

»Ich werde erleichtert sein, wenn dieses Semester vorbei ist. Ich glaube nicht, dass ich je im Leben so hart gearbeitet habe.«

»Wenigstens kannst du dich auf die Ferien zu Erntedank freuen.«

»Das tue ich auch. Bist du immer noch bereit, zum Erntedankfest zu uns zum Essen zu kommen?«

»Ich denke, das war die Idee deines Vaters. Er hatte in letzter Zeit nicht genug Gelegenheit, mich zu demütigen, und er befürchtet, dass er einrosten könnte.«

»Keine Chance. Er übt, wenn du nicht da bist.« Faye lächelte mitfühlend. »Er muss dich einfach nur besser kennenlernen.« Fayes Optimismus grenzte ans Lächerliche. »Hast du schon was von deinem Stipendium gehört?«

»Nichts mehr seit der Vorauswahl. In der ersten Dezemberwoche habe ich ein Vorstellungsgespräch beim Stipendienkomitee der Universität.«

»Ich habe ein gutes Gefühl bei der Sache«, meinte sie.

»Wenn nichts daraus wird, kann ich immer noch finanzielle Unterstützung beantragen.«

Faye runzelte die Stirn. Was ich für pragmatisch hielt, betrachtete sie als Pessimismus.

»Erzähl mir von deinem ersten Arbeitstag.«

Ich legte meine Gabel beiseite. »Es war auf jeden Fall unterhaltsam. Einer von den alten Knaben hat versucht, uns wie böse Geister aus seinem Zimmer zu vertreiben.«

»Hat es funktioniert?«

»Am Ende schon. Aber nicht, bevor ich sein Bett frisch bezogen hatte.«

»Ist das deine Arbeit? Bettwäsche wechseln?«

»Das und viele andere ruhmreiche Taten. Ich muss außerdem Bettpfannen leeren und neunzig Jahre alte Beine rasieren.«

»Ich finde es wunderbar, dass du Menschen hilfst.« Sie hielt inne, um einen Schluck von ihrem Saft zu nehmen. »Wie sind denn deine Kollegen so?«

»Ich habe bisher nur ein paar von ihnen kennengelernt. Aber sie sind ausgesprochen hilfsbereit.« Ich spießte ein Stückchen Lachs auf. »Abgesehen von den Hausbewohnern bin ich, glaube ich, der einzige Mann dort.«

Sie warf mir einen betont eifersüchtigen Blick zu. »Vielleicht ist der Job doch nicht so gut für dich geeignet.«

Nach dem Abendessen ließen wir das schmutzige Geschirr so, wie es war, und setzten uns zum Fernsehen aufs Sofa. Faye schlief in meinen Armen ein.

Ich weckte sie, als Johnny Carson abtrat. »Soll ich dich nach Hause fahren?«

»Nein.« Sie küsste mich schläfrig und lehnte sich wieder an mich. »Ich hätte nicht so lange bleiben sollen. Morgen ist Shandras Hochzeit.«

Ich wickelte sie in ihren Mantel.

»Falls es ein Trost für dich ist, du bist vor einer Stunde zu Bett gegangen«, sagte ich.

Ich öffnete die Tür, und die nächtliche Winterluft schlug uns entgegen, als wir zu ihrem Auto hinausgingen. Faye stand zitternd neben mir, während ich ihre Wagentür aufschloss. Ihr Atem gefror vor ihrem Gesicht. »Sehen wir uns morgen Abend beim Hochzeitsempfang?«

»Ich komme, sobald ich kann.«

»Ich werde auf dich warten. Es wird bestimmt nett.« Sie sah mich an und zitterte abermals. »Ich kann es nicht fassen, dass du ohne Mantel aus dem Haus gegangen bist.«

Ich schlang die Arme um meinen Oberkörper. »Ich bin ein Dickhäuter«, sagte ich. Wir küssten uns noch einmal, dann ließ sie sich auf den Fahrersitz gleiten, und ich schloss die Tür hinter ihr. Wenige Minuten, nachdem sie gefahren war, klingelte das Telefon. Fayes Eltern machten sich immer Sorgen, wenn sie sich nach Einbruch der Dunkelheit noch in meinem Viertel aufhielt.

# 3

## HENRI

*… nicht alle Helden kommen auf einem
weißen Hengst dahergeritten.*

*Auszug aus Esther Huishs Tagebuch*

Das Gebäude, das jetzt das Arkadien beherbergte, war 1818
errichtet worden, als Utah noch ein Territorium war – noch
nicht akzeptiert von einer Union, die eine Generation später
versuchen würde, sich von sich selbst zu trennen.

Das Haus hatte früher den Delucas gehört, einer altehr-
würdigen und wohlhabenden Familie toskanischer Herkunft,
die nach Amerika ausgewandert war, um ihr Glück zu suchen,
und die später weiter nach Westen gezogen war. Da die Familie wohlhabend war, gewann das Haus bald an gesellschaft-
licher Bedeutung und wurde häufig von den Würdenträgern
der Gegend besucht – von Politikern und Kaufleuten, die in
dem Territorium das Sagen hatten. Die Familie Deluca blieb
nur zwei Generationen in Ogden und übersiedelte dann nach
Kalifornien, um Repetiergewehre herzustellen; mit Krieg war
mehr Gold zu machen als mit Bergbau. Das Grundstück selbst
ging in den Besitz Ardell Carnahans über, des damaligen Bür-
germeisters, der die feudalen Räumlichkeiten bewohnte, bis er
1876 nach der Veruntreuung einer beträchtlichen Summe
Geldes aus dem Stadtsäckel sein Heil in der Flucht suchen
musste. Die Villa wurde von der Stadt gekauft und bis 1929
an das Arcadia Paradise Inn verpachtet. In diesem Jahr stellte

die Ogden-Canyon-Bahn ihren Betrieb ein, und das Gasthaus machte bankrott. Das Haus wurde vernagelt und stand leer, bis Obdachlose es entdeckten und zu ihrem Nachtasyl machten. Es waren keine friedlichen Zeiten, denn die Menschen kämpften um den Besitz eines Hauses, das ihnen nicht gehörte, und mindestens zwei Männer wurden unter seinem Dach getötet, Männer, die dort lediglich Zuflucht für ein paar Nächte gesucht hatten.

Sechs Jahre später wurde der Besitz von einem exzentrischen Österreicher gekauft, der in der ersten Etage des Hauses wohnte und das Erdgeschoss für sein Vieh benutzte. Schweine und Esel speisten nun dort, wo einst Politiker diniert hatten, was der neue Besitzer des Hauses durchaus passend fand. Wenn er Abgeschiedenheit gesucht hatte, so war das Haus jedenfalls die richtige Wahl gewesen; er starb eines Tages eines natürlichen Todes und wurde mit seinen Tieren erst ein Jahr später von Wanderern entdeckt, die das Grundstück unerlaubt betreten hatten.

Der Bezirk beschlagnahmte das Haus, angeblich aufgrund von Steuerrückständen, und benutzte es, um Maschinen zur Instandhaltung des Canyons dort unterzubringen, bis es 1973 mit einem einzigen Federstrich zu einem Altenheim umfunktioniert wurde.

Mit bürokratischem Eifer wurde das Haus zu einer Anstalt umgebaut – die Bücherregale aus handgeschnitztem Rosenholz mussten Aktenschränken aus Metall weichen, hohe Kassettendecken wurden unter abgesenkten, schalldämpfenden Decken verborgen und glänzende Parkettböden und Dielenbretter mit dünnem Industrieteppich verdeckt. Aber die dem Haus innewohnende Schönheit – die Arbeit von Handwerkern, die mit jedem Stich ihres Beitels einen Teil ihrer Seele dort zurückgelassen hatten – ließ sich nicht zum Schweigen bringen.

Ein paar Tage später kam ich zur Arbeit, als die Morgendämmerung sich gerade mit einem dünnen Nebel über das Arkadien ausbreitete, sich auf die terrassenförmigen Klippen des Canyons legte und zu Tal floss wie ein Nebenfluss in einen riesigen See. In der Nähe des Vordereingangs kam mir Helen entgegen. Sie war dabei, sich einen pelzgefütterten Parka überzuziehen.

»Sie gehen?«

Helen nickte. »Ich habe nur noch auf Sie gewartet. Ich möchte, dass Sie Henri ins Veteranenhospital fahren. Seine Bronchitis wird einfach nicht besser.« Sie warf einen Blick auf meinen Wagen. »Sie nehmen besser den Kleinbus. Ich hole die Schlüssel.« Ich folgte ihr in ihr Büro.

»Wohin wollen Sie denn?«

»Irgendein idiotischer Verwaltungsmensch möchte unser Gebäude für einen neuen Kinderhort. Ich weiß nicht, warum wir denen in solchen Fällen immer als Erstes einfallen. Als hätte ich nicht schon genug um die Ohren, ohne meine Zeit damit zu verschwenden, unsere Existenz zu rechtfertigen. Ich habe eine Freundin im Büro des Amtsleiters, die uns helfen will. Ich treffe mich mit ihr, um mich beraten zu lassen.«

Sie gab mir die Wagenschlüssel. »Wissen Sie, wo Sie hinmüssen?«

»Ins Veteranenhospital, unten in einer Nebenstraße der Wall Avenue.«

»Henris Krankenakte müsste der Klinik bereits vorliegen. Warten Sie einfach dort, bis er fertig ist, es sei denn, die Ärzte wollen ihn über Nacht dabehalten. Irgendwelche Fragen?«

»Wer ist Henri?«

»Er wohnt in Zimmer sechs im ersten Stock. Er ist der Schwarze, dem ein Bein amputiert worden ist.«

»Ich gehe gleich zu ihm.«

Henris Zimmer zeigte geradezu beispielhaft, wie das Tao von Yin und Yang funktionierte. Er teilte sich den Raum mit einem anderen Mann, und obwohl die beiden Wohnbereiche nur durch einen durchsichtigen Stoffvorhang abgeteilt waren, der von einer Aluminiumschiene in der Decke herabhing, la-

43

gen Welten zwischen ihnen. Henris Zimmergefährte war ein Asiat mit langem grauen Haar und fransigem Bart. Er wurde allenthalben einfach Chen genannt, nach seinem Familiennamen, da die anderen Hausbewohner den Versuch, seinen Namen richtig auszusprechen oder sich die beiden Silben auch nur zu merken, schon lange aufgegeben hatten. Chen hatte seinen Teil des Zimmers penibel in eine Art chinesischen Schrein verwandelt, mit goldenen Buddhas und drachenförmigen Weihrauchschalen, die einen durchdringenden Duft verströmten, selbst wenn nichts darin brannte. Neben seinem Bett stand eine große Cloisonné-Vase in der Form eines Huhns. Rote, mit goldenen chinesischen Schriftzeiten beschriebene Wimpel hingen neben Tuschezeichnungen von Bambussträuchern und der Landschaft von Guangzhou an der Wand. Im Gegensatz dazu war Henris Wohnbereich ausgesprochen spartanisch eingerichtet. Nicht ein Foto stand hier, keine persönlichen Habseligkeiten zierten den Raum – mit Ausnahme einer einzigen Pappschachtel, die etwa die Größe eines Schreibetuis hatte. Die Schachtel stand ungeöffnet neben seinem Bett, seit er ins Arkadien gekommen war, und niemand wusste, was sie enthielt, oder war neugierig genug, um danach zu fragen.

Bei meinem Eintritt lag Henri mit dem Gesicht zur Wand im Bett, die Decke fest um den Leib geschlungen. Er war voll bekleidet, und seine Stirn glänzte fiebrig.

»Henri, ich bin hier, um Sie ins Krankenhaus zu bringen«, sagte ich. Einen Moment lang rührte er sich nicht, dann schüttelte ihn ein Hustenanfall. Ohne weitere Aufforderung stemmte er sich mit dem Arm hoch, schob sein Bein über die Bettkante, griff nach seiner Krücke und humpelte mir voraus zum Aufzug.

Die Fahrt zum Krankenhaus verlief schweigend, bis auf einen kurzen und fruchtlosen Versuch meinerseits, ein Gespräch in Gang zu bringen. Eine Meile vom Heim entfernt fragte ich beiläufig: »Sind Sie schon lange im Arkadien?«

Henri antwortete nicht, sondern begann zu husten, wobei er sich den Mund zur Hälfte mit der Hand bedeckte.

»Dieser Husten klingt, als wäre er schmerzhaft. Wie lange haben Sie ihn schon?«

Immer noch keine Antwort.

»Alice sagt, Sie führen jeden Freitagabend im Aufenthaltsraum eine Gesangs- und Tanznummer auf.«

Er wandte sich ab, und ich fuhr schweigend weiter. Ich bedauerte meine letzte Bemerkung.

Das Veteranenhospital war ein massiges Gebäude aus gelben Ziegelsteinen mit modergrünen, gekachelten Fußböden und eierschalenweißen Decken. Nachdem ich die erforderlichen Aufnahmepapiere ausgefüllt hatte, nahm eine Krankenschwester Henri mit, und ich setzte mich mit einer Zeitschrift in die Eingangshalle. Kurz darauf kam die Krankenschwester wieder zurück.

»Sind Sie derjenige, der den Herrn aus dem Pflegeheim hergebracht hat?«

»Ja.«

»Dr. Heath würde gern mit Ihnen sprechen.«

Ich folgte der Krankenschwester in einen Raum, in dem Henri auf einem Untersuchungstisch lag, bekleidet nur mit einem dünnen, am Rücken zugebundenen Baumwollkittel.

Er sah zerbrechlich und klein aus. Seine Krücke lehnte an der Wand, und seine Augen wandten sich ängstlich bald in diese, bald in jene Richtung, als würde er einen Fluchtweg suchen. Der Arzt saß neben ihm auf einem Hocker und notierte sich etwas auf einem Klemmblock. Als ich eintrat, rückte er seine Brille zurecht und drehte sich auf dem Hocker zu mir um.

»Ist dieser Mann gestürzt?«

Ich sah zu Henri hinüber, der nicht auf die Frage reagierte. »Das weiß ich nicht. Man hat mir nur gesagt, er habe Bronchitis.«

»Sehen Sie sich das an.« Er hob Henris Kittel an und ent-

45

blößte mehrere große Schwellungen und einige Verbände um seine Rippen und seine Hüfte. Die schwarze Haut schimmerte fast purpurn, wo der Arzt Jod auf die Wunden gestrichen und sie mit Verbandsmull bedeckt hatte, die von weißen Leukoplaststreifen festgehalten wurden.

»Hat er sich wund gelegen?«

»Nein. Das sind Hautabschürfungen. Es sieht so aus, als sei er gestürzt und habe sich dabei verletzt. Mir ist aufgefallen, dass er mit nur einer einzigen Krücke hereingekommen ist, vielleicht braucht er einen Rollstuhl.«

»Wir untersuchen die Leute täglich, ob sie sich wund gelegen haben«, sagte ich. »Es überrascht mich, dass diese Verletzungen niemandem aufgefallen sind. Ich könnte die Heimleiterin bitten, Sie anzurufen.«

Der Arzt wandte sich wieder seinem Klemmblock zu. »Das wird nicht nötig sein. Ich wollte Sie lediglich darauf aufmerksam machen.« Er kritzelte noch ein paar Notizen auf das Papier und überreichte mir dann mehrere mit kryptischen Zeichen beschriebene Blätter. »Hat er ein eigenes Zimmer?«

»Er teilt es sich mit einem anderen Mann.«

»Dann empfehle ich Ihnen, einen der Männer zu verlegen. Bronchopneumonien können tödlich verlaufen. Von allem bei alten Menschen. Ich habe ihm ein stärkeres Antibiotikum verschrieben als das, das er vorher bekommen hat. Sorgen Sie dafür, dass er es viermal täglich auf vollen Magen einnimmt. Außerdem habe ich etwas gegen seinen Husten aufgeschrieben. Es wird ihn schläfrig machen. Nimmt er noch andere Medikamente?«

»Das weiß ich nicht. Aber ich kann es nachprüfen, wenn ich zurückkomme.«

»Falls er sonst noch etwas einnimmt, rufen Sie mich noch einmal an.«

Ich half Henri in den Lieferwagen, und während der restlichen Fahrt waren die einzigen Geräusche das Dröhnen des Verkehrs und Henris sporadische Hustenanfälle. Der Nebel hatte sich größtenteils gehoben. Ich parkte den Wagen in der Nähe der Haustür und half Henri beim Aussteigen. Ohne ein Wort griff Henri sich seine Krücke und humpelte davon. Er schien weder weitere Hilfe noch Gesellschaft von mir zu wünschen. Ich schloss den Wagen ab und folgte ihm ins Arkadien. Am Empfangstisch in der Halle saß Alice und löste ein Kreuzworträtsel. Ich legte die Rezepte vor sie hin.

»Wie komme ich jetzt an die Medikamente?«

»Das ist meine Aufgabe. Ich kümmere mich um alle Medikamente.«

»Ich muss diese Rezepte für Henri so bald wie möglich haben. Nimmt er sonst noch etwas?«

»Nein«, antwortete Alice.

Ich brachte die Schlüssel in Helens Büro zurück und holte die Zeitung für Esther. Als ich wieder in die Eingangshalle kam, hatte Alice bereits zwei Medizinfläschchen in der Hand.

»Ich habe Henris Medikament noch vorrätig. Wir hatten noch Reste da.«

»Reste? Sollen Antibiotika nicht eingenommen werden, bis sie aufgebraucht sind?«

Alice stellte beide Flaschen auf die Theke. »Nicht, wenn der Patient vorher ins Gras beißt.«

Ihre Antwort bestürzte mich. »Hm, es wäre wohl Verschwendung, sie verkommen zu lassen«, meinte ich. Ich nahm die Medizin und ging die Treppe hinauf zu Henris Zimmer. Die Lampen im Raum brannten nicht, und die Nachmittagssonne warf ein bernsteinfarbenes Licht durch die heruntergelassenen Rollläden. Henri hatte sich wieder in seine Decke gewickelt, aber seine Augen waren offen, und er folgte mir mit seinem Blick, als ich den Raum betrat. Ich holte einen Becher aus seinem Badezimmer, füllte ihn mit Leitungswasser und goss dann den dickflüssigen Sirup auf einen Löffel.

»Ich habe Ihnen Ihre Medizin gebracht, Henri.«

Er richtete sich langsam auf und beobachtete den Löffel mitsamt der burgunderfarbenen Medizin darauf. Ich setzte mich neben sein Bett und hielt ihm den Löffel an den Mund. Plötzlich holte er aus und schlug mir mit dem Arm sowohl den Löffel als auch das Glas aus der Hand. Das Glas zerschellte auf dem Boden. Henri begann zu stöhnen, und sein ganzer Körper zuckte krampfartig. Sein Blick war auf die Tür geheftet. Als ich mich umdrehte, sah ich Alice auf der Schwelle stehen. Sie schüttelte den Kopf.

»Ist das ein epileptischer Anfall?«

»Nein, er ist einfach senil«, sagte sie. »Deshalb erholt er sich auch nicht. Er weigert sich, seine Medizin zu nehmen.« Wieder schüttelte sie den Kopf. »Viel Glück.«

Sie kehrte nach unten zurück. Ich rieb dem alten Mann die Schulter, und er schien sich zu beruhigen. »Ist schon gut, Henri. Ich mache das hier nur schnell sauber. Wir versuchen es später noch einmal.«

Ich holte mir einen Besen, kehrte die Glasscherben zusammen und wischte dann den Boden. Als ich damit fertig war, war Henri eingeschlafen.

# 4

## LA CAILLE

*Heute wurde in Betheltown ein Mann erschossen.*
*In Goldstrike ist Mord an der Tagesordnung, aber hier ist*
*dies das erste derartige Vorkommnis. Bei dem Streit ging es*
*um einen aufgelassenen Claim der Layola-Mine ... Geld ist*
*eine billige Methode, um seine Seele zu verkaufen.*

*Auszug aus Esther Huishs Tagebuch*

Ich stempelte an diesem Abend um sechs Uhr aus, zog mir
Hemd und Krawatte an und brach zu der einstündigen Fahrt
nach Salt Lake City zur Hochzeit von Fayes Freundin auf.

Als Nebenerscheinung meiner Verbindung mit Faye lernte
ich vieles kennen, was mir bis dahin unbekannt war – ein üp-
pigeres Stück vom, amerikanischen Kuchen. Dazu gehörte
auch das *La Caille*. Es war bereits dunkel, als ich durch das gewaltige Schlossportal des Restaurants fuhr. Die gepflasterte
Auffahrt, an deren Seiten sich hoher Schnee türmte, wurde
von dem sanften, bernsteinfarbenen Leuchten von Kerosin-
lampen erhellt. Der Schnee lag wie eine Schicht Puderzucker
auf dem geräumigen Hof. Ich hatte gehört, dass in den wär-
meren Monaten des Jahres auf dem Grundstück des Restaurants Rentiere, Lamas, Emus und Pfaue umherstreiften. Die
lange Auffahrt endete in einer Wendeschleife, wo mir ein
Hausdiener meine Autoschlüssel abnahm und mir dafür einen
Abholschein gab. Dann ging ich hinein.

Zu Beginn meiner Beziehung mit Faye neigte ich an derart vornehmen Orten zu Angstattacken, aber nachdem ich diese Erfahrung einige Male gemacht hatte, legte sich meine Furcht zumindest teilweise, und ich lernte, so auszusehen, als gehöre ich dorthin. Zumindest glaubte ich, es gelernt zu haben.

Am Eingang gab ich meinen Mantel ab und ging dann die mit Wandbehängen gesäumte Wendeltreppe hinauf nach oben, wo das Hochzeitsmahl bereits begonnen hatte. Braut und Bräutigam waren angekündigt worden, dann hatte man sich mit Champagner zugeprostet und die Speisekarten in Empfang genommen. Die Hochzeitszeremonie hatte bereits vor einer Stunde stattgefunden, und inzwischen hatte ein Streichorchester in dem Raum zum Garten hin, in dem das Ehegelübde gesprochen worden war, Stellung bezogen. In der Mitte des Speisesaals stand ein großer, sechsstöckiger, alabasterweißer Hochzeitskuchen, der über und über mit frischen Blumen bestreut war, auf einem runden, mit einem Leinentuch gedeckten Tisch. Um den Tisch herum spendeten die Kerzen von vier silbernen Leuchtern strahlendes Licht. Am anderen Ende des Raums saß Faye neben der Brautmutter am Kopf der Tafel. Faye trug eine Plisseebluse aus cremefarbener Seide, die in der Taille mit einer Schärpe gleichen Materials gebunden wurde. Die Gäste am Kopf der Tafel waren bereits bedient worden, und Faye zerteilte gerade mit eleganten Bewegungen eine Blätterteigpastete, als sie mich entdeckte. Ihr Gesicht leuchtete auf, und sie stand auf, um mich zu begrüßen.

»Hallo, mein Hübscher. Du siehst großartig aus«, sagte sie und griff nach meiner Hand.

»Ja, in sauberem Zustand mache ich mich angeblich ganz gut.« Ich blickte auf die Leute hinab, die bei ihr saßen. Shandra schmiegte sich an ihren frisch gebackenen Ehemann – einen großen, dunkelhaarigen Mann in anthrazitgrauem Smoking.

»Du hast gegen Sitte und Anstand verstoßen«, flüsterte ich

Faye zu. »Die Brautjungfer darf nicht schöner sein als die Braut.«

Faye errötete leicht und sah dann aus den Augenwinkeln zum Tisch hinüber. »Scht«, sagte sie glückstrahlend. »Rede nicht so. Das stimmt nicht.« Sie trat hinter mich. »Ich möchte euch miteinander bekannt machen.«

Shandra sah lächelnd zu uns auf. Ich war Shandra schon einige Male begegnet, und sie war an jenem Tag, an dem ich Faye bei Heller's kennengelernt hatte, mit ihr zusammen gewesen.

»Michael, darf ich dir Mrs Millett vorstellen.«

»Du bist wunderschön, Shandra.«

Ihr Lächeln wurde noch strahlender. »Danke. Ich freue mich ja so, dass du kommen konntest. Jetzt wirst du endlich Tim kennenlernen.« Sie ergriff die Hand ihres Bräutigams, und er brach sein Gespräch mitten im Satz ab und sah zu mir auf. »Michael, das ist mein Mann. Tim, das ist Fayes Verehrer.«

Der Bräutigam lächelte und hielt mir die Hand hin. »Freut mich, Sie endlich kennenzulernen, Michael. Faye hat so viel von Ihnen erzählt.«

»Von Ihnen aber auch«, erwiderte ich. »Herzlichen Glückwunsch. Ich bewundere Ihre Frau.«

»Nicht zu sehr, hoffe ich«, erwiderte er lächelnd.

Dann stellte Shandra mich ihren Eltern vor. »Mom, Dad, das ist Michael, Fayes Freund.«

Shandras Mutter war eine kultivierte Frau mit scharfen Gesichtszügen und dunkel gefärbtem Haar, das zu einem makellosen französischen Knoten nach hinten frisiert war.

Sie schien das genaue Gegenteil von ihrem Ehemann zu sein, einem massigen Mann mit wirrem Haar, buschigen, silbergesprenkelten Augenbrauen und vorstehendem Kinn. Ich konnte ihn mir gut vorstellen, wie er nach Westernart gekleidet mit einer Zierschnur um den Hals und Stiefeln aus Straußenleder herumlief. Der Mann lächelte, und die Krähenfüße um seine Augen vertieften sich.

»Es ist mir ein Vergnügen, Ihre Bekanntschaft zu machen«, erklärte die Frau höflich.

»Dem kann ich mich nur anschließen, Michael«, sagte ihr Mann leutselig. »Warum setzen Sie sich nicht zu uns?« Er warf einen Blick auf den überfüllten Brauttisch. »Ziehen Sie sich einfach einen Stuhl ran.«

Shandra blickte ein wenig unbehaglich drein. »Tut mir leid …«

Ich hob schnell die Hand. »Oh nein, Sir, das ist alles schon geregelt: Ich habe bereits einen Platz da drüben«, sagte ich und deutete vage hinter mich. »Ich wollte nur kurz nach meinem Mädchen sehen, bevor jemand anderes Anspruch auf sie erhebt.«

Der Mann lachte. »Um ehrlich zu sein, ich habe selbst schon daran gedacht, sie für mich zu beanspruchen«, sagte er. Er beugte sich zu mir hinüber. »Sie sieht zum Anbeißen aus.«

Dieser Mann gefiel mir. Man hatte weniger den Eindruck, dass er nicht in dieses Restaurant passte, als dass das Restaurant nicht zu ihm passte. »Da bin ich vollkommen Ihrer Meinung. Also noch einmal, herzlichen Glückwunsch Ihnen allen«, sagte ich und entfernte mich von dem Tisch.

Faye kam hinter mir her. »Das hast du sehr gut gemacht«, flüsterte sie mir zu.

»Wo sitze ich?«

»Sie haben dir einen Platz an Tisch sieben gegeben. Das ist der Tisch drüben an dem großen Fenster.«

Ich erspähte einen Tisch auf der anderen Seite des Raums mit einem leeren Stuhl.

»Es tut mir wirklich leid, ich habe gedacht, sie würden uns nebeneinandersetzen«, entschuldigte sich Faye. »Ich wusste nicht, dass die Brautjungfern an den Familientisch gebeten werden würden.«

»Ich komme schon zurecht«, versicherte ich ihr. »Du amüsierst dich einfach.«

»Ich komme zu dir, sobald ich kann.«

Sie wirkte immer noch ein wenig beunruhigt, deshalb wechselte ich das Thema.

»Ist bisher alles gut gelaufen?«

Sie sah mich träumerisch an. »Es war das reinste Märchen. Shandra ist ja so glücklich.«

»Bringt dich das vielleicht auf eine Idee?«

Sie lächelte, antwortete aber nicht.

»Also, ich halte mich einfach an Tisch sieben auf, bis du fertig bist.«

»Ich werde nicht lange bleiben«, versprach sie. Dann zog sie die Augenbrauen leicht in die Höhe und fügte vielsagend hinzu: »Unten wird getanzt.« Ich wollte mich gerade von ihr trennen, als ein schelmisches Lächeln über ihr Gesicht glitt, und sie sagte: »Erinnere mich daran, dass ich dir unbedingt von dem Champagnerzwischenfall erzähle.«

Ich durchquerte den Raum und setzte mich auf den einzigen Stuhl am Tisch, der noch frei war. Vor dem unbenutzten Gedeck stand eine silbergerahmte Platzkarte mit meinem Namen darauf. Das Porzellan war um eine hohe Kristallvase in der Mitte des Tisches gruppiert, mit Blumen, die zum Brautstrauß passten. Während ich mich hinsetzte, nickte ich den anderen Gästen zu, obwohl diese bereits in ein Gespräch vertieft waren und meine Ankunft kaum zur Kenntnis nahmen.

Eine Kellnerin trat neben mich hin; sie trug ein tief ausgeschnittenes Bustier mit enger, spitzenbesetzter Taille und locker fallenden, französischen Ärmeln. »Sie haben also doch noch beschlossen zu kommen?«, fragte sie neckend. Sie hielt eine Karaffe mit Rotwein in der Hand. »Möchten Sie ein Glas Wein?«

»Nein, vielen Dank. Aber ich hätte sehr gern etwas zu essen.«

»Sie können zwischen zwei Hauptspeisen wählen, Lammrippchen oder auf Holzkohle gegrilltem Heilbutt.«

»Ich nehme das Lamm.«

Sie nickte. »Zum Dessert bieten wir venezianisches Trifle oder Crêpe maison an.«

»Crêpe klingt gut.«

»Möchten Sie sie flambiert haben?«

Ich sah sie fragend an. »Tut mir leid, ich weiß nicht, was das bedeutet.«

Die Kellnerin lächelte. »Das bedeutet, dass wir sie in Brand stecken.«

Ein koboldhaft wirkender Mann, der mir direkt gegenübersaß, beugte sich zu seiner Gefährtin hinüber und tuschelte mit ihr. Sie sah mich an.

Ich ignorierte diesen kleinen Zwischenfall. »Das ist dann alles. Vielen Dank.«

Ich nahm mir ein Croissant und bestrich es mit Butter, während ich die anderen Gäste am Tisch musterte. Es waren zwei gut gekleidete Paare in mittleren Jahren, von denen eins dem Wein offensichtlich bereits zu heftig zugesprochen hatte, während das andere Paar so aussah, als hätte es noch lange nicht genug getrunken. Eingekeilt zwischen den beiden Ehepaaren saß eine ältere Frau mit rotem Gesicht, silbernem Haar und einer riesigen Amethystbrosche. Zu meiner Linken hatte ich drei junge Frauen: eine große, schlanke Blondine saß in der Mitte, flankiert von einem ebenfalls blonden, allerdings an den Haarwurzeln dunklen Schmollmund mit schwarzem Samthalsband und einem rothaarigen Mädchen mit einer schmalen Brille auf der spitzen, kleinen Nase. Alle drei trugen sichtlich teure Kleider und schoben das Essen auf ihren Tellern geziert herum, als interessierten sie sich mehr dafür, es zu einem neuen Muster anzuordnen, als es zu verspeisen. Obwohl sie wahrscheinlich alle die Zwanzig noch nicht erreicht hatten, sprachen sie mit der weltgewandten Überlegenheit, die man bei doppelt so alten Frauen erwarten durfte.

»Das Kleid ist einfach zum Sterben, aber auf dieses Ding, diese Juwelentiara, hätte sie besser verzichtet. Wirkt plump, wenn ihr mich fragt.«

»Ich finde, Shandra hat einen besseren Geschmack bei Kleidern als bei Männern«, bemerkte die Rothaarige.

»Alle Frauen haben einen besseren Geschmack bei Kleidern als bei Männern«, erwiderte die schlanke Blondine. »Es ist doch viel einfacher, Kleider auszusuchen als Männer.«

»Das Problem bei den Männern ist, dass du dir nur einmal einen aussuchen darfst, und dann musst du beten, dass er für den Rest deines Lebens in Mode bleibt.«

Die schlanke Blondine lachte. »Wer sagt denn, dass du nur einmal aussuchen darfst?«

»Ich weiß nicht, was ihr für ein Problem habt«, sagte die Rothaarige entrüstet. »Er ist attraktiv, und seinem Vater gehört halb Park City, was ihn doppelt so attraktiv macht.«

Die falsche Blondine stocherte mit ihrer silbernen Gabel in ihrem Essen herum. »Was finden die Leute bloß an diesem gebackenen Brie? Es kommt einem so vor, als wäre Brie plötzlich gleichbedeutend mit *haute cuisine.* Sie bieten ihn in allen Variationen an. Wahrscheinlich gibt es zum Nachtisch noch einen Käsekuchen mit Brie.«

»Flambiert«, sagte die schlanke Blondine lachend, und ich fragte mich, ob das eine Anspielung auf mein Gespräch mit der Kellnerin war.

»Wer ist eigentlich die schnuckelige Brautjungfer mit dem kastanienbraunen Haar?«, fragte die Rothaarige.

»Das ist Faye«, antwortete die schlanke Blondine. »Sie ist eine Sigma.«

»Faye ist ein Schatz«, bemerkte die falsche Blondine. »Wir haben zusammen unseren Eid abgelegt. Sie studiert Medizin.«

»Jeder behauptet, er würde Medizin studieren«, entgegnete die Rothaarige.

»Bei Faye ist das aber mehr als Schall und Rauch. Sie hat einen Abschluss in Chemie, und ihr Vater ist Neurochirurg. Die Frau hat Hirn.«

»Ich würde lieber sterben, als so viel zu denken«, meinte die schlanke Blondine.

»Zumindest braucht sie sich keine Gedanken darüber zu machen, wen sie mal heiratet«, bemerkte die Rothaarige.

»So wie du das sagst, klingt es, als würde sie einen Maurer heiraten«, meinte die falsche Blondine.

»Ich sage nur, dass sie jemand Nettes heiraten kann.«

»Mit ›nett‹ kann man bei Neiman Marcus nicht bezahlen«, philosophierte die schlanke Blondine. »Oder sich so kleiden, wie man es könnte. Ich meine, was ist, wenn man es irgendwann satt hat, die berufstätige Frau zu spielen?«

»Gott, bist du romantisch«, sagte die Rothaarige sarkastisch.

»Ich bin nur realistisch. Die Nummer mit dem mittellosen Jungen funktioniert wunderbar für Seifenopern, aber in der richtigen Welt macht es weitaus weniger Spaß, in einem Slum zu leben. Entweder kapierst du das, oder du endest in einem Bowlingclub.« Sie hob ihr Glas. »Das ist eine Phase, die jede Frau früher oder später mal durchmacht – eine Art umgekehrte Aschenputtel-Fantasie. Funktioniert nicht. Ich sage, heiratet reich.«

»Heiratet reich und oft«, fügte die falsche Blondine hinzu.

»Ich gebe den beiden drei Jahre«, meinte die schlanke Blondine mit Blick auf den Brauttisch. »Fünf, wenn er sich nie erwischen lässt.«

Die Rothaarige lachte. »Man sollte dich nicht mal in die Nähe einer Hochzeit lassen. Du bist das personifizierte schlechte Omen.«

»Eine Hochzeit ist ein schlechtes Omen«, versetzte sie lässig. »Genau wie du eine unverbesserliche Optimistin bist.«

»Hast du unten Chris gesehen?«, warf die falsche Blondine ein.

»Chris Haights ist hier?«, fragte die Rothaarige.

Die drei Frauen standen abrupt auf und verschwanden. Ein paar Minuten später kam die Kellnerin mit meinem Essen, und kurze Zeit später beendeten die anderen Gäste ihre Mahlzeit und verließen ebenfalls den Saal. Gerade als ich mir den Nachtisch vornahm, kam Faye herüber.

»Sitzt hier jemand?«

»Nein. Sie haben sich auf die Suche nach Chris gemacht.«

Faye nahm Platz. »Tut mir leid, dass das so lange gedauert hat.« Sie warf einen Blick auf mein Dessert. »Ich liebe flambierte Crêpes. Gibst du mir etwas ab?«

Ich schob ihr meinen Teller hin. »Erzähl mir von dem Champagnerzwischenfall.«

Erheiterung blitzte in Fayes Gesicht auf. »Jetzt ist es komisch, aber vorhin war es das nicht. Tims Vater hat mehr als sechs Dutzend Flaschen Champagner mitgebracht. Das Restaurant hatte im Kühlschrank keinen Platz mehr, daher hat einer der Chefs einen Hilfskellner beauftragt, einen sauberen Mülleimer mit Eis zu füllen, um den Champagner zu kühlen. Als er eine Stunde später wiederkam, goss der Hilfskellner gerade die letzte Flasche Champagner in den Mülleimer.« Sie schüttelte lachend den Kopf. »Kannst du dir das vorstellen?«

»Ich kann mir vorstellen, selbst so etwas zu tun.«

Faye griff nach meiner Hand. »Lass uns tanzen gehen.«

Wir tanzten, bis das Brautpaar den Hochzeitskuchen anschnitt und die Braut ihren Strauß warf. Faye fing ihn auf. Allerdings war das Ritual offensichtlich manipuliert, da Shandra ihn ihr praktisch in die Hand drückte. Shandra und Tim verabschiedeten sich, und die ökologisch gesinnten Gäste warfen Vogelfutter. Die Hochzeit war bis ins kleinste Detail durchgeplant. Als die frisch gebackenen Eheleute in die lange weiße Limousine stiegen, die sie schon erwartete, wurden Tauben freigelassen. Eigentlich hätten es Schmetterlinge sein sollen, die bei einer Postversandgesellschaft in Kalifornien bestellt worden waren, aber die hatten den Transport leider nicht überstanden.

Während der langen Heimfahrt dachte ich noch einmal über das Gespräch beim Abendessen nach. So locker ich die jungen Frauen und ihr Gerede auch abgetan hatte, hatten mich ihre Bemerkungen tief im Innern doch verstört. Der Gedanke, ich sei eine Phase, die alle Frauen durchmachten, gefiel mir nicht besonders, und wenn Faye allem Anschein nach auch nicht einmal einen Anflug von Standesdünkel besaß, so waren diese Frauen doch das Produkt der gleichen Gesellschaft, der Faye entsprang. Ich konnte nicht umhin, mich zu fragen, in welchem Maß Faye ihre Meinungen teilte oder über Dinge wie Aschenputtel-Fantasien und Bowlingclubs nachgedacht hatte. Während ich über dieses Problem nachgrübelte, legte Faye den Kopf auf meine Schulter.

»Quält dich irgendetwas?«

»Warum fragst du?«

»Du bist stiller als sonst.«

»Diese Wirkung haben Hochzeiten eben auf Männer.«

Sie grinste. »Tut mir leid, dass ich nicht unterhaltsamer bin. Ich bin einfach furchtbar müde.«

»Hast du gestern Nacht überhaupt geschlafen?«

»Nur ein paar Stunden. Aber die Hochzeit heute war schön.« Sie schloss die Augen, und ein zufriedenes Lächeln legte sich über ihre Züge. »Es war alles, was eine Hochzeit sein sollte.«

# 5

## FAYES AUFNAHME

*Betheltown stirbt. Einzig die Salisbury-Mine ist noch übrig,*
*aber auch die wird bald schließen. Nur einige wenige von*
*uns werden bleiben, um mit der Stadt zu sterben. Wahr-*
*scheinlich sollte ich mich nicht über meine gegenwärtige*
*Situation wundern. Unser Leben kann wahrhaftig nicht*
*mehr sein,*
*als wir davon erwarten.*

*Auszug aus Esther Huishs Tagebuch*

Ich neige im Allgemeinen nicht dazu, mich allzu sehr auf
meinen ersten Eindruck zu verlassen, da das, was andere bei
einer ersten Begegnung von sich preisgeben, in der Regel genauso trügerisch ist wie der erste Eindruck, den wir selbst bei
anderen zu erwecken versuchen. Dies bestätigte sich für mich
nicht nur in Esthers Fall, sondern auch bei praktisch all meinen Kollegen im Haus Arkadien. Für meine Position als Hilfspfleger brauchte ich eine Qualifikation, und das machte es erforderlich, dass ich Sharon, eine erfahrenere Kollegin, für eine
Weile bei ihren täglichen Runden begleitete. Sharon war eine
hochgewachsene Brünette, die eine Brille mit schmalen, ecki-
gen Gläsern trug, ähnlich den Lesebrillen, die man im Super-
markt kaufen konnte. Sie stammte aus einer kleinen Stadt im
nördlichen Teil von Utah, von der ich noch nie gehört hatte,
und das, obwohl sie nur eine halbe Autostunde von Ogden
entfernt war. Sharon wirkte reserviert und ernst, was ich an-

fangs irrtümlich für Verdrossenheit hielt. In Wahrheit war sie sanft und gütig, und Helens Maxime zu den Menschen mit den weichsten Herzen traf auf Sharon ebenso zu wie auf Esther. Bis auf den heutigen Tag denke ich voller Zuneigung an Sharon.

Obwohl ich größtenteils Seite an Seite mit Sharon arbeitete, brachte jeder Tag mehr Arbeit mit sich als der vorangegangene, da Helen mir stets eine neue Aufgabe gab, sobald ich die vorhergehende gemeistert hatte. Nur eines war mir bisher erspart geblieben: Ich hatte noch nicht mit Esther durch den Korridor gehen müssen. Dabei sah ich sie jeden Tag, wenn ich ihre Bettwäsche wechselte. Bei diesen Gelegenheiten saß sie stets schweigend und dösend in ihrem Sessel. Allerdings hatte ich den Verdacht, dass sie sich zumindest zweimal nur schlafend stellte, um die unerwünschte Möglichkeit einer neuerlichen Unterhaltung mit mir zu vermeiden.

Am Montag waren vor Sonnenaufgang noch sieben oder acht Zentimeter Schnee gefallen, und der morgendliche Verkehr hatte sich mit seinem Tempo den gefährlichen Straßenverhältnissen angepasst. Infolgedessen kam ich ein paar Minuten zu spät zur Arbeit. Alice stand neben der Stechuhr, klopfte sich den Schnee vom Mantel und studierte den gerade erst am schwarzen Brett aufgehängten Arbeitsplan für den Dezember.

»Ich dachte, du machst diese Woche die Nachtschicht«, sagte ich.

»Ich bin bloß rübergekommen, um meinen Scheck abzuholen. Diese verdammte Kuh.«

Ich sah sie an. »Welche Kuh?«

»Helen hat mir am Heiligabend die Spätschicht gegeben.«

Ich hängte meinen Mantel in meinen Spind. »Hattest du andere Pläne?«

»Ich habe eine Einladung für eine Weihnachtsfeier in Park City. Nachts Ski fahren, Jungs und Bier.«

»Klingt ziemlich dekadent für Weihnachten.«

»Ist aber die beste Art von Weihnachten.«

Ich besah mir meinen eigenen Arbeitsplan. »Ich könnte deine Schicht übernehmen.«

Das Angebot überraschte sie. »Das würdest du tun?«

»Ich habe für den ersten Weihnachtstag keine Pläne.«

Alice griff sofort nach dem Telefon und wählte. »Ich schulde dir was, Michael.« Sie drückte sich das Telefon an die Schulter. »Schade, dass ich dich nicht mitnehmen kann. Die Mädchen würden denken, ich hätte endlich einen abgekriegt.«

»Ich freue mich, dir bei deiner Schandtat behilflich zu sein.«

»Ich mache es irgendwann wieder gut.«

Gegen Mittag kamen die Krankenschwestern vom Bezirksgesundheitsamt, um die Hausbewohner gegen Grippe zu impfen. Es war das erste Mal, dass ich Esther ihr Zimmer verlassen sah, und ich nutzte die Gelegenheit, um meine Arbeit in ihrer Abwesenheit zu erledigen. Als ich ihr Bettzeug gewechselt hatte, stach mir etwas ins Auge, das auf der anderen Seite des Zimmers auf dem Boden lag. Etwas Metallisches. Ich hob es vorsichtig auf. Es war ein kleines, versilbertes Medaillon, alt, kunstvoll und mit zierlichen Gravuren. Dort, wo das Silber abgegriffen war, schimmerte blasses Gold durch. Aus der Entfernung hatte ich gedacht, dass es sich um Sterlingsilber handeln würde, aber bei näherem Hinsehen stellte ich fest, dass das Schmuckstück lediglich mit dem weißen Metall überzogen worden war und dass darunter ein kostbareres Metall zum Vorschein kam. Auf der Rückseite des Medaillons standen, in winziger Schrift eingraviert, drei Worte: *Auf ewig, Thomas.* Ich öffnete das Medaillon, und zwei kleine Fotografien kamen zum Vorschein – die handkolorierte Fotografie einer attraktiven jungen Frau mit frischem Gesicht, schlanker Figur, hohen Wangenknochen und betörenden Augen; daneben ein sehr altes, sepiafarbenes Foto eines jungen Mannes mit Nickelbrille, dunklem Haar und sorgloser Miene, in der sich jugendliches Selbstvertrauen widerspiegelte.

Der Verschluss der Kette war leicht verbogen, wahrscheinlich war sie der alten Frau deshalb vom Hals gefallen. Ich bog den kleinen Verschluss wieder zurecht, bevor ich das Medaillon auf den Sekretär legte. Dann widmete ich mich wieder meinen Pflichten, ohne einen zweiten Gedanken an das Schmuckstück zu verschwenden.

Als ich an diesem Abend am Ende meiner Schicht die Treppe hinunterkam, saß Faye auf einem Kunststoffstuhl neben dem Empfangstisch. Sie unterhielt sich mit Alice, brach das Gespräch jedoch ab, um mich zu begrüßen.

»Hallo, mein Hübscher.«

Ich lächelte, überrascht, sie zu sehen. »Was machst du denn hier?«

»Ich wollte mal sehen, wo mein Freund arbeitet.«

Alice wandte sich wieder ihrer Arbeit zu.

Faye stand auf, und ihr Gesicht leuchtete vor Erregung. »Der wirkliche Grund ist aber, dass ich aufregende Neuigkeiten habe. Die Johns Hopkins hat mich angenommen!«

»Herzlichen Glückwunsch«, sagte ich und umarmte sie. »Ich hab gewusst, dass sie dich nehmen würden.«

»Ich kann es immer noch nicht fassen.«

Faye machte gerade das letzte vormedizinische Jahr am Weber State College und hatte sich nach einem mit Bravour abgeschlossenen Aufnahmeexamen an verschiedenen medizinischen Fakultäten beworben. Die Johns Hopkins war ihr Traum – ein Dreipunktewurf auf den Korb.

»Mein Vater ist ziemlich stolz auf mich.«

»Kann ich mir denken. Ab dem nächsten Herbst ist sein kleines Mädchen Medizinstudentin.«

Unerwarteterweise verlor Faye plötzlich die Fassung. Sie griff nach meinen Händen und trat einen Schritt zurück. »Das ist die schlechte Nachricht.«

»Wo soll denn da eine schlechte Nachricht stecken?«

Sie zögerte. »Das Weber State College bietet drei der Kurse, die ich für einen Abschluss im nächsten Herbst brauche, nicht an. Ich werde meinen Bachelor in der Johns Hopkins machen müssen.«

»Wann?«

»Im Winterquartal. Die Kurse fangen am 5. Januar an. Dad und ich fliegen in zwei Wochen nach Baltimore, um eine Unterkunft für mich zu suchen.« Sie sah mich entschuldigend an. »Das ist die einzige Möglichkeit, wenn ich bis nächsten Herbst meinen Abschluss machen will.«

Ich war sprachlos. Dieser Teil von Fayes Traum war es, dem wir beide mit dünn verschleierter Furcht entgegengesehen hatten, da er uns zweitausend Meilen voneinander entfernen würde. Im Laufe des vergangenen Jahres hatte ich mich immer mit dem Gedanken beschwichtigt, dass das alles noch in ferner Zukunft lag.

»Das heißt, uns bleibt nur noch gut ein Monat.«

Sie wirkte plötzlich traurig. Ich wollte ihre Freude über ihre Leistung nicht trüben, daher legte ich wieder die Arme um sie. »Ist schon in Ordnung. Wir werden das Beste daraus machen.«

# 6

## ERNTEDANK

*Es gibt Menschen, die im selben Atemzug*
*für die Armen beten und für die Gnade danken,*
*ihnen niemals begegnen zu müssen.*

*Auszug aus Esther Huishs Tagebuch*

Fayes Vater, Dr. Benjamin Murrow, Neurochirurg, war ein
Mann, der auf Anstand und Etikette hielt. Und das bedeutete,
dass er seine Feindseligkeit eher mit dem Buttermesser verstrich als mit dem Schlachterbeil verteilte. Er war groß und
grobknochig, mit dunkelbraunem Haar, das mit Pomade ma-
kellos frisiert und zurückgekämmt war, sodass er aussah wie
ein Oberschüler der fünfziger Jahre. Sein Benehmen strahlte
eine nervöse Förmlichkeit aus – er war der Typ Mann, der sich
selbst als »Doktor« vorstellte und in seinem eigenen Haus zum
Abendessen eine Krawatte trug.

Er war ein anerkannter Chirurg und ein anmaßender Pa-
triarch, der seine Kinder nach einem unauslöschlich in seinem
Geist eingravierten Drehbuch in eine bestimmte Richtung
drängte. Ein Drehbuch, in dem ich nichts zu suchen hatte.
Ballett und Gymnastik, Klavierstunden, Schwimmunterricht
im Countryclub und Prädikatsexamen, alles, was seiner Meinung nach eben so dazugehörte. Während ich glücklich darüber war, dass Faye all diese Möglichkeiten hatte genießen
können, so waren sie doch ein weiterer sichtbarer Beweis für
die Unterschiede in unserer Erziehung. Fayes Mutter, Virginia

– Ginny für die Mädchen –, war eine schöne Frau mit einem geradezu verschwenderischen südlichen Akzent und einem noch überschwänglicheren Charme, die Art Beute, die man bei einem Debütantinnenball macht. Mrs Murrow hatte nichts gegen mich, aber auch sie kam aus einem stark reglementierten Elternhaus und behielt ihre Ansichten für sich, obwohl ich bisweilen Mitgefühl in ihren Augen las, und ich nehme an, das machte sie zu einer schweigenden Verbündeten für mich. Faye hatte zwei jüngere Schwestern, Jayne, die eine der unteren Klassen in der Highschool besuchte, und Abigail, die gerade mit dem College begonnen hatte. Wie Faye waren die beiden intelligent und impulsiv, und es war schwer zu glauben, dass solche Geister das Produkt einer so rigiden Erziehung sein konnten.

Es war nicht das erste Mal, dass ich bei Faye zu Abend gegessen hatte – ein verbales Spießrutenlaufen, das ich um Fayes willen erduldete und weil sie solches Vertrauen in die Bekehrung ihres Vaters setzte: Dass er, wenn er unserer Beziehung auch nicht seinen Segen geben konnte, zumindest doch in seinem Widerstand erlahmen werde. Aber für alle außer für Faye schien klar zu sein, dass die Dinge sich in die entgegengesetzte Richtung entwickelten und dass ihr Vater mit jedem neuen Zusammentreffen sich in seiner Entschlossenheit bestätigt sah, mich aus dem Leben seiner Tochter entfernen zu müssen.

Das Haus war erfüllt von den typischen Thanksgiving-Gerüchen, als wir uns um den mit einem Spitzentuch gedeckten Tisch versammelten. Dies war mein erstes Thanksgiving ohne meine Mutter, und ich hatte außer auf Fotos in Zeitschriften noch nie ein derartiges Festmahl gesehen, geschweige denn daran teilgenommen. Der Tisch bog sich unter der Last von randvollen, dampfenden Schalen mit Maiseintopf und Rüben, paprikabestäubtem Kartoffelpüree mit Gänseklein und Soße, Brötchen, Brotaufstrich, kandierten Süßkartoffeln, Preiselbeersoße – und in der Mitte eine große Porzellanplatte mit dem mit Fett übergossenen Truthahn. Das Essen war der Lichtblick eines ansonsten ziemlich trostlosen Abends, und ich hoffte, einiges von der Mahlzeit genießen zu können, bevor die unausweichlichen Tiraden begannen. Aber nur wenige Bissen, nachdem der Doktorgott für die Fülle dankte, mit der er und die Seinen gesegnet worden waren, fiel er wegen meines Mangels an eben diesen Dingen über mich her.

»Faye erzählt uns, Sie haben einen neuen Job.«

Ich tupfte mir mit einer Serviette den Mund ab. »Ja, Sir. In einem Pflegeheim.«

»Dann haben Sie den Gedanken an eine weitergehende Ausbildung bereits aufgegeben?«

»Nein, Sir. Ich besuche nur zurzeit keine Schule. Ich zahle Rechnungen ab und spare Geld für mein Studium.«

»Gibt es für Leute wie Sie nicht staatliche Zuschüsse?«

Faye funkelte ihn an.

»Es gibt Zuschüsse für Studenten aus niedrigeren Einkommensklassen, aber ich habe mich um ein akademisches Stipendium beworben.«

»Michael ist in die engere Wahl für das Präsidentenstipendium gekommen«, warf Faye stolz ein. »Er hat sein erstes Jahr mit einem Durchschnitt von drei Komma acht abgeschlossen.«

Der Doktor war nicht beeindruckt. »Also, welche Aufgaben haben Sie in dieser Einrichtung? Bettpfannen zu wechseln?«

»Unter anderem.«

Woraufhin er zu Faye sagte, als sei ich überhaupt nicht anwesend: »Du weißt sicher, dass Fred Hobson für das MBA-Programm der Stanford University angenommen worden ist. Ich bin im Club neulich seinem Vater über den Weg gelaufen. Gute Familie, die Hobsons.«

»Fred ist ein Soziopath«, sagte Faye unumwunden. »Ich bin froh, dass er außer Landes ist. Da kann ich nachts besser schlafen.«

Dr. Murrow warf mir einen wütenden Blick zu, weil er annahm, ich müsse die Wurzel einer solchen Unverschämtheit sein. »Wissen Sie, dass Faye von der Johns Hopkins angenommen worden ist?«, fragte er mich.

»Natürlich weiß er das«, sagte Faye.

»Baltimore ist weit weg«, erklärte der Doktor mit großem Vergnügen, als hätte er darüber ganz vergessen, dass auch er Fayes Gegenwart beraubt sein würde.

»Ich finde, Faye und Michael sollten einfach heiraten und zusammen nach Baltimore gehen«, erklärte Abigail abrupt. Es folgte ein betroffenes Schweigen, und Mrs Murrow sah ängstlich zu ihrem Mann hinüber. Dr. Murrow war sprachlos, und sein Gesicht war von Schmerz verzerrt. Ich fragte mich, ob Abigail das gesagt hatte, weil es ihr ernst damit war oder weil sie sich sicher war, dass diese Bemerkung ihren Vater zum Schweigen bringen würde.

So oder so, wir beendeten das Essen wortlos. Anschließend zogen Faye und ich unsere Mäntel an, griffen uns jeder einen Teller mit Kürbispastete und gingen durch den verkrusteten Schnee um das Tudorhaus herum, um uns dicht nebeneinander auf die Schaukel im Belvedere zu setzen. Das Licht der Abenddämmerung schimmerte auf dem feinen, leise rieselnden Schnee, während die Temperatur zusammen mit der Sonne sank. Im Haus begann jetzt jemand auf dem Flügel aus Ebenholz zu spielen.

»Es tut mir leid, Michael. Ich weiß nicht, was in ihn fährt, wenn er sich so benimmt.«

»Er denkt einfach, dass er dich vor dem Feind beschützt.«

»Er weiß nicht, wer seine Feinde sind.« Sie lehnte sich an mich, und ich nahm sie in den Arm.

»Ich weiß, es ist noch lang bis dahin, und dies ist nicht gerade der beste Zeitpunkt, um dich zu fragen, aber ich möchte dich für Heiligabend zu uns einladen.«

»Das kann ich nicht annehmen. Es wäre deiner Familie gegenüber nicht fair.«

»Dann komme ich zu dir.«

Ich küsste sie auf die Stirn. »Ich habe Alice schon versprochen, dass ich ihre Spätschicht am Heiligabend übernehmen werde.«

»Warum hast du das getan?«

»Ich hatte keine anderen Pläne, und ich wollte einfach nicht allein sein. Dies ist das erste Weihnachten ohne Familie für mich.«

Faye griff nach meiner Hand. »Ich wäre an Heiligabend bei dir gewesen.«

»Das weiß ich. Deshalb habe ich mich auch verpflichtet zu arbeiten. Du solltest bei deiner Familie sein. Das ist vielleicht dein letztes Weihnachten zu Hause.«

Faye las eine versteckte Andeutung in meinen Worten und lächelte.

»Nun, dann haben wir immer noch die Weihnachtstage für uns.«

»Von Sonnenaufgang bis Sonnenuntergang«, sagte ich.

Sie seufzte.

»Ich habe bis dahin noch so viel zu tun. Wann hast du deinen Termin bei dem Stipendienkomitee?«

»Nächsten Mittwoch.«

»Das hatte ich auch so in Erinnerung. Tut mir leid, dass ich dann nicht hier sein kann. Ich werde in Baltimore sein und mich nach einer Unterkunft umsehen.« Sie lächelte wieder. »Aber du wirst sie alle bezaubern.«

»Ich glaube nicht, dass das Stipendienkomitee aus Leuten besteht, die sich gern bezaubern lassen. Wann kommst du zurück?«

»Freitag.« Sie senkte den Blick, plötzlich nachdenklich geworden. »Ich weiß nicht, was ich an der Universität ohne dich tun werde.«

»Ich frage mich nur, wie lange es dauern wird, bis du mich vergisst«, warf ich ein.

Das war ein Automatismus, den ich schon vor langer Zeit perfektioniert hatte und der mir half, mit den Dingen fertig zu werden: Ich verbarrikadierte meine schlimmsten Ängste hinter Lässigkeit.

Faye wurde plötzlich ernst.

»Warum fällt es dir eigentlich so schwer, an meine Liebe zu glauben?«

Ich sah ihr in die Augen. »Weil du einen Gegensatz zu allem anderen in meinem Leben darstellst. Du bist wie ein Wunder. Es fällt mir schwer, zu glauben, dass jemand, der so intelligent und schön ist wie du, sich nicht einfach in Luft auflöst, wenn ich in seine Nähe komme.«

»Welchen Beweis hättest du gern für meine Liebe?«

»Ich bin nicht auf Beweise aus.«

»Doch, bist du wohl. Sag es mir. Bitte mich um ein Versprechen.«

»Ich brauche kein Versprechen.«

Sie stellte ihren Teller weg und legte den Kopf an meine Schulter.

»Was hast du von Abigails Bemerkung gehalten?«

»Ich dachte, dein Vater kriegt einen Schlaganfall.«

Sie lächelte. »Ich weiß, was er gedacht hat. Was hast du gedacht?«

Die Ernsthaftigkeit ihrer Frage überraschte mich. »Dich zu heiraten wäre wie ein Lottogewinn – eines dieser wunderbaren Dinge, die immer anderen Leuten widerfahren. Ich bin immer davon ausgegangen, dass diese Möglichkeit irgendwo jenseits des Horizonts liegen müsse. Mir kommt es so vor, als lägen die guten Dinge immer dort.«

Faye lächelte zärtlich. »Ich weiß, wir sind noch jung, Michael, aber ich denke, ich bin bereit. Meine Eltern würden wollen, dass ich warte, bis alles in meinem Leben bis aufs i-Tüpfelchen geregelt und geordnet ist. Aber das ist nicht die beste Art zu leben. Ich sehe Ehepaare, die ihr Leben zusammen aufgebaut haben, die sich durch die harten Zeiten gekämpft haben. Manche von ihnen sagen, es seien die besten Jahre ihres Lebens gewesen. Das will ich auch. Ich will kein mustergültiges Leben mit akkurat vorgezeichneten Auftritten, als wäre es eine Broadway-Produktion. Ich will das Leben leben. In guten wie in schlechten Tagen.« Sie küsste mich auf die Wange. »Ich liebe dich, Michael. Du bist, was ich immer gewollt habe.«

»Ein armer, ungebildeter, erwachsener Waisenjunge mit einer elenden Vergangenheit?«, fragte ich sarkastisch.

Sie grinste. »… mit einem Herzen aus Gold.« Sie fädelte ihre Finger durch meine. »Wirst du darüber nachdenken, Michael?«

# 7

## DAS KOMITEE

*Heute hat sich eine Gruppe von Bergarbeitern organisiert,
um Neger von der Arbeit in den Minen auszuschließen.
Die schrecklichsten Dinge dieser Welt sind immer von einem
Komitee in Gang gesetzt worden.*

*Auszug aus Esther Huishs Tagebuch*

Faye und ihr Vater flogen am Montagnachmittag nach Baltimore. Auf Fayes Bitte hin begleitete ich sie nicht zum Flughafen. Wir sagten uns am Abend zuvor auf Wiedersehen. Wir hatten den ganzen Sonntag zusammen verbracht und waren mit ihrer Familie in die Pfarrkirche gegangen, die, wie ich mit Freuden festgestellt hatte, eine Art Zufluchtsort war, an dem ich vor Dr. Murrows Angriffen sicher war. Nach dem Gottesdienst gingen wir zu mir, machten uns etwas zu essen und verbrachten dann den Nachmittag auf dem Sofa, sagten uns auf Wiedersehen und kosteten die bittersüßen Gefühle aus, die die bevorstehende Trennung in uns heraufbeschwor. Am Dienstagabend rief Faye von Baltimore aus an, um mir Glück für mein Auswahlgespräch zu wünschen.

Eigentlich ging es bei dem Stipendium mehr um meine geistige Verfassung als um meine finanziellen Umstände. Wie Dr. Murrow taktvoll bemerkt hatte, hatten »Leute wie ich« Anspruch auf finanzielle Unterstützung. Ich nehme an, dass ich nach einer Bestätigung suchte – nach jemandem außerhalb meiner eigenen Träume, der mir sagte, dass ich irgendwie an die Universität gehörte. Ich denke, vor allem wollte ich das Stipendium für Faye. Nicht dass sie es verlangt hätte, aber sie verdiente es.

Ich hatte dafür gesorgt, dass ich am Mittwoch nur den halben Tag arbeiten musste, und so kam ich an diesem Morgen schon zeitig in der Universität an. Außer mir saßen im Warteraum auch die anderen Studenten, gegen die ich antreten würde. Abgesehen von der deutlich spürbaren Nervosität glich der Raum eher einem Leichenschauhaus, blutleer und ernst, in den die Leichen mit ruhiger Effizienz hinein- und aus dem sie wieder herausgeschafft wurden. Zwanzig Minuten nach meiner Ankunft tauchte in der Tür eine mit einem nüchternen Polyesterkostüm bekleidete Blondine in mittleren Jahren auf und rief meinen Namen. Ich folgte ihr in den Konferenzraum – einem großen, grimmigen Saal mit dunkler Holzvertäfelung und Ölgemälden in dicken Rahmen, die frühere Rektoren in ihren Amtsroben zeigten.

Auf Anweisung der Frau hin nahm ich allein am Ende eines Mahagonitisches Platz. Mir gegenüber saßen die vier Männer und drei Frauen, die mit ihrer Musterung bereits begonnen hatten. Die Blondine stellte mich dem Komitee vor.

»Unser nächster Finalist ist Michael Keddington. Michael hat die Highschool mit einem Notendurchschnitt von drei Komma fünf abgeschlossen und sich in seinem ersten Jahr am College auf drei Komma acht sieben gesteigert, womit er unsere Mindestanforderungen für ein Stipendium übertrifft. Außerdem hat er finanzielle Bedürftigkeit geltend gemacht, was natürlich nur im Fall einer Pattsituation zwischen zwei Kandidaten von Belang ist. Seine Bewerbung hat er direkt an die Kommission gerichtet, weil er bereits ein Jahr lang eine weiterführende Ausbildung genossen hat. Michael ist nach seinem ersten Jahr vom College abgegangen, möchte jetzt aber als voll immatrikulierter Student zurückkehren, um Pädagogik mit dem Abschluss Bachelor of Arts zu studieren.«

Der Mann am Kopfende des Tisches – ein vom Aussehen

her typischer Akademiker mit fliehendem Haaransatz, Tweedjackett und Nickelbrille – räusperte sich. Vor sich hatte er neben einer Kaffeetasse einen Stapel mit Papieren liegen.

»Ich bin Craig Scott, der Dekan des Pädagogischen Kollegs und Vorsitzender dieses Stipendienkomitees. Michael, das Komitee hat Ihre Kandidatur bereits erörtert, und wir haben einige Bedenken. Sie sind offensichtlich ein guter Student. Ihre Mitschriften sind beeindruckend, und Ihr schriftlicher Aufsatz war überragend. Allerdings liegen Ihre gesellschaftlichen und außeruniversitären Aktivitäten weit unterhalb unserer Erwartungen – so weit darunter, dass wir Ihre Kandidatur jetzt gar nicht in Erwägung ziehen würden, wären Ihre akademischen Leistungen nicht so hervorragend gewesen. Das Präsidentenstipendium ist eines der angesehensten dieser Universität. Wir erwarten und verlangen von unseren Kandidaten, dass sie sich aktiv nicht nur für die akademische Gemeinschaft, sondern auch für die Gesellschaft, in der sie leben, einsetzen. Um ganz offen zu sein, wir hoffen, dass Sie uns irgendwelche Aktivitäten nennen können, die Sie in Ihrer Bewerbung nicht aufführen.«

Mutlosigkeit stieg in mir auf.

»Nein, Sir. Ich wünschte, es wäre so.«

»Könnten Sie diesem Komitee bitte erklären, warum Sie sich außerhalb von Schule und College so wenig betätigt haben?«

Ich holte tief Luft. »Es liegt nicht daran, dass ich kein Interesse an gesellschaftlichen Belangen hätte. Ich stamme nur einfach nicht aus der Art von … Verhältnissen, die solche Aktivitäten begünstigen.«

Er musterte mich scharf. »Wenn Sie das bitte näher ausführen würden.«

Ich hatte gehofft, meine persönlichen Angelegenheiten aus der Sache heraushalten zu können. »Seit meinem fünfzehnten Lebensjahr musste ich nach der Schule arbeiten, um zum Unterhalt meiner Familie beizutragen. Während der vergangenen zwei Jahre verschlechterte sich der Gesundheitszustand meiner Mutter so weit, dass ich mich nur noch ihrer Pflege widmen konnte. Während meines ersten Jahres am College bin ich verschiedenen Serviceclubs beigetreten, konnte dort aber nie so aktiv sein, wie ich es hätte sein sollen. Daher erschien es mir nicht richtig, diese Organisationen in meiner Bewerbung zu erwähnen.«

Plötzlich ergriff ein anderer Mann das Wort.

»Ich bin Professor William Doxey vom College of Communications. Ich habe in Bezug auf Ihre Kandidatur einen noch größeren Vorbehalt als den soeben vorgetragenen Einwand. Indem Sie dieses Stipendium akzeptieren, könnten Sie einem anderen Studenten eine wichtige Möglichkeit verwehren, eine Ausbildung zu erhalten. In Anbetracht dieser Tatsache frage ich mich, welche Garantie dieses Komitee hat, dass Sie nicht wieder von der Universität abgehen werden?«

»Ich gebe Ihnen mein Wort.«

Er lächelte herablassend. »Darauf würden wir natürlich alle gern vertrauen, aber wie können wir uns als Treuhänder dieser Stiftung in Bezug auf Ihre Absichten wirklich ganz sicher sein?«

Ich ließ meinen Blick schweigend über die Reihe stoischer Gesichter wandern, die auf eine Antwort von mir warteten. Ich war wütend darüber, dass ich es ständig rechtfertigen musste, mich um meine Mutter gekümmert zu haben, als sei das etwas weniger Ehrenhaftes als die Leistungen von Serviceclubs, die kaum mehr taten, als Möglichkeiten für ständige Partys bereitzustellen. Die uneigennützigsten Werke sind schon immer ohne Publikum oder Gedenktafeln getan worden.

»Nun, meine Mutter kann nicht noch einmal sterben.«

Der Mann starrte mich mit ausdrucksloser Miene an, während etliche seiner Kollegen grinsten. Ein schiefes Lächeln huschte über die Züge des Dekans, und er blickte in die Runde. »Gibt es noch weitere Fragen an Mr Keddington?«

Als er keine Antwort erhielt, wandte er sich wieder zu mir um. »Vielen Dank, Michael. Haben Sie diesem Komitee noch irgendetwas zu sagen, bevor Sie gehen?«

Ich stand auf. »Ich möchte mich lediglich für diese Chance bedanken. Ich glaube nicht, dass uns das Leben mehr schuldet als das.«

Als ich aus dem Raum geleitet wurde, lächelte Professor Doxey. An diesem Abend rief ich Faye in Baltimore an, um ihr Bericht zu erstatten. Bezeichnenderweise war sie davon überzeugt, dass ich das Stipendium bekommen würde.

Am nächsten Mittag kam Alice gerade in dem Augenblick in den Pausenraum des Personals, als ich mich mit einem Tablett aus der Cafeteria hinsetzte.

»Ich dachte, du hättest heute frei«, sagte ich.

»Ich bin hergekommen, um dich zum Mittagessen abzuholen.«

Ich blickte auf meine Mahlzeit hinab – Hühnerfleisch, das unter einer hellgelben, gallertartigen Soße versteckt war. »Und das hier umkommen zu lassen?«

»Wenn du so daran hängst, kannst du es ja mitnehmen.«

»Und womit habe ich die Einladung verdient?«, fragte ich, während ich aufstand.

»Ich möchte mich schon im Voraus dafür bedanken, dass du am Heiligabend für mich arbeitest.«

»Ich bringe das hier nur schnell weg«, sagte ich und ging mit dem Tablett in die Cafeteria.

Ganz unten im Ogden Canyon steht ein malerisches Warenhaus mit einem der besseren Restaurants der Stadt. Das Lokal ist eine interessante Mischung, halb Geschäft, halb Gasthaus. Faye und ich hatten schon mindestens ein halbes Dutzend Mal dort gegessen. Allerdings ging man am besten an Feiertagen hin, wenn das Gebäude festlich geschmückt war. Alice war Stammkundin hier, wie sich herausstellte, als die Kellnerin sich erkundigte, ob sie dasselbe haben wolle wie immer, bevor sie meine Bestellung entgegennahm. Als sie uns unser Essen gebracht hatte, lehnte Alice sich zurück und begann, lustlos in ihrem chinesischen Hühnersalat herumzustochern.

»Musst du heute Abend arbeiten?«, fragte sie.

»Ich mache wieder eine Doppelschicht.«

»Ich weiß nicht, wie du das schaffst.«

»Das ist ganz leicht, wenn man pleite ist.«

»Hm, du wirst nie reich werden, wenn du da arbeitest.« Sie nahm einen Bissen Salat. »Wie gefällt dir die Arbeit in einem Pflegeheim?«

»Ich habe eine Weile gebraucht, um mich daran zu gewöhnen.«

»Ich habe ein Jahr gebraucht, um mich daran zu gewöhnen, und einen Monat, um es bis über die Ohren satt zu haben«, sagte Alice zynisch. »Alte Leute treiben mich in den Wahnsinn.«

»Warum arbeitest du dann dort?«

»Mein Vater.«

Ich sah sie fragend an. »Dein Vater lebt dort?«

Sie lachte. »Nein. Du weißt nicht, wer mein Vater ist?«

Ich schüttelte den Kopf. »Keine Ahnung.«

»Starley Richards ... der Leiter der Abteilung für Pflege im Gesundheitsministerium von Utah.«

Ich hatte den Namen schon einmal gehört. »Das ist dein Vater?«

»Er hat einen Heimleiterposten für mich im Auge.«

»Wie den von Helen.«

Bei dem Vergleich schnitt sie eine Grimasse. »In gewisser Weise, ja.«

»Warum willst du ihren Job?«

»Der Job ist nicht schlecht. Er ist das obere Ende der Hackordnung.«

»Ich habe mich schon gefragt, warum du so schlecht mit Helen klarkommst.«

»Vetternwirtschaft. Sie kann mich nicht feuern, und das bringt sie auf die Palme. Dad ist der Chef des Chefs ihres Chefs.« Sie strich sich das Haar aus dem Gesicht, offenkundig darauf bedacht, das Thema zu wechseln. »Ich habe deine Freundin schon eine ganze Weile nicht mehr gesehen.«

»Sie ist nicht in der Stadt. Sie ist nach Osten geflogen, um sich eine Unterkunft zu suchen.«

»Ach ja, die Johns Hopkins. Baltimore ist weit weg von hier.«

»Das habe ich schon mal gehört.«

»Wie lange seid ihr zwei eigentlich zusammen?«

»Wir haben uns letzten Sommer kennengelernt.«

»Dann befindet ihr euch noch in der Flitterwochenphase. Sie sieht klasse aus.«

»Finde ich auch.«

»Aber sie ist nicht dein Typ.«

»Klasse ist nicht mein Typ?«

»Nein, du bist ebenfalls klasse. Ich meine, weil sie so eine vornehme kleine Prinzessin ist. Zu dir passen Jeans besser als Seide.«

»Sprach die Frau, die nur Levi's trägt.«

»Wenn die Hose passt …«

Ich lächelte, unser Geplänkel amüsierte mich.

»Ich nehme an, das ist ein Teil unseres Problems. Wir haben von Heirat gesprochen, aber unsere Herkunft ist doch ziemlich unterschiedlich. Ich könnte ihr unmöglich das Leben bieten, an das sie gewöhnt ist. Offen gesagt, ich weiß nicht, ob ich sie vor einem schwierigeren Leben oder ich mich selbst vor dem Augenblick schütze, in dem sie zu dem Schluss kommt, dass sie nicht mehr so weitermachen kann und mich verlässt.«

Alice nickte, als könne sie das verstehen.

»Was ist mit dir? In deinem Leben muss es doch eine ganze Reihe von Männern geben.«

»Ungefähr ein Dutzend«, witzelte sie. »Die sind nur dafür

da, dass ich mich mit ihnen amüsiere. Letzten Monat hat einer von ihnen sogar gefragt, ob ich ihn heiraten will.«

»Was hast du gesagt?«

»Dass er wieder auf den Boden kommen soll.«

»Wie charmant.«

Sie lachte über sich selbst. »Das Leben ist zu kurz. Genieß es in vollen Zügen, stirb schnell, hinterlasse nichts. So viel kann ich dir sagen. Ich würde mich lieber aufspießen lassen, als den Rest meines Lebens in einem Pflegeheim zu beschließen.« Sie beugte sich über ihren Salat. »Weißt du, wovon alte Leute den ganzen Tag lang reden? Von der Arbeit ihrer Gedärme und von ihren Füßen. Wenn du jung bist, verschwendest du keinen Gedanken darauf, aber sobald du graue Haare kriegst, sind Gedärme und Füße der Renner. Der Tag, an dem ich in der Öffentlichkeit über meine Darmtätigkeit rede, ist der Tag, an dem ich mir die Handgelenke aufschlitze.«

Ich grinste.

»Sonst endet man wie diese Einsiedlerin im zweiten Stock.«

»Du meinst Esther?«

Sie machte eine wegwerfende Handbewegung. »Die Frau ist doch irre. Sie sitzt einfach den ganzen Tag in ihrem Zimmer und heult.«

»Weist du, was mit ihr los ist?«

»Demenz.«

»Sie machte keinen dementen Eindruck, als ich mit ihr sprach.«

»Sie hat tatsächlich mit dir gesprochen?«

»An meinem ersten Arbeitstag.«

»Ich bin jetzt seit fast drei Jahren hier, und ich glaube nicht, dass sie auch nur zwei Worte mit mir gesprochen hat. Sie redet manchmal mit Helen, aber das liegt wahrscheinlich daran, dass sie beide etwas merkwürdig sind.«

Was sie von Helen hielt, interessierte mich nicht. Ich warf einen Blick auf meine Armbanduhr und leerte dann meine Cola. »Ich mache mich dann besser wieder auf den Weg.«

Ohne Hast nahm Alice ihren Lippenstift aus ihrer Handtasche und trug ihn mithilfe des Spiegels einer Puderdose sorgfältig auf. »Wir sollten das irgendwann einmal wiederholen.« Sie ließ ihre Puderdose zuklappen und erhob sich dann. »Nächstes Mal darfst du mich einladen.«

An diesem Abend brachte ich Esther gerade ihr Essen aufs Zimmer, als Helen mich anhielt, um das Tablett in Augenschein zu nehmen.

»Für wen ist das?«

»Für Esther.«

»Oh nein, das ist es nicht. Esther bekommt eine kochsalzarme Kost. Sie hat eine Koronarsklerose«, sagte sie streng. »Sie müssen immer zuerst auf die Karteikarten der Patienten sehen.«

Der Tadel war mir peinlich.

»Tut mir leid. Ich weiß, dass sie ein rosa Schildchen hat. Heute Nachmittag hat sie mich gebeten, ihr den Schinkenbraten zu bringen.«

Helen nickte wissend. »Sie mogelt manchmal.«

»Wie ernst ist ihre Krankheit?«

»So ernst wie ein Herzinfarkt.«

»Ist sie heilbar?«

»Sie ist behandelbar. Man könnte es mit einem Bypass versuchen, wenn Esther es zuließe, aber das ist nicht der Fall. Ich würde es niemals befürworten. In ihrem Alter würde sie einen so schweren medizinischen Eingriff wahrscheinlich nicht überleben. Deshalb nimmt sie Medikamente, um ihren Zustand zu stabilisieren.« Sie klopfte mir auf die Schulter. »Sie haben Ihre Sache bisher sehr gut gemacht. Seien Sie nur vorsichtig, wenn Sie den Patienten etwas zu essen geben, das nicht auf ihrer Karte steht. Sie versuchen ständig, bei den neuen Angestellten mit solchen Dingen durchzukommen.«

»Es wird nicht wieder vorkommen.«

Helen wollte gerade weitergehen, blieb dann aber abrupt

noch einmal stehen, als sei ihr gerade etwas eingefallen. »Sie haben heute die Spätschicht?«

Ich nickte.

»Ich hatte heute keine Zeit, mit Esther zu gehen, und ich muss unbedingt nach Hause. Vielleicht wäre das eine gute Gelegenheit für Sie, damit anzufangen. Führen Sie sie durch den zweiten Stock. Etwa eine halbe Stunde lang.« Sie fügte hinzu: »Möglich, dass Sie sie dazu zwingen müssen.«

»Soll ich einen Gehgürtel benutzen?«

»Das sollten Sie, aber Esther wird es nicht zulassen. Sie sagt, sie käme sich mit dem Ding vor wie ein Hund an der Leine. Fassen Sie sie einfach unter.«

»Sonst noch etwas?«

»Ja. Lesen Sie ihr die Todesanzeigen vor. Die *Tribune* liegt auf meinem Schreibtisch.«

»Die Todesanzeigen?«

»Das ist bei Esther nichts Ungewöhnliches. Einmal habe ich vergessen, eine Zeitung mitzubringen, und sie hat mir so lange deswegen in den Ohren gelegen, bis ich schließlich jemanden zum Büro der *Tribune* in Salt Lake City geschickt habe, um ihr eine Ausgabe von diesem Tag zu besorgen.«

Ich lief in die Cafeteria hinunter, tauschte Esthers Essen um, holte die Zeitung aus Helens Büro und stieg dann die Treppe zu Esthers Zimmer hinauf. Aus ihrer halb geöffneten Tür drangen die einschmeichelnden Klänge eines alten Grammophons – eine fließende, melodische Symphonie, die von einem scharfen Violinpizzicato unterbrochen wurde. Ich spähte in ihr Zimmer. Esther saß mit geschlossenen Augen auf dem Schaukelstuhl, eine Hand auf die Brust gelegt, um etwas zu liebkosen, das an der Kette um ihren Hals hing. Ich brauchte einen Augenblick, um zu begreifen, dass ihr Gesicht tränenüberströmt war, während ihr Stuhl sich im Takt der Musik sachte bewegte. Ich klopfte leise an die Tür, und sie schlug die Augen auf. Hastig wischte sie sich die Tränen ab.

»Sind Sie das, Helen?«

»Nein, ich bin es, Michael. Ich habe Ihnen Ihr Essen gebracht.«

Ich trat in den Raum und stellte das Tablett auf einen ausklappbaren Tisch neben dem Bett. Als ich näher kam, konnte ich sehen, was sie so zärtlich festhielt. Es war das winzige gold-silberne Medaillon, das ich in der Woche zuvor gefunden hatte.

Ich nahm den Deckel von Esthers Tablett. »Das Essen ist serviert.«

»Das riecht aber nicht nach Schinken.«

»Helen hat mich auf dem Weg nach oben abgefangen. Anscheinend haben Sie versucht, mir einen Bären aufzubinden.«

Sie reagierte nicht auf diese Anschuldigung. »Wo ist Helen?«, verlangte sie zu wissen.

»Sie hat noch etwas zu erledigen und ist deshalb früher gegangen. Sie hat mich gebeten, Ihnen die Todesanzeigen vorzulesen und dann mit Ihnen spazieren zu gehen.«

Sie machte sich nicht einmal die Mühe, ihre Missbilligung zu verbergen. »Sie haben die *Tribune* hier?«

»In der Hand.«

»Es muss aber die *Salt Lake City Tribune* sein. Sie können die Musik ausmachen.«

Ich beugte mich zu dem Grammophon hinüber und nahm die Nadel von der häufig gespielten Schallplatte.

»Setzen Sie sich so nah zu mir, dass ich Sie verstehen kann. Ihre Stimme ist sehr leise.«

»Wollen Sie nicht zuerst essen?«

»Nein«, erwiderte sie barsch.

Ich deckte ihr Tablett wieder ab, setzte mich dann neben sie aufs Bett und blätterte die Zeitung durch, bis ich die Todesanzeigen fand und zu lesen begann. »Dennis Mecham, geliebter Ehemann und Vater, betrauert von …«

»Nicht die ganze Anzeige. Nur die Namen.«

Ich blickte auf. »Sehr wohl, Ma'am, nur die Namen.« Ich ging die Seite von oben bis unten durch. Als ich die letzten

81

Anzeigen vorgelesen hatte, rollte ich die Zeitung wieder zusammen. »Das war's.«

»Sie haben alle Anzeigen vorgelesen?«

»Ja, Ma'am.«

»Sind Sie ganz sicher?«

»Es standen heute nur zwölf Leute drin. Erwarten Sie jemanden?«

»Niemand Bestimmtes.« Sie faltete die Hände auf dem Schoß und lehnte sich schweigend zurück.

»Ich gehe jetzt mit Ihnen spazieren, wenn Sie wollen.«

»Ich brauche nicht spazieren zu gehen.«

»Sie müssen doch«, sagte ich und erhob mich. »Sie brauchen Bewegung.« Ich streckte die Hand aus, um nach ihrem Arm zu greifen. Sie prallte vor meiner Berührung zurück.

»Ich brauche nicht spazieren zu gehen.«

»Doch, brauchen Sie wohl.«

Ihre Züge erstarrten. »Ich gehe nicht mit Ihnen.«

Ihre Halsstarrigkeit machte mich wütend. »Wenn Sie sich drücken wollen, wenn jemand anderes Dienst hat, dann bitte schön. Aber ich habe hier einen Job, den ich machen muss. Außerdem wird es Ihnen guttun, hier rauszukommen.«

»Was wissen Sie schon darüber, was mir guttut? Sie sind keine Krankenschwester. Sie haben keine Erfahrung. Sie wissen gar nichts darüber, wie es ist, sich um einen anderen Menschen zu kümmern.«

Das war weder die erste noch die schlimmste Bemerkung dieser Art, die ich von ihr gehört hatte, aber etwas an ihren Worten verletzte mich so tief, dass mein Temperament mit mir durchging, und meine Reaktion erstaunte mich genauso sehr wie sie.

»Während der letzten beiden Jahre habe ich nichts *anderes* getan, als mich um einen anderen Menschen zu kümmern. Ich habe alles für meine Mutter getan, angefangen von ihrem Essen, mit dem ich sie gefüttert habe, bis hin zu ihrem Erbrochenen, das ich aufwischen musste, bis zu dem Augenblick, in dem sie starb. Ich denke, ich weiß sehr wohl, wie es ist, sich um jemand anderen zu kümmern.«

Meine Stimme durchschnitt die Stille im Raum, Esther sprach nicht und bewegte sich auch nicht, sondern blickte nur stumm geradeaus. Ich seufzte verärgert, und mein Ausbruch war mir bereits peinlich. Ich räumte innerlich meine Niederlage ein und wandte mich bereits zum Gehen, als Esther sich langsam und ohne Erklärung erhob und mir ihren Arm hinhielt. Es war mein erster Blick in das Innere der Schale, von der Helen gesprochen hatte. Ich fasste die alte Frau vorsichtig am Ellbogen, und wir begannen unseren Spaziergang. Obwohl ich sie noch nie außerhalb des Sessels gesehen hatte, war sie keineswegs gebrechlich. Sie wirkte eher ziemlich beweglich. Sie brauchte mich im Grunde nur, um sie zu führen. Nachdem wir fünfzehn Minuten durch den menschenleeren Korridor gegangen waren, sagte sie: »Sie haben Ihre Mutter geliebt, nicht wahr?«

»Sie war meine beste Freundin.«

»Ich kann mich an meine Mutter nicht erinnern. Sie ist eine Woche nach meiner Geburt gestorben. Mein Vater hat mich großgezogen.«

Ich antwortete nicht, und sie wirkte plötzlich in sich gekehrt. Es wurde nicht mehr gesprochen, bis wir in ihr Zimmer zurückkehrten. Sie tastete nach ihrem Bett und setzte sich. »Ich möchte ein wenig schlafen. Bitte schließen Sie meine Tür, wenn Sie gehen.«

Ich nahm Helens Zeitung vom Sekretär. »Soll ich Ihnen Ihr Essen aufwärmen lassen?«

Sie schüttelte den Kopf. »Das geht schon.«

»Dann komme ich morgen wieder.«

Als ich die Tür erreichte, rief sie mich noch einmal zurück. »Michael.«

»Ja?«

»Glauben Sie, das Leben gibt uns zweite Chancen?«

»Wie meinen Sie das?«

»Wenn wir einen Fehler in unserem Leben gemacht haben, meinen Sie, dass Gott oder das Schicksal uns eine zweite Chance gibt, um den Fehler wiedergutzumachen?«

Ich dachte über die Frage nach. »Das weiß ich nicht. Aber wahrscheinlich würden wir nur dieselben Fehler immer wieder machen.«

Ihre gelassene Fassade geriet ins Wanken, und ihrer Stimme war der Kummer anzuhören. »Danke, dass Sie mir vorgelesen haben.«

Ich war unglücklich darüber, dass ich ihren Kummer noch vergrößert hatte. »Vielleicht irre ich mich ja auch. Ich glaube nur, dass ich in meinem eigenen Leben nie etwas von einer zweiten Chance gemerkt habe.«

»Vielleicht wissen Sie nur nicht, wie man sie erkennt.«

Als ich an diesem Abend nach Hause fuhr, dachte ich noch immer darüber nach, was sie damit gemeint haben mochte.

# 8

## DER WEIHNACHTSBALL

*Heute kam ein alter Bekannter meines Vaters auf der
Durchreise nach Betheltown. Er war auf dem Rückweg aus
Kalifornien, wo er ein kleines Vermögen angehäuft hatte.
Damit gab er auf Kosten meines Vaters furchtbar an. Für
manche Menschen ist das Scheitern anderer ein Schleifstein,
an dem sie ihr eigenes Ego wetzen.*

*Auszug aus Esther Huishs Tagebuch*

Faye kehrte ganz begeistert von der Universität und der
Herausforderung eines neuen Lebens in einer neuen Stadt aus
Baltimore zurück. Sie hatte ein Appartement gefunden, das sie
Ende Dezember beziehen konnte. Ihre Abreise war für den *28.*
Dezember geplant – uns blieben also kaum mehr als drei ge-
meinsame Wochen. Eine bevorstehende Trennung lässt die
Liebe wachsen, wie ich bei dieser Gelegenheit herausfand, und
während ein Blatt nach dem anderen vom Kalender gerissen
wurde, zählte ich mit wachsender Furcht die verbleibenden
Tage.

Das Gespräch, das ich vor einiger Zeit beim Mittagessen mit
Alice geführt hatte, hatte mir geholfen, meine Beziehung zu
Faye in die richtige Perspektive zu rücken. Es war nicht so, als
hätte ich nicht in Erwägung gezogen, Faye zu heiraten, wie sie
es sich gewünscht hatte; genau genommen war das Gegenteil
der Fall. Ich hatte diese Möglichkeit nur allzu sehr in Erwägung
gezogen. Und obwohl es klug sein mag, erst genau hinzusehen

und dann den Sprung zu wagen, wird dieser Sprung doch immer unwahrscheinlicher, je länger man am Abgrund steht, da man sich der Tiefe des Sturzes immer schmerzlicher bewusst wird. Es machte die Sache für mich nicht leichter, dass es so viele Leute gab, die mich lautstark auf die Gefahren hinwiesen.

Die alljährliche Weihnachtsfeier der Murrows war eine spektakuläre Angelegenheit und wurde von den meisten wohlhabenden Leuten Ogdens frequentiert. Das Haus der Murrows war zu dieser Gelegenheit so üppig herausgeputzt wie die reichen Gäste, deren Ankunft es erwartete. Draußen erstrahlten die Bäume unter einer Vielzahl weißgoldener Lichter, und Girlanden aus Stechpalmen und Kiefernzweigen wanden sich um das Treppengeländer des Hauses, um die Lampen und alle anderen Gegenstände, die für derartigen Festschmuck in Betracht kamen. Das ganze Haus roch nach Kiefer, Weihnachtspunsch und parfümierten Kerzen. Als der Abend dämmerte, wimmelte es von Menschen dort.

Faye und ich saßen, umringt von etwa einem Dutzend anderer Gäste, im Speisezimmer, als Dr. Murrow eintrat. Er wurde begleitet von einem breitschultrigen, grauhaarigen Mann und einer Frau, die um zwanzig Jahre jünger aussah. Dr. Murrow hatte dem Mann eine Hand auf den Rücken gelegt; in der anderen hielt er ein Glas Chardonnay. Auch der Mann und die Frau hatten Gläser in der Hand.

»Da ist ja meine Faye«, rief Dr. Murrow und zeigte mit dem Weinglas auf seine Tochter.

»Faye, du erinnerst dich an Dr. und Mrs Baird.«

Mrs Baird starrte sie mit weit aufgerissenen Augen an. »Ich kann nicht fassen, wie sehr Sie in der Zwischenzeit aufgeblüht sind … Sie sind einfach entzückend.«

Faye erhob sich. »Vielen Dank«, antwortete sie bescheiden.

»Wie ich höre, wollen Sie in die Fußstapfen Ihres Vaters treten«, sagte Mrs Baird.

»Ich versuche es. Was ich teilweise Dr. Baird verdanke. Ich

möchte mich bei dieser Gelegenheit noch einmal für Ihr Empfehlungsschreiben bedanken, Dr. Baird.«

Der Mann lächelte. »Ich freue mich, dass es immer noch jemanden gibt, dem so etwas von Nutzen ist. Mein Schreiben scheint ja immerhin etwas bewirkt zu haben.«

»Ja. Ich habe einen Platz an der Johns Hopkins bekommen. Es ist wie ein Traum, der wahr geworden ist.«

Er prostete ihr zu. »Meinen Glückwunsch. Und ich habe diesen Brief ohne jeden Vorbehalt geschrieben. Sie werden eine Bereicherung unseres Berufsstandes sein.«

»Wer ist denn dieser gut aussehende junge Mann?«, fragte Mrs Baird und blickte zu mir hinüber.

»Das ist Michael, mein Freund«, sagte Faye.

»Da werden Sie Ihre Tochter also gleich doppelt verlieren«, meinte Dr. Baird leutselig.

Dr. Murrow fand diese Bemerkung offensichtlich nicht witzig, und die Haut über seinen Wangen straffte sich. Er sah auf mich hinab, dann lächelte er plötzlich boshaft. Seine Stimme dröhnte durch den ganzen Raum. »Ginny hat mich gebeten, diesen Kindern zu erklären, wie töricht es wäre, so jung zu heiraten, deshalb habe ich Michael gefragt, wie er die Miete zu bezahlen gedächte. ›Gott wird schon für uns sorgen‹, antwortete er mir. Also habe ich ihn gefragt, wie er Essen auf den Tisch zu bringen gedächte. ›Gott wird schon für uns sorgen‹, wiederholte er nur. Ich habe Ginny dann berichtet, dass es eine gute und eine schlechte Nachricht gebe. Die schlechte Nachricht sei, dass unsere Tochter kein Dach über dem Kopf und nichts zu essen haben wird – die gute Nachricht, dass ihr Freund mich für Gott hält.«

Die Gäste im Speisesaal brüllten vor Lachen. Faye funkelte ihren Vater entrüstet an. Er bemerkte ihren Zorn und wandte sich abermals an seine Gäste. »Ich geh uns dann noch ein paar Flaschen Wein holen. Faye, hilf mir bitte.«

Faye stellte ihr Glas weg und verließ mit ihrem Vater den Raum.

»Wir haben Faye immer ganz besonders gern gehabt«, erklärte Mrs Baird. »Sie ist so ein liebes Kind.«

Ein paar Minuten später kam Faye allein zurück. Ihre Züge waren angespannt, und ihre Augen waren rot unterlaufen. »Komm, Michael. Wir gehen.«

Ich stellte meinen Punsch beiseite. »Was ist passiert?«

»Bring mich einfach nur weg von hier.«

Sobald wir ihren Wagen erreichten, brach sie in Tränen aus.

»Was ist denn da drin passiert?«

»Du meinst abgesehen davon, dass wir vor allen Gästen gedemütigt wurden?«

»Das ist bei deinem Vater nichts Neues.«

»Sie sind so gemein. Sie sind so verdammt gemein.«

»Was ist denn sonst noch passiert, Faye?«

»Zum ersten Mal in all der Zeit hat meine Mutter sich eingemischt. Sie sagt, ich würde unsere Familie auseinanderreißen.« Sie wischte sich über die Augen. »Ich liebe meine Eltern, Michael. Ich möchte ihnen nicht wehtun.« Mit verquollenen Augen sah sie zu mir auf. »Was ist so schlimm daran, dass ich dich liebe?«

Es tat mir weh, Fayes Kummer zu sehen, und auch wenn ihr Vater diesen Kummer verschuldet hatte, so war ich doch die Ursache dafür. In gewissem Sinne waren ihr Vater und ich Rivalen im Kampf um dieselbe Frau, und solche Kämpfe werden weder in der Natur noch anderswo jemals freundschaftlich ausgefochten. Unglücklicherweise war ich derjenige, der sich am leichtesten aus der Gleichung entfernen ließ. Ich hatte ihr keinen Trost zu bieten, daher hielt ich sie nur wortlos im Arm und litt unter dem Schmerz, den ich ihr zugefügt hatte.

## 9

### DR. MURROWS DROHUNG

*Heute hat ein gewisser Mr Foster ein Zimmer im Gasthaus gemietet. Er ist ein wohlhabender Mann und war mit der Absicht, die Pate-Mine zu kaufen, nach Betheltown gekommen. Als ich ihm sein Abendessen servierte, sprach er mich auf eine höchst herablassende Weise an. Er muss mich wohl für attraktiv gehalten haben, da er dem Wunsch Ausdruck verlieh, ich möge mit ihm speisen. Ich habe sein Angebot abgeschlagen. Reiche Gesellschaft ist wie üppiges Essen: Man bekommt häufig Verdauungsbeschwerden davon.*

*Auszug aus Esther Huishs Tagebuch*

Unsere Spezies verfügt über eine erstaunliche Fähigkeit zur Verleugnung des Offensichtlichen, eine Fähigkeit, die mich wohl bis an mein Lebensende in Erstaunen setzen wird. Vor meiner Ankunft im Haus Arkadien hatte ich nie viel über das Alter nachgedacht oder über alte Menschen. Das war kein bewusstes Ausweichmanöver, es ergab sich eher aus den Umständen. Ich kannte keinen wirklich alten Menschen. Meine Eltern waren beide keine fünfundvierzig Jahre alt geworden. Ich hatte keine mir nahestehenden Großeltern väterlicherseits, weil ich es so wollte, und mütterlicherseits, weil ich sie vor ihrem frühen Tod nicht kennengelernt hatte. Deshalb stellten alte Menschen für mich eine Art fremder Kultur dar, meinem Denken so fern wie die Franzosen – eine Kultur, mit der ich gelegentlich Kontakt gehabt hatte, von deren Sprache ich einige Worte verstand, die aber kaum Bezug zu meinem täglichen Leben aufwies. Das mag ja noch verständlich sein, auch wenn es einen wesentlichen Unterschied zwischen alten Menschen und Franzosen gibt: Wir werden nicht alle eines Tages Franzosen sein – falls jedoch der Tod nicht schon früh seine Trumpfkarte ausspielt, werden wir alle alt werden. Aber wie gesagt, wir beherrschen die Kunst des Selbstbetrugs aufs Beste, und das Alter ist wie der Tod in unseren Köpfen stets der Bestimmungsort eines anderen.

Am Mittwochmorgen trug Helen einen leuchtend grünen, mit weihnachtlichen Symbolen geschmückten Pullover. Sie kam kurz in den Pausenraum, um mit mir zu reden.

»Ich habe auf Esthers Fitnessplan gesehen, dass Sie sie jetzt jeden Tag zu einem Spaziergang holen.«

»Das scheint Sie zu überraschen.«

»Offen gesagt, ja. Niemand außer mir ist bisher jemals in der Lage gewesen, sie aus ihrem Zimmer zu bekommen.«

»Und Sie hielten es nicht für nötig, mir das zu sagen?«

»Ich dachte, ich werfe Sie einfach in die Höhle des Löwen und sehe mal, ob Sie lebend wieder rauskommen.«

Ich grinste. »Es ist wahrscheinlich besser, dass ich es nicht wusste. Esther ist eine merkwürdige Frau. Wissen Sie viel über sie?«

»So viel wie jeder andere hier, denke ich. Sie ist aus einem Altenheim in Bountiful zu uns gekommen. Aber ursprünglich stammt sie aus einer kleinen Goldgräberstadt namens Bethel. Bethel ist inzwischen nur noch eine Geisterstadt.«

»Woher wissen Sie das alles?«

»Ich habe sie gefragt.« Sie reichte mir meinen Arbeitsplan. »Wie ich sehe, werden Sie Heiligabend für Alice einspringen.«

»Ist das ein Problem?«

»Nein. Ich wollte mich nur davon überzeugen, dass sie Sie nicht dazu beschwatzt hat.«

»Sie hat mich nicht einmal danach gefragt.«

»Lassen Sie es mich nur wissen, falls sie zu einem Problem werden sollte«, sagte Helen, bevor sie den Raum verließ.

Später an diesem Nachmittag ging ich mit Esther zum ersten Mal in der ersten Etage spazieren, weil ich fand, dass ein Tapetenwechsel eine nette Abwechslung wäre. Für mich zumindest, nicht für sie, da solche Dinge für eine blinde Frau kaum eine Rolle spielten. Als wir an der geschlossenen Tür von Zimmer Nummer sechs vorbeikamen, konnte ich Henri drinnen husten hören.

Ich zog eine Grimasse. »Das klingt so, als würde es immer schlimmer mit ihm. Kennen Sie Henri?«

Esther nickte. »Ich werde Ihnen etwas über Henri erzählen.«

Ich erwartete eine große Enthüllung über den schweigsamen Mann.

»Henri ist alt.«

Ich grinste. »Alle hier sind alt.«

»Henri ist wirklich alt – sogar für mich. Er hat sein Bein im ersten Weltkrieg verloren. Eine Granate hat ihn am Knie erwischt.«

»Woher wissen Sie das?«

»Er hat es mir erzählt.«

»Henri spricht?«

»Wenn ihm der Sinn danach steht. Er hat lediglich den meisten Leuten nicht viel zu sagen. Vor allem den Weißen. Er traut ihnen nicht.«

»Nun, irgendjemandem muss er aber trauen. Ich habe meine liebe Not, ihm seine Medikamente zu verabreichen, und er weigert sich hartnäckig, mit dem Rauchen aufzuhören.«

»Vielleicht will er gar nicht, dass es besser wird.«

»Sie meinen, er will sterben?«

»Er ist ganz allein. All seine Freunde sind tot. Er ist ein Kriegsheld und hat für seine Taten einen Orden bekommen, und jetzt liegt er in Windeln. Würden Sie da weiterleben wollen?«

»Wahrscheinlich nicht«, erwiderte ich nachdenklich.

»Nein«, wiederholte sie sanft meine Worte. »Wahrscheinlich nicht.«

Während ich noch darüber nachsann, was sie gesagt hatte, kamen vom anderen Ende des Korridors plötzlich Schreie.

»Warten Sie einen Moment«, sagte ich. Ich ließ Esther in der Nähe der Wand stehen und lief um die Ecke, um dem Tumult auf den Grund zu gehen. An der Treppe hatte sich eine Handvoll Hausbewohner um Della und Edna geschart, die einander in ihren Rollstühlen wie zwei Kampfhähne gegenübersaßen. Metall an Metall, die Fäuste zum Schlag bereit erhoben. Bevor ich sie erreicht hatte, gingen sie aufeinander los; Edna packte Dellas Haar und riss sie daran herum, während Della einen schrillen Schrei ausstieß. Ich erzwang mir meinen Weg durch die Schaulustigen und bekam einen Schlag ins Gesicht, während ich die beiden Rollstühle voneinander trennte. In dem Augenblick kam Sharon hinzu, hielt sich jedoch abseits, um zu beobachten, wie ich mit der Angelegenheit fertig wurde.

»Meine Damen, was ist hier los?«

Die Frauen starrten einander hasserfüllt an. Edna war die Erste, die sprach, und sie zeigte mit einem welk gewordenen Finger anklagend auf Della.

»Diese gemeine Diebin hat meine Handtasche gestohlen.« Sie wandte sich Della zu, und ihr Gesicht verzerrte sich vor Zorn. »Wenn ich ein Bügeleisen in der Hand hätte, würde ich dir zeigen, was man damit anstellen kann.«

Ich drehte mich zu Della um, die immer noch heftig keuchte. »Ist das wahr, Della?«

»Ich habe diese Handtasche gefunden. Ich wusste nicht, dass es ihre war.«

»Della, geben Sie Edna ihre Handtasche zurück.«

Della reagierte nicht, sondern starrte ihre Anklägerin nur an.

»Sie kann sie nicht zurückgeben«, sagte Edna ungeduldig. »Sie hat sie verloren.«

Della blickte plötzlich reumütig drein.

»Ist das wahr, Della? Sie haben sie schon verloren?«

»Nicht ›schon‹«, meldete Edna sich zu Wort. »Damals, 1942.«

»Della hat Ihnen vor vierzig Jahren Ihre Handtasche weggenommen, und Sie gehen jetzt erst auf sie los?«

»Es ist mir gerade erst wieder eingefallen«, sagte Edna.

Sharon hielt sich den Mund zu, um nicht in lautes Gelächter auszubrechen, dann trat sie hinter Della und legte die Hände auf die Griffe ihres Rollstuhls. »Kommen Sie, Della. Ich bringe Sie nach unten.«

Nachdem die beiden Frauen voneinander getrennt waren, kehrte ich zu Esther zurück, die sich an der Wand entlang zu einem Stuhl hinübergetastet hatte. Ich setzte mich neben sie.

»Tut mir leid, dass ich Sie einfach so habe stehen lassen.«

»Schon gut. Haben Della und Edna sich wieder wegen der Handtasche gestritten?«

»Die beiden haben das schon mal getan?«

»Alle paar Wochen erinnert Edna sich wieder an diese Handtasche und geht auf Della los.«

Ich schüttelte den Kopf. »Die arme Frau.«

»Della dürfte eigentlich gar nicht hier sein.«

»Warum denn nicht?«

»Sie hatte ihr eigenes Haus, das auch schon bezahlt war. Ein Haus, in dem sie in ihrem eigenen Garten werkeln konnte. Das hat sie gern getan. Sie hatte ihren eigenen Blumengarten.«

»Was ist aus dem Haus geworden?«

»Ihre Kinder, die in Seattle leben, haben sie zu einem Besuch eingeladen und ihr das Haus dann unter dem Hintern weg verkauft. Sie haben behauptet, es sei nur zu ihrem eigenen Besten, aber in Wirklichkeit wollten sie lediglich ihr Erbe. Sie fanden, dass Della zu lange lebte, deshalb haben sie ihr das

Haus einfach weggenommen. Es ist abscheulich«, sagte sie angespannt.

»Ich glaube, dass in der Hölle besondere Plätze für Menschen reserviert sind, die die Schutzlosen ausnutzen.«

»Dann glauben Sie also an die Hölle«, sagte sie.

»Das ist einfacher, als an den Himmel zu glauben.«

»Ich glaube an die Hölle. Und an den Himmel. Aber ich denke, sie befinden sich beide am selben Ort.«

»Wie das?«

»Ich glaube, der Tod macht uns die Konsequenzen unserer Taten bewusst – er lässt uns den Schmerz oder auch das Glück spüren, was immer andere Menschen durch uns zu Lebzeiten erfahren haben. Der Ort spielt keine Rolle.«

»Und was ist mit all dem Gerede von Feuer und Schwefel?«

»Das sind Metaphern. Wie sonst ließe sich eine derartige Qual beschreiben?«

»Es wäre nur gerecht«, befand ich.

»Ich glaube daran, dass der Himmel gerecht ist«, sagte Esther. Dann fragte sie plötzlich: »Woher kommen Sie, Michael?«

»Ich stamme gebürtig aus Cheyenne, aber wir sind häufig umgezogen. Ich war zwölf, als meine Mutter und ich nach Ogden kamen.«

»In welchen Teil von Ogden?«

»Am Anfang lebten wir dort, wo wir gerade parkten. Wir haben ungefähr sechs Monate lang in einem zwanzig Jahre alten Kombiwagen gewohnt.«

»Wo war Ihr Vater?«

»Keine Ahnung. Zu dem Zeitpunkt war das bereits eine ziemlich akademische Frage für mich.« Ich sah mich um. »Wollen wir weitergehen?«

Esther nickte, und ich stand auf, um ihr zu helfen. Sharon kam den Korridor hinunter.

»Michael, da unten ist ein Herr, der Sie sprechen möchte. Ein sehr vornehm aussehender, ungeduldiger Herr.«

»Ich erwarte keinen Besuch.«

»Vielleicht kommt er von der Universität«, meinte sie. »Ich führe Esther für Sie herum, wenn Sie wollen.«

Ich drückte Esthers Hand. »Wie es aussieht, kommen wir heute nicht weit.«

»Gehen Sie hinunter zu Ihrem Besucher«, sagte Esther.

Sharon griff nach Esthers Arm, und ich lief die Treppe hinunter. Im Erdgeschoss saß Dr. Murrow auf einem der burgunderfarbenen Kunststoffsessel in der Nähe des Empfangstisches. Das letzte Mal hatte ich ihn vor einigen Tagen bei der Weihnachtsfeier der Murrows gesehen. Jetzt blickte er auf und beobachtete gleichgültig, wie ich die Treppe hinunterkam.

»Hallo, Michael.«

»Dr. Murrow. Was führt Sie hierher?«

Murrow drückte sich aus seinem Sessel hoch und hielt mir die Hand hin, die ich ein wenig verlegen ergriff.

»Entschuldigen Sie, dass ich Sie während der Arbeit störe. Ich dachte, ich komme mal vorbei und schaue, ob Sie mir den Gefallen tun würden, heute Abend mit mir zu essen.« Er brachte seine Einladung mit einer für ihn so untypischen Freundlichkeit vor, dass es mir merkwürdig erschien.

»Ich kann nicht vor sechs hier weg. Aber Faye geht heute Abend mit einigen ihrer Freundinnen aus.«

»Wir brauchen Faye nicht. Ich dachte, wir setzen uns zu zweit zusammen. Ich könnte Sie gegen sechs Uhr abholen.«

Falls dies ein Hinterhalt war, wollte ich lieber unabhängig sein und mir eine Rückzugsmöglichkeit offen halten. »Wir treffen uns in dem Restaurant.«

»Also dann, im *Fleur de Lis* gegen sechs Uhr? Sie sind natürlich eingeladen.« Er lächelte wiederum. Wir wussten beide, dass ich diese Einladung nicht ausschlagen konnte.

»Also um sechs Uhr.«

»Wunderbar. Ich werde warten.«

Ich fragte mich, worauf er wartete.

\* \* \*

Um Viertel nach sechs kam ich in dem luxuriösen französischen Restaurant an. Der Parkplatz war eine Zurschaustellung des Vornehmsten, das die Automobilwelt hervorgebracht hatte. Blitzende Sportwagen mit femininen Kurven und glänzendem Lack und daneben die hochmütig aufpolierten Autos europäischer Abstammung mit chromblitzendem Kühlergrill. Der Türsteher bedachte meinen Wagen mit einem belustigten Blick.

»Soll ich ihn für Sie parken?«

»Ja. Warum nicht?«

Ich reichte ihm meine Schlüssel und betrat das schummrig erleuchtete Restaurant. Der Oberkellner beäugte mich missbilligend, dann verschwand er ohne Kommentar in der Garderobe und brachte mir ein marineblaues Jackett.

»Vielleicht werden Sie sich in dem Jackett etwas wohler fühlen«, sagte er arrogant. In diesem Augenblick kam Dr. Murrow aus dem von Kerzen beleuchteten Speisesaal. Seine Kleidung war über jeden Tadel erhaben: Ein dunkler, einreihiger Anzug, zu dem er eine mit einem Wappen bestickte Krawatte aus roter Seide trug. An seinem Revers steckte eine goldene Nadel der American Medical Association.

»Michael, freut mich, dass Sie kommen konnten«, sagte er, als hätte er an meinem Erscheinen gezweifelt. »Ich habe uns einen Tisch reservieren lassen.«

Ich folgte ihm zu einem rechteckigen, für zwei Personen gedeckten Tisch. Dort standen Kristallgläser vor kunstvoll gefalteten Stoffservietten, einem mit einem Leinentuch ausgelegten Korb mit Baguette und einer geöffneten Flasche Scotch. In der Mitte des Tisches stand eine kleine silberne Vase mit frischen Hyazinthen. Dr. Murrow zeigte auf meinen Stuhl, dann nahm er selbst Platz und griff sofort nach der Flasche. »Haben Sie je das Vergnügen gehabt, einen Laphroaig zu trinken?«

»Nein, Sir.«

»Ein großartiger Scotch. Wunderbares Aroma, trocken, torfig und mit einem Unterton von Heide.«

Ich fand, dass er wie ein Werbespot klang. »Tut mir leid, aber ich trinke keinen Alkohol.«

»Der hier wird Sie vielleicht von dieser Einstellung kurieren«, sagte er und schenkte mir ein Glas ein. »Ich verschreibe Ihnen hiermit ein Schlückchen Whisky – tut dem Herzen gut.«

»Das hat mein Vater auch immer gesagt.«

Der Vergleich behagte dem Doktor überhaupt nicht. »So, Sie sind also Abstinenzler.«

»Ja, Sir.«

»Nennen Sie mich Ben.« Er schenkte sich ein Glas von dem Scotch ein und nippte langsam daran, was er, wie ich glaubte, mehr um meinetwillen tat, als weil er selbst es so wünschte.

»Es ist sogar den Wissenschaftlern schleierhaft, warum man Scotch nirgendwo anders als in Schottland herstellen kann. Geschäftsabschlüsse werden stets mit einem Gläschen besiegelt. Whisky ist das Getränk des Lebewohls und der Vollendung.«

Ich fragte mich, warum er mir das erzählte. Ein Kellner in einem Smoking trat an unseren Tisch, faltete unsere Servietten auseinander, legte sie uns dann auf den Schoß und hielt uns schließlich bereits geöffnete Speisekarten entgegen, auf denen die Vorspeisen auf französisch beschrieben wurden. Von dem Geld für eine einzige Vorspeise hätte ich mich eine ganze Woche lang ernähren können.

»Haben Sie schon einmal hier diniert?«, fragte der Doktor.

Ich blickte von meiner Speisekarte auf. »Nein. Das würde mein Budget wohl nicht zulassen.«

Dr. Murrow blickte blasiert, und ich wusste, dass ich ihm einen weiteren Pfeil für seinen Köcher geliefert hatte. Ehrlichkeit war schon immer eine meiner Schwächen.

»Ich empfehle den Chateaubriand. Wenn Sie Meeresfrüchte mögen, dann sind auch *les coquilles* recht ordentlich. Sie werden in einer Cognacsoße serviert.« Er sah mich herablassend an. »Ich denke, dass müsste selbst für einen Abstinenzler annehmbar sein.«

Ich ignorierte seine Bemerkung und sah wieder auf die Speisekarte. Einen Augenblick später hob Dr. Murrow die Hand, und ein Kellner trat an unseren Tisch.

»Was darf ich Ihnen heute Abend bringen, Dr. Murrow?«

»Den Chateaubriand und den Feldsalat mit der Vinaigrette des Hauses.«

»Und für Sie, Sir?«

»Ich nehme das Gleiche«, sagte ich.

Der Kellner nahm uns unsere Speisekarten ab.

Dr. Murrow brach ein Stück Brot ab. »Ich habe selbst einmal erwogen, Koch zu werden. Ich koche gern. Obwohl ich kaum Gelegenheit dazu habe. Natürlich ist auch Ginny eine exzellente Köchin.«

»Ist Mrs Murrow heute Abend auch ausgegangen?«

»Nein«, erwiderte er kurz angebunden.

Im Laufe des Abends gab Dr. Murrow sich immer lässiger, als verbrächten wir regelmäßig einen gemeinsamen Abend. Bei mir löste diese Haltung dagegen eine zunehmende Wachsamkeit aus. Erst als unsere Hauptspeisen gebracht wurden, gab Dr. Murrow mir den ersten Hinweis auf seine Tagesordnung. Er hob sein Glas. »Sie fragen sich sicher, warum ich mit Ihnen sprechen möchte. Unser Verhältnis war bisher nicht direkt …« Er wählte das Wort mit Bedacht. »… nicht direkt freundschaftlich.«

Ich wartete auf eine nähere Erklärung.

»Offen gesagt, möchte ich mich dafür entschuldigen, wie ich Sie behandelt habe. In Ihnen steckt mehr, als ich Ihnen zugetraut hätte.«

»Mehr?«

»Ich bin zu dem Schluss gekommen, dass Sie mehr sind als ein grüner Junge, der sich auf der Suche nach einem hübschen Rock in meine Tochter verliebt, hat. Ich glaube, dass Sie sie wirklich lieben.«

Sein Eingeständnis erstaunte mich. »Faye bedeutet mir sehr viel.«

»Meine Rede«, sagte er schnell. »Ich glaube Ihnen. Und ist Liebe mehr als das?« Er schnitt ein Stück von seinem Filet ab, spießte es auf und lächelte dann, während er kaute. »Der Ausdruck Liebe ist heutzutage zu einer abgedroschenen Plattitüde geworden – uns Männern gefällt das Aussehen einer Frau, und wir behaupten, es sei Liebe, so wie wir eine Krankheit diagnostizieren würden. Aber Liebe ist in Wirklichkeit mehr als das, nicht wahr?«

»Davon bin ich immer ausgegangen, ja.«

»Ich habe Jahre gebraucht, um eines zu verstehen: Wenn ein anderer Mensch einem wirklich etwas bedeutet, dann muss man mehr im Auge haben als die eigenen Bedürfnisse. Wenn man einen Menschen wahrhaft liebt, dann will man nicht in erster Linie diesen Menschen, man will dessen Glück. Deshalb verlangt die Liebe Opfer. Manchmal sehr schmerzhafte Opfer.« Er hielt inne, um seinen Worten zusätzlichen Nachdruck zu verleihen. »Mit einigen der anderen Jungen, die Faye mit nach Hause bringt, hätte ich dieses Gespräch niemals führen können, aber Sie sind anders. Sie verstehen, was ich meine.«

Seine beiläufige Erwähnung »anderer Jungen« traf mich, aber ich ließ es mir nicht anmerken. »Ich denke, das tue ich.«

»Ich brauche Ihnen nicht zu erzählen, dass das Leben hart ist. Man weiß nie, was einen hinter der nächsten Biegung erwartet, und manchmal ziehen einem diese Dinge den Teppich unter den Füßen weg. Dasselbe gilt für die Ehe. Wie viele Paare trifft man, die einander noch nach etlichen Ehejahren mit verzücktem Augenaufschlag ansehen? So etwas gibt es einfach nicht.« Er beugte sich mit einem ernsten, fragenden Stirnrunzeln vor. »Und wissen Sie, warum das so ist?«

»Nein, Sir.«

»Es liegt daran, dass romantische Liebe eine Illusion ist. Sie verspricht ein Leben voller ekstatischer Wonne, in dem die Liebe alle Hindernisse besiegt. So fangen alle Beziehungen an. Aber dann läuft die Silberlegierung langsam an, und die Flitterwochen gehen zu Ende. Schon bald beklagt sie sich, weil Sie einen Monat lang nicht mehr mit ihr zum Essen ausgegangen sind und nicht genug Geld auf dem Bankkonto ist, obwohl Ihr Chef Sie halb zu Tode schindet.« Er trank noch einen Schluck aus seinem Glas. »Alle Beziehungen beginnen mit Feuer. Aber die Glut kühlt rasch ab.«

»Ist das bei Ihnen und Mrs Murrow so gewesen?«

Meine Frage gefiel ihm nicht, und zum ersten Mal nahm ich den Ärger wahr, der unter seiner gelassenen Fassade siedete.

Dann verzog er die Lippen unerklärlicherweise zu einem kurzen Lächeln, als hätten wir nur zum Spaß die Klingen gekreuzt und ich hätte bei dem Spiel soeben einen Punkt gemacht.

»Ihnen ist also klar, dass die Romantik verfliegen wird. Und was bleibt Ihnen dann? Nur das Leben, das Sie für sich aufgebaut haben.«

Ich rutschte unruhig auf meinem Stuhl hin und her.

»Es mag naiv klingen, aber ich glaube, Sie irren sich. Ich glaube, dass die wahre Liebe erst dann beginnt, wenn die Flitterwochen enden. Gerade in den schweren Zeiten offenbaren sich die größeren Tugenden der Liebe wie Toleranz, Geduld und Güte.«

Er fiel mir ins Wort. »Natürlich, das ist die Idealvorstellung. Aber wo liegt denn dieses Ideal? Wir finden es immer in anderen Ehen, nicht wahr? Glauben Sie zum Beispiel, dass Ihre Mutter Ihren Vater wirklich liebte, als sie ihn kennelernte?«

Der Hinweis auf meine Eltern traf mich unvorbereitet.

»Natürlich hat sie ihn geliebt.«

»Und er hat sie geliebt?«

»Ich nehme es an.«

Sein Mund verzog sich zu einem grausamen, wissenden Grinsen. »Und wo hat das alles geendet?«

Ich legte meine Serviette auf den Tisch. »Mein Vater war Alkoholiker.«

»Wir haben alle unsere Schwächen, nicht wahr? Nur ein Narr bestreitet das. Also, was hat die Ehe Ihrer Mutter eingebracht? Hat seine Liebe sie gerettet?«

»Seine Liebe hat meiner Mutter nichts als Schmerz gebracht.«

»Sie sind ein intelligenter Junge, Michael. Vielleicht werden Sie eine Frau einmal sehr glücklich machen, wenn Sie sich am Riemen reißen können. Aber wie weit fällt der Apfel vom Stamm?«

»So weit wie nötig.«

»Mag sein. In den seltensten Fällen. Aber das kann niemand wirklich wissen. Also, Sie wollen mit meiner Faye experimentieren? Ist das Liebe?« In seinen Augen stand ein grimmiger Ausdruck. »Es ist eine Ironie des Schicksals, nicht wahr? Wenn Sie Faye lieben, müssen Sie sie gehen lassen. Wenn Sie nur an sich selbst denken, dann halten Sie sie fest. Es ist keine einfache Entscheidung, aber es ist eine klare Entscheidung.«

Ich sagte nichts und versuchte, meinen wachsenden Zorn zu bezähmen.

»Wohlgemerkt, ich sage das nicht, um meine Tochter herabzusetzen, aber Sie müssen es sich trotzdem zu Herzen nehmen. Faye ist ein Freigeist. Ein mitfühlender, freier Geist. Sie war immer diejenige, die das ausgesetzte Hündchen mit nach Hause brachte. Aber diese Art Spontanität hat leider auch ihren Preis. Hat Faye Ihnen jemals von ihrem ersten Wagen erzählt?«

Ich verschränkte die Arme vor der Brust und wartete darauf, dass er mir die Geschichte erzählte.

»... es war ein schwarzgoldener Pontiac Trans Am mit einem Hardtop. Ein volles Jahr lang hat sie von nichts anderem geredet. Es gab für Faye kein anderes Auto auf der Welt. Als pflichtbewusster Vater sorgte ich dafür, dass sie zu ihrem sechzehnten Geburtstag neben dem Führerschein auch diesen Wagen bekam. Es dauerte keine drei Monate, da wollte sie schon einen anderen. Das nächste Modell.« Er ließ mir Zeit, um die Parallele zu mir zu erkennen. »Faye steht kurz vor dem Aufbruch in eine neue Welt, eine Welt, in der es reihenweise gut aussehende, intelligente Jungen aus guten Elternhäusern und guten Verhältnissen gibt. Sie glauben doch nicht wirklich, dass Sie damit konkurrieren können, oder? Möglich, dass sie sich für den Augenblick mit einem Trans Am zufriedengibt, aber was passiert, wenn sie erst einmal in einem Ferrari gesessen hat?« Er nahm noch einen Schluck, während er die Wirkung seiner Worte auf mich beobachtete. »Ich fände es einfach grässlich, mitansehen zu müssen, wie meine Tochter Sie für das nächste Modell beiseiteschiebt. Faye fliegt nächsten Donnerstag. Vielleicht ist das der richtige Zeitpunkt für Ihren Abgang.«

Ich schob meinen Stuhl vom Tisch zurück.

»Ich denke, jetzt ist der richtige Zeitpunkt für meinen Abgang gekommen.«

Er begriff, was ich vorhatte, und machte eine Handbewegung, als sei das Ganze nur ein Scherz gewesen. »Nein, nein, setzen Sie sich und genießen Sie das Essen. Sie haben es bisher kaum angerührt.«

»Ich nehme an, ich bin ein so feines Essen einfach nicht gewöhnt.«

Seine Haltung veränderte sich jäh, und ein verächtlicher Ausdruck trat in seine Augen. »Ich möchte eine Sache ganz klarstellen. Ich habe Faye nicht über zwanzig Jahre lang großgezogen, um sie jetzt einfach für Sie wegzuwerfen. Faye ist ein kluges Mädchen; ich glaube, dass sie aus eigenem Antrieb weiterziehen wird. Aber sie ist auch ein sehr sprunghafter Mensch, und es wäre nicht das erste Mal, dass sie eine überstürzte Entscheidung trifft oder eine schlechte Wahl. Ich will Ihnen die Dinge also ein wenig näher erläutern. Falls Faye sich mit Ihnen verloben oder sich auf irgendeine andere dauerhafte Art und Weise mit Ihnen verbinden sollte, verliert sie jede finanzielle Unterstützung durch mich. Keine Mastercard.

Keine Studiengebühren. Keine Johns Hopkins. Aus mit den Doktorspielen.«

»Das würden Sie ihr niemals antun.«

Er zuckte mit keiner Miene. »Faye hat zwei jüngere Schwestern, an die ich denken muss.« Er lehnte sich selbstbewusst zurück, das Scotchglas in der Hand. »Offen gesagt, ich würde ihr lediglich einen Vorgeschmack darauf geben, wie das Leben an Ihrer Seite sein würde. Irre ich mich?«

»Sie sind ein Lügner.«

Sein Blick war so schwarz und hart wie Onyx. »Manchmal muss man aus Liebe streng sein.«

# 10

## DAS DILEMMA

*Die schwierigsten Entscheidungen sind oft nicht diejenigen,
bei denen wir nicht ermitteln können, was das Richtige ist.
Es sind viel häufiger die Entscheidungen, bei denen wir uns
des Weges sicher sind, aber die Reise fürchten.*

*Auszug aus Esther Huishs Tagebuch*

Dr. Murrows Drohungen waren kaum etwas Neues für mich
– er hatte lediglich in Worte gefasst, was ich befürchtet hatte,
seit ich Faye begegnet war. In den verborgenen Winkeln meines Herzens, die ohne Vertrauen waren, hatte ich immer Angst
davor gehabt, dass sie weiterziehen würde. Aber wenn unsere
Beziehung eine Frage des Vertrauens war, hatte Faye mir nie
einen Anlass gegeben, an ihr zu zweifeln. Dasselbe konnte ich
von mir nicht behaupten. In Wahrheit wusste ich nicht, wie
viel ich von den Schwächen meines Vaters geerbt hatte. Dafür
verabscheute ich meinen Vater. Ich verabscheute nicht nur den
Mann, der er war, sondern auch den Mann, zu dem ich durch
seine Schuld geworden war. Ich konnte den Geist meines
Vaters nicht völlig austreiben, und zu meinen schlimmsten
Ängsten gehörte es, dass ich eines Tages in den Spiegel blicken
würde und feststellen müsste, dass er mir daraus entgegensah.

Dennoch konnte man diese Befürchtungen vorerst einmal
der Zukunft überlassen. Dr. Murrows Ankündigung, Fayes
Ausbildung nicht zu finanzieren, verschärfte dagegen die

104

Zwangslage, in der wir uns befanden. Murrow hatte den Zeitpunkt für seine Drohung perfekt und mit zielsicherer Bosheit gewählt, und wenn er dabei darauf setzte, dass meine Liebe selbst der Fortsetzung unserer Beziehung im Wege stehen könnte, dann hatte er den richtigen Trumpf ausgespielt – ich liebte Faye tatsächlich mehr als mich selbst. Es stand außer Frage, dass ich Fayes Träumen, so kurz, bevor sie in Erfüllung gehen sollten, nicht im Wege stehen durfte, selbst wenn diese Unvereinbarkeit ganz allein Murrows Werk war.

Dies ist vielleicht die größte Ironie der Liebe: die Bereitschaft, den Menschen, den wir wahrhaft lieben, zu seinem eigenen Besten aufzugeben. Und auf diese Weise erfuhr ich, wie viel Faye mir wirklich bedeutete. Denn auch wenn die Möglichkeit, sie zu verlieren, mir den Atem raubte, stand es für mich außer Frage, dass ich mein Herz als Trittstein anbieten würde, damit sie sich ihre Träume erfüllen konnte. Alles andere wäre das Gegenteil von Liebe gewesen, Heuchelei und purer Egoismus. So viel wusste ich. Zumindest glaubte ich, es zu wissen. Was ich nicht in die Gleichung einbezogen hatte, was ich vielleicht nie mit einzubeziehen gewagt hatte, ist der Umstand, dass ich der wichtigere Teil ihrer Träume war.

Meine Entscheidung, Faye nichts von dem Gespräch mit ihrem Vater zu sagen, verlangte keine große Überlegung meinerseits. Faye hatte um unserer Beziehung willen schon genug gelitten, und ich wollte ihren Kummer nicht noch vergrößern. Wahrscheinlich hätte ich niemals mit jemandem darüber gesprochen, hätte Esther nicht gefragt. Sie hatte gerade, auf meinen Arm gestützt, ihre erste Runde durch die Etage gedreht, als wir uns in der Nähe des Schwesternzimmers hinsetzten, damit sie sich ein wenig ausruhen konnte. »War Ihr Besucher jemand von der Universität?«

Ich runzelte die Stirn. »Leider nicht. Es war der Vater meiner Freundin Faye.«

»Was wollte er denn?«

»Dasselbe, was er immer will – dass ich aus dem Leben seiner Tochter verschwinde.«

»Warum will er das?«

»Er hält mich für Abschaum. Er erwartet, dass Faye jemanden aus einer wohlhabenden Familie mit gesellschaftlichem Ansehen heiratet. Er ist davon überzeugt, dass seine Tochter, wenn sie mich heiratet, den Rest ihres Lebens barfuß und schwanger verbringen wird.«

»Er glaubt nicht, dass Sie eines Tages Erfolg haben werden?«

»Ich denke nicht, dass wir dieselbe Vorstellung von Erfolg haben.«

»Was sagt Faye denn dazu?«

»Für sie ist es ausgesprochen hart. Ihr Vater zwingt sie dazu, sich zwischen ihm und mir zu entscheiden. Gestern Abend hat er gedroht, Faye jede finanzielle Unterstützung zu entziehen, sollte sie eine dauerhafte Beziehung mit mir eingehen.«

»Würde er das wirklich tun?«

»Ich denke schon. Der Mann ist ein Mistkerl.« Ich seufzte. »Ich habe das Gefühl, als hätte man mich schachmatt gesetzt. Ich weiß nicht, was schlimmer ist – ein Vater, der durch Abwesenheit glänzt wie meiner, oder ein allgegenwärtiger wie ihrer.«

»Das ist das erste Mal, dass Sie mir gegenüber Ihren Vater überhaupt erwähnen.«

»Er war kein Vater«, sagte ich verächtlich. Dann fuhr ich mir mit der Hand durchs Haar. »Faye erwartet eine feste Bindung. Wenn ich ihren Wunsch erfülle und sie meinen Antrag annimmt, muss sie auf ihre Träume verzichten. Wenn ich es nicht tue, könnte ich sie verlieren.«

»Was werden Sie tun?«

»Ich weiß es nicht.« Ich blickte den Korridor hinunter und beobachtete einen Augenblick lang Grace, die mit ihrem Gehgestell durch den Flur ging.

»Was ist mit dem Mann, den Sie geliebt haben, Esther? Was ist mit Thomas?«

Ich hätte die Wirkung dieses Namens auf sie keinesfalls vorhersehen können oder die dramatische Veränderung ihrer Stimmung, die er provozierte.

»Wo haben Sie diesen Namen her?«, fragte sie aufgebracht. Bevor ich antworten konnte, sagte sie: »Sie haben meine Briefe gelesen.«

»Welche Briefe?«

Heiße Röte stieg ihr in die Wangen. »Sie hatten kein recht, meine Briefe zu lesen. Sie hatten kein Recht, meine Schubladen zu durchstöbern.«

Ich sah mich kurz um. Mehrere Heimbewohner beobachteten uns jetzt. »Ich habe Ihre Briefe nicht gelesen, Esther. Ich weiß nicht einmal, von welchen Briefen Sie sprechen. Der Name ist auf die Rückseite Ihres Medaillons eingraviert. Des Medaillons, das ich neulich auf dem Boden Ihres Zimmers gefunden habe …«

Sie bedeckte das Gesicht mit den Händen. »Ich möchte, dass Sie mich jetzt in mein Zimmer zurückbringen.«

Ich wartete ab, bis sie sich ein wenig gefasst hatte, dann erhob ich mich langsam und hakte sie unter. Auf dem Rückweg in ihr Zimmer verlor sie kein Wort mehr.

»Es tut mir wirklich leid«, sagte ich zerknirscht. »Ich wollte Sie nicht aufregen.« Ich half ihr in ihren Sessel. »Der Name stand einfach auf dem Medaillon geschrieben.«

Sie strich zärtlich über den rechteckigen Anhänger, aber sie sprach immer noch nicht, daher verließ ich den Raum. In Gedanken war ich bei den mysteriösen Briefen und der Frage, was Thomas und Esther miteinander zu tun haben mochten.

Als ich an diesem Abend nach Hause kam, fand ich selber einen Brief vor – einen Umschlag mit dem Briefkopf der Universität von Utah. Es war ein Glückwunschschreiben an den jüngsten Empfänger des Präsidentenstipendiums der Universität.

# 11

## HEILIGABEND

*Es war ein festlicher Heiligabend in Betheltown, und wir versammelten uns in der Kirche, um zu singen, zu beten und zu feiern. Ich kehrte gegen Mitternacht nach Hause zurück, und kurz darauf kam ein Ehepaar in das Gasthaus, das um ein Quartier bat. Wir hatten keine freien Zimmer, und gerade als ich die beiden abweisen wollte, sprang mich die Ironie der ganzen Situation förmlich an.*
*Ich gab ihnen für die Nacht mein eigenes Zimmer und schlief in der Küche.*

*Auszug aus Esther Huishs Tagebuch*

Der 24. Dezember brachte viel Schnee, der auf den Straßen liegen blieb, bis die Verkehrspolizei eine Schneewarnung herausgab und am Fuß des Canyons alle anhielt, um zu prüfen, ob sie mit Winterreifen oder Schneeketten ausgerüstet waren. Und es schneite immer noch, als wolle das Wetter die Feierlichkeit des Tages unterstreichen.

Soll es doch schneien, dachte ich. Ich hatte mein Weihnachtsgeschenk bereits erhalten, glanzvoll verpackt in dem Umschlag der Universität von Utah. Aber wenn ich schon außer Rand und Band war, wirkte ich im Vergleich zu Faye geradezu gleichmütig. Sie hatte mit solchem Jubel auf die Neuigkeit reagiert, dass ein Außenstehender geglaubt haben müsste, sie hätte das Stipendium bekommen. Sie bestand darauf, sich den verschneiten Canyon hinaufzuwagen, um mir etwas zu essen und eine Flasche alkoholfreien Wein zu bringen, mit dem wir meine Leistung feiern wollten. Sie blieb eine gute Stunde, bis ich sie wegschickte, weil mir die sich weiter verschlechternden Straßenverhältnisse Sorgen machten. Arm in Arm gingen wir zu ihrem Auto, und ich sah ihr nach, wie sie vorsichtig den Canyon hinunterfuhr, bis die Hecklichter ihres Wagens nicht mehr zu erkennen waren.

Von der Straße aus wirkte das Arkadien ziemlich düster; nichts war zu sehen von den Lichterketten und dem Weihnachtsschmuck in den Korridoren, den ich bald wieder abnehmen würde. Ich kehrte noch einmal zurück, um beim Abendessen der Heimbewohner zu helfen. Für diejenigen, die über die Festtage hier geblieben waren, servierte die Cafeteria Kartoffelpüree aus der Tüte, Truthahnfleisch mit Preiselbeersoße aus dem Glas und einen Brotpudding von fragwürdiger Konsistenz. Eigentlich hatte eine Kirche aus dem Ort geplant, im Heim Weihnachtslieder zu singen. Die Veranstaltung war jedoch aufgrund des schlechten Wetters abgesagt worden, und so gingen die meisten Heimbewohner einfach ins Bett, als sei es ein Abend wie jeder andere auch. Einige von ihnen fanden sich im Gemeinschaftsraum ein, um sich im Fernsehen *It's a Wonderful Life* anzusehen und auf diese Weise vielleicht doch noch ein wenig Weihnachtsstimmung aufkommen zu lassen. Am Ende meiner Schicht war es vollkommen still im Haus. Einzig das ferne, regelmäßige Echo von Henris gequältem Husten durchbrach das Schweigen.

Für mich war es der erste Heiligabend ohne meine Mutter, und dieser traurige Gedanke löschte die ganze Euphorie des Tages aus. Es bekümmerte mich, dass meine Mutter nicht mehr da war, um von meinem Stipendium zu hören. Sie wäre so stolz auf mich gewesen, und das mit Recht, denn meine Leistung wäre mehr ihr Verdienst gewesen als meines. Plötzlich fiel mir ein, dass ich Esther noch nichts davon erzählt hatte. Mein Fauxpas vom gestrigen Abend war mir immer noch sehr peinlich, und ich vermute, dass ich unbewusst eine

Begegnung mit Esther vermied, obwohl ich ein Weihnachtsgeschenk für sie gekauft hatte – eine Friedensgabe in Gestalt eines Früchtekuchens. Ich hatte die Absicht gehabt, ihr den Kuchen bei der ersten günstigen Gelegenheit zu überreichen. Eine solche Gelegenheit hatte sich jedoch nicht ergeben, und ich nahm an, dass ich um diese Uhrzeit kaum noch eine Chance haben würde, da irgendein naher Verwandter sie gewiss für die Weihnachtstage aus dem Heim geholt hatte. Also stempelte ich aus und hatte bereits Mantel und Handschuhe angezogen, als mir die Idee kam, den Kuchen einfach in ihr Zimmer zu legen. Ich stieg die Treppe hinauf, klopfte leise an und zog die Tür dann langsam auf, da ich davon ausging, dass Esther nicht da sein würde. Abgesehen von einer schwachen Lampe auf ihrem Nachttisch war der Raum dunkel. Zu meiner Überraschung saß Esther allein in der Dunkelheit, die Augen halb geschlossen. Ich trat ein.

»Esther?«

Ohne sich umzudrehen, erwiderte sie: »Hallo, Michael.«

Ich legte meine Handschuhe auf ihren Sekretär und setzte mich dann ihr gegenüber aufs Bett.

»Ich habe Ihnen etwas mitgebracht.« Ich legte ihr die Dose auf den Schoß. »Es ist ein Früchtekuchen.«

Sie umfasste das Geschenk mit beiden Händen und strich mit ihren schlanken Fingern über den Deckel des Behälters. »Das war sehr aufmerksam von Ihnen.« Sie wirkte sehr traurig. »Es hat heute geschneit, nicht wahr?«

Ich blickte zu dem Fenster hinüber, vor dem die Vorhänge nicht zugezogen waren. Der tiefblaue Himmel dahinter war gesprenkelt von weißen Flocken. »Es schneit immer noch. Auf den Straßen sieht es ziemlich übel aus.«

»Sie hatten doch keinen Autounfall, oder?«

»Nein. Ich bin ohne Probleme hergekommen.«

»Ich mache mir nicht viel aus Schnee. Man kann darauf ausrutschen und sich die Hüfte brechen.«

»Ja, gut möglich.«

»Die Ärzte lieben den Schnee wahrscheinlich. Da können sie die ganze Zeit in Countryclubs sitzen und all diese gebrochenen Hüften richten.«

»So habe ich das noch nie betrachtet.« Stille senkte sich über den Raum. Ich schlang die Finger auf dem Schoß ineinander. »Haben Sie heute Abend etwas vor?«

Sie nickte, eine Geste, die ihren verlorenen Gesichtsausdruck Lügen strafte.

»Mein Sohn kommt mich holen.«

»Schön«, sagte ich.

»Haben Sie etwas vor?«

»Nein. Nur die Arbeit. Aber jetzt gehe ich nach Hause.«

»Warum sind Sie nicht mit Ihrer Freundin zusammen?«

»Faye ist heute Abend bei ihrer Familie. Wir wollten den morgigen Tag zusammen verbringen.«

»Das wird sicher schön.«

Die Melancholie erdrückte mich förmlich. »Also, ich mache mich dann am besten mal auf den Weg. Bevor es auf den Straßen noch schlimmer wird.«

»Vielen Dank«, sagte sie. Ich nahm meine Handschuhe von dem Sekretär und steckte sie mir in die Taschen. »Ich wollte mich noch einmal entschuldigen. Wegen gestern. Es ging mich nichts an.«

Auch diesmal reagierte Esther nicht auf meine Entschuldigung.

»Hm, na dann, frohe Weihnachten.«

»Ihnen auch, Michael«, sagte sie leise.

Ich verließ hastig den Raum, schloss die Tür hinter mir und ging die Treppe hinunter. Sharon war gerade zur Nachtschicht hereingekommen, und mein Erscheinen erschreckte sie.

»Hallo, Michael. Ich dachte, Alice hätte heute Abend Dienst.«

»Sie wollte gern frei haben, und ich brauchte das Geld.«

»Sie sprechen mir aus der Seele. Nach Weihnachten bin ich immer pleite. Deshalb arbeite ich ja auch. Ich hatte die Wahl:

entweder Arbeit oder ein Trinkgelage und Weihnachtslieder bei Tante Maud.«

Ich warf einen Blick auf meine Armbanduhr. »Wissen Sie, um wie viel Uhr Esthers Sohn kommt, um sie abzuholen?«

Sie sah mich fragend an. »Esther hat keine Kinder.«

»Sind Sie sich da sicher?«

»Esther hat in den drei Jahren, die ich hier bin, nicht ein einziges Mal Besuch gehabt. Vor einigen Jahren musste sie einmal operiert werden, und als ich mir die Namen ihrer nächsten Verwandten aus ihrer Akte heraussuchen wollte, war die Zeile leer. Bringt einen schon ins Grübeln, so etwas. Man fragt sich, wo Leute wie sie herkommen. Wie in dem Beatles-Song *Eleanor Rigby.*«

Ich blickte kurz zur Treppe hinüber, dann wandte ich mich zum Gehen.

»Wir sehen uns dann am Montag.«

»Frohe Weihnachten noch.«

Draußen fiel der Schnee immer noch in dicken Flocken vom Himmel, sammelte sich vor den zerklüfteten Wänden des Canyons und warf das Mondlicht als ein durchscheinendes Leuchten zurück. Auf der Straße herrschte kein Betrieb mehr, die Leute saßen in ihren Häusern und feierten oder schliefen vielleicht einfach nur. Ich nehme an, es war meine eigene Einsamkeit, die mich veranlasste, umzukehren. Als ich eintrat, blickte Sharon auf.

»Was vergessen?«

»Ich habe oben etwas liegen lassen.«

Ich ging die Treppe hinauf zu Esthers Zimmer und klopfte sanft an.

»Esther?« Ich drückte die Tür auf. Esther saß immer noch in ihrem Sessel, die Augen geschlossen, die Hände nach wie vor um die Dose geschlungen.

»Haben Sie etwas vergessen, Michael?«

»Ich habe vergessen, Ihnen zu erzählen, dass ich das Stipendium bekommen habe.«

Trotz ihrer Traurigkeit lächelte sie. »Ich freue mich sehr für Sie. Sie sind bestimmt ganz aufgeregt deswegen.«

»Es ist das erste Mal, dass ich irgendetwas gewonnen habe.« Ihre Anteilnahme freute mich. Ich trat neben sie und setzte mich dann auf das Bett vor ihr. »Um wie viel Uhr kommt Ihr Sohn denn?«

»Gegen acht.«

»Wir haben fast halb neun.«

»Er ist wohl aufgehalten worden. Sie sagten ja, dass die Straßen nicht besonders gut befahrbar sind.«

Ihre Lüge machte mich traurig. »Esther.« Ich hielt inne, unsicher, ob es richtig war, etwas zu sagen, aber irgendwie konnte ich mich einfach nicht zurückhalten. »Esther. Sie haben keinen Sohn.«

Esther erwiderte nichts, und während ich mich noch fragte, welcher Teufel mich geritten hatte, lief Esther eine einzelne Träne über die Wange, die sie hastig wegstrich. Dann sagte sie müde: »Ich hatte mal einen, Michael.«

Jetzt strömten die Tränen über ihr Gesicht, und sie versuchte nicht länger, sie wegzuwischen. Ich nahm ein Taschentuch von ihrem Nachttisch, gab es ihr in die Hand, und sie tupfte sich die Augen ab. Ich legte eine Hand auf ihre.

»Erzählen Sie mir von ihm.«

»Sein Name war Matthew. Er war mein lieber kleiner Junge.«

Leise fragte ich: »Wo ist Matthew?«

»Er ist tot.« Sie ließ den Kopf in die Hände sinken. »Matthew war geistig behindert. 1948 bekam ich dann Scharlach, und weil ich alleinstehend war, hat die Gesundheitsbehörde Matthew in ein Heim gesteckt. Es sollte nur vorübergehend sein. Wie hätte er wissen können, dass er zurückkommen würde?« Wieder füllten sich ihre Augen mit Tränen. »Er hat ohne mich einfach aufgehört zu leben. Wie hätte er es auch wissen können?«

»Das tut mir leid.« Ich blickte auf das Foto von dem Solda-

113

ten, da ich glaubte, Esther hätte mir soeben ein Stück des Puzzles in die Hand gegeben. »Das Bild auf Ihrem Sekretär – der Soldat – ist das Matthews Vater?«

Sie schüttelte den Kopf, und statt Trauer war jetzt Aufsässigkeit aus ihrer Stimme herauszuhören. »Nein. Ich habe keine Fotos von Matthews Vater. Ich will auch keine. Er war kein Vater.«

»Ich verstehe. Ich möchte auch keine Fotos von meinem Vater.« Sie tupfte sich immer noch die Augen. »Wer ist der Soldat?«

Esther ließ sich mehr als eine Minute Zeit mit der Antwort. Es war, als stünde sie vor einem großen, versiegelten Buch und dächte darüber nach, ob sie das Siegel aufbrechen sollte oder nicht. Plötzlich sagte sie wehmütig: »Der Soldat ist Thomas. Er ist der einzige Mann, den ich je geliebt habe … und vielleicht der einzige, der mich jemals wirklich geliebt hat.«

Es erstaunte mich, dass sie mir etwas Derartiges erzählte.

»Aber Sie haben ihn nie geheiratet.«

Plötzlich bekam ihr Gesichtsausdruck etwas Entrücktes. »Ich war vor ihm verheiratet und nach ihm. Aber niemals mit ihm.«

»Warum nicht?«

Sie antwortete nicht, sondern blinzelte langsam, als sei dies eine Frage, über die sie noch nicht nachgedacht hatte. Plötzlich fragte sie dann mich: »Hat Faye auch einen Früchtekuchen bekommen?«

Ich konnte mir ein Lächeln nicht verkneifen. »Nein. Wir haben unsere Geschenke noch nicht ausgetauscht, aber ich möchte ihr ein Buch und ein Medaillon schenken. Auf diese Idee bin ich gekommen, als ich Ihr Medaillon fand.«

Sie nickte, und ich nahm an, dass sie sich darüber freute, mich zu diesem Geschenk inspiriert zu haben.

»Ich habe noch nie ein Medaillon wie das Ihre gesehen, Esther. Ich konnte nicht einmal herausfinden, ob es aus Gold oder aus Silber ist.«

»Ursprünglich war es aus Gold. Es ist dann versilbert worden.«

»Warum versilbert jemand ein goldenes Schmuckstück?«

»Aus manchen Ländern durfte man damals kein Gold ausführen. Daher haben die Einwanderer ihren Schmuck versilbern lassen, um ihn mitnehmen zu können. Thomas' Mutter stammte aus Rumänien. Das Medaillon hat einmal ihr gehört.« Sie legte eine Hand auf den Anhänger. »In einem Medaillon kann man Dinge, die einem teuer sind, am Herzen tragen.«

»Das dachte ich auch. Faye reist in ein paar Tagen zur Universität ab.«

»Welches Buch haben Sie denn für sie gekauft?«

»*Das Verlorene Paradies* von Milton. Es war eins der Lieblingsbücher meiner Mutter.«

»Es ist wunderbar«, sagte Esther. Dann zitierte sie eine Stelle daraus, und ihre Stimme klang, als koste sie jedes einzelne Wort aus:

> *Des Menschen erste Widersetzlichkeit*
> *Und jenes untersagten Baumes Frucht,*
> *Die dieser Welt durch sterblichen Genuss*
> *Den Tod gebracht und unser ganzes Leid*
> *Mit Edens Fall, bis, größer als ein Mensch,*
> *Uns wieder einzusetzen Einer komme*
> *Und uns den Ort des Heils zurückgewinne…*

»Sie kennen das Werk.«

Esther lächelte, sichtlich geschmeichelt, dass ich ihre Rezitation zu schätzen wusste. »Ich glaube nicht, dass irgendjemand dieses Werk wirklich kennt. Nur ein paar Verse. Einige Dinge sind wohl einfach nicht von dieser Welt. Es ist, als hätte Gott sich die Seelen einiger Menschen ausgeborgt, um uns anderen solch große Geschenke zu machen.«

»Meine Mutter hat einmal dasselbe gesagt. In materieller

Hinsicht hatte sie nicht viel zu geben, daher schenkte sie mir die Literatur. Bis ich ein Teenager war, las sie mir jeden Abend vor. Nicht nur Kinderbücher, sondern auch Klassiker wie Hawthorne und Dickens. Als sie dann bettlägerig war – bevor sie starb –, habe ich ihr vorgelesen.«

»Dann waren Sie reich.«

»Das ist das erste Mal, dass mir jemand das vorwirft.«

Ich dachte voller Zuneigung an meine Mutter. »Aber wahrscheinlich haben Sie recht.«

»Schreiben Sie auch selbst, Michael?«

»Ich habe es mal mit ein paar Gedichten versucht.«

»Ich würde gern etwas von Ihnen hören.«

»Meine Gedichte sind nicht gut.«

»Ich bin davon überzeugt, dass sie besser sind als der Früchtekuchen, den Sie mir geschenkt haben.«

Ich sah sie erstaunt an, dann brachen wir beide spontan in Gelächter aus. Es war das erste Mal, dass ich sie lachen hörte.

»… tut mir leid, das war nicht besonders höflich.«

»Ich bin nicht beleidigt deswegen. Ich kenne niemanden, der Früchtekuchen mag. Ich habe gedacht, es müsse wohl Ihre Generation sein, die ihn gern isst.«

»Der Früchtekuchen wurde auch meiner Generation aufgedrängt.«

»Ich habe mal gehört, es gäbe in Wirklichkeit nur einen einzigen Früchtekuchen, der jedes Jahr rund um die Welt wandert.«

Wieder lachte sie, und ihre ganze Ausstrahlung wirkte positiver, als ihre Stimme sich jetzt in einem zufriedenen Seufzer verlor. »Ich würde wirklich gern ein paar von Ihren Gedichten hören.«

»Ich habe sie noch nie jemanden hören lassen.«

»Sie geben also nichts von sich selbst preis.«

Ich dachte über ihre Worte nach. »Na gut. Eins, das ich für Faye geschrieben habe.«

Ich atmete tief ein.

*In qualvolles Dunkel kam das Licht*
*Aus hehrem Reich der Hoffnung nieder,*
*Dorthin, wo die Stillen, Gebrochenen lagen*
*Im verzweifelten, düsteren Reich der Nacht.*
*Die Finsternis zerteilt eine strahlende Sonne,*
*Liest auf die Scherben zerbrochener Träume,*
*Drückt sich die scharfen Stücke ans Herz*
*Und heilt sie mit ihrem süßen Blut.*

Nach einigen Sekunden des Schweigens fragte Esther sanft: »Wie hat Faye darauf reagiert?«

»Faye kennt es nicht.«

Esther wirkte eher bekümmert als überrascht. »Nein, Sie geben wirklich nichts von sich preis«, wiederholte sie.

»Vielleicht haben Sie recht«, erwiderte ich. »Aber Sie haben mir auch nicht erzählt, warum Sie den Soldaten nicht geheiratet haben.«

Esther ließ den Kopf sinken und sagte dann verzweifelt und voller Scham: »Manchmal fürchten wir das Gute mehr als das Schlechte.« Sie schloss die Augen und lehnte sich in ihrem Sessel zurück, und binnen weniger Sekunden wurde ihre Atmung tiefer. Ich wusste nicht, ob sie wirklich schlief oder es mich nur glauben machen wollte. Ich beobachtete sie kurz, dann sagte ich: »Frohe Weihnachten, Esther.« Ich beugte mich über sie und küsste sie auf die Wange. »Für Sie und Ihren Soldaten.« Dann überließ ich sie ihren Träumen.

# 12

## DAS VERLORENE PARADIES

*Im Leben eines jeden gibt es irgendwann ein Betheltown.
Aber es kommt nur einmal, und mehr wagen wir nicht
zu verlangen.*

Auszug aus Esther Huishs Tagebuch

Weihnachten fing zumindest gut an. Die ersten Strahlen der Dämmerung erhellten das Tal, und der blaue Winterhimmel hob sich scharf gegen den glitzernden, kristallenen Schnee am Horizont ab. Faye kam gegen zehn Uhr, bekleidet mit dem neuen Skiparka, den ihre Eltern ihr am Morgen geschenkt hatten, und einem dunkelbraunen, wollenen Stirnband. Ihre Wangen waren rosig, und ihr Atem gefror vor ihrem Mund. Sie drückte mit dem Ellbogen auf die Klingel, da sie die Arme voller Geschenke hatte, drei leuchtend bunt eingepackte Kartons.

»Mach Platz für die Gehilfin vom Weihnachtsmann«, sagte sie mit einem schelmischen Lächeln.

»Du bist eine Hochstaplerin«, sagte ich. »Mrs Weihnachtsmann würde dich niemals auch nur in die Nähe des alten Knaben lassen.«

Ihr Lächeln wurde breiter. »Fröhliche Weihnachten, mein Hübscher.«

Sie trug die Geschenke in die Küche, legte sie auf den Tisch und ging dann wieder hinaus. Als sie zurückkam, trug sie einen langen Kleiderbeutel über dem Arm. Sie zog den Reiß-

118

verschluss auf, und ein marineblaues, dickes Jackett kam zum Vorschein. Die Art, wie alle reichen Collegeschüler sie trugen.

»Das wirst du an der Uni brauchen«, sagte sie.

»Du verwöhnst mich.«

»Das ist meine Absicht.«

Ich ging in mein Zimmer und holte meine Geschenke für sie. Mir fiel auf, dass sie die kleinere Schachtel mit großem Interesse beäugte.

»Willst du die Geschenke jetzt aufmachen?«, fragte ich.

»Lass uns damit warten, bis wir zurückkommen. Die Vorfreude ist meist die schönste Freude.« Sie warf einen Blick auf ihre Armbanduhr. »Mir war gar nicht klar, dass es schon so spät ist. Wir gehen jetzt besser. Sie erwarten uns bestimmt schon.«

Faye hatte mir eine große Überraschung für den Morgen versprochen. »Wer erwartet uns?«

Sie strahlte. »Das ist ja meine Überraschung.«

Wir gingen zu ihrem Wagen, und ich sah, dass sich auf der Rückbank Geschenke türmten. »Für wen sind denn all diese Päckchen?«

»Wir machen einer Familie eine Weihnachtsfreude«, sagte Faye voller Überschwang. »Die Studentinnenverbindung, der ich angehöre, hat den ganzen Monat lang an Weihnachtsgeschenken für eine bedürftige Familie gearbeitet, und ich bin zur Vorsitzenden des Ausschusses gewählt worden.«

Unser Ziel war ein Wohnviertel nur ein paar Straßen entfernt von meinem Haus, in der Nähe der Viadukte. Das Haus unterschied sich weder in der Größe noch von der Architektur her allzu sehr von meinem, obwohl man sehen konnte, dass hier Kinder lebten. Auf der Aluminiumverkleidung und der Haustür prangten Buntstiftkritzeleien, und der Garten war von Spielzeugen übersät, wie Kinder sie im Winter benutzten. Ich nehme an, dass mein eigenes Wohnviertel mehr als genug von solchen karitativen Besuchen gesehen hatte. Faye bog in die Einfahrt ein, ging dann zur Haustür hinüber und klopfte an. Eine ausgezehrte Mexikanerin öffnete, sprach ein paar Worte, sah zum Wagen hinüber und hielt uns dann die halb zerfetzte Fliegentür auf. Faye bedeutete mir, ihr zu folgen, daher machte ich mich daran, die Geschenke einzusammeln und ins Haus zu tragen, wo in einer Ecke des Raums ein kleiner Plastikbaum stand. An dem Baum hingen ein paar Glaskugeln und Walnüsse, die jemand mit grünem und goldenem Glitzerpapier beklebt und mit Wollschlingen versehen hatte, um sie aufhängen zu können. An einigen Zweigen baumelten aus Papier ausgeschnittene Schneeflocken. In dem Raum befand sich noch eine weitere Frau, die ein Kind an die Brust drückte, das ich auf etwa vier oder fünf Jahre schätzte. Wir mussten viermal hin- und hergehen, um alle Geschenke hereinzuholen, und als ich sie in der Ecke aufstapelte, füllte der Raum sich mit Zuschauern, einem halben Dutzend Kindern mit schmutzigen Gesichtern und schwarzem Haar. Sie verfolgten das Ganze mit stillem Erstaunen.

Es hätte eine freudige Erfahrung sein sollen. Für die meisten Menschen, denke ich, wäre es das auch gewesen. Es ist die Art von Erlebnis, die man im Weihnachtsfotoalbum seiner Erinnerung aufhebt, ein Ereignis, nach dem man dem Schicksal für sein eigenes Glück dankt. Stattdessen blickte ich in die leeren Augen der Kinder und sah mich selbst aus einem schwarzen Spiegel der Erinnerung daraus zurückschauen. Diese Episode machte mir einmal mehr die Kluft zwischen Faye und mir bewusst.

Ich erinnere mich gut an das Jahr, in dem ein Helfer des Weihnachtsmannes zu uns kam. Ich war fünf Jahre alt, und ich stand hinter meiner Mutter und klammerte mich an ihren Rock, als die Fremden unsere winzige Wohnung betraten. Sie gehörten der benachbarten Kirche des Nazareners an und bescherten uns gütig mit Lebensmitteln und Geschenken. Das Kommando hatte eine Frau, die aussah wie Doris Day und so roch wie die Parfümabteilung in den Kaufhäusern in der

Stadt. Sie war sehr laut und offenkundig erfüllt vom Geist der Weihnacht. Meine Mutter bemühte sich nach Kräften, ihrer Dankbarkeit Ausdruck zu verleihen, obwohl es ihr sichtlich peinlich war, die Empfängerin dieser Almosen zu sein. Wäre ich nicht gewesen, hätte sie ein solches Almosen niemals in Betracht gezogen. Wie gewöhnlich schob sie ihren angeschlagenen Stolz beiseite und ertrug die Demütigung mit Würde und Dankbarkeit.

Als sie den Schinken, den die Leute von der Kirche mitgebracht hatten, in den Kühlschrank legte, hörten wir plötzlich ein Getöse von der Tür, und mein alter Herr kam völlig betrunken hereingetaumelt. Er war unrasiert und zerzaust, und er stank, als hätte er in Alkohol gebadet, statt ihn zu trinken. Die Fremden starrten ihn an, als er an ihnen vorbeitorkelte und ihnen böse Blicke zuwarf.

»Wer zum Teufel sind Sie?«, schrie er lallend. Meine Mutter stellte sich mit schamrotem Gesicht vor unsere Gäste hin. Ihre Stimme zitterte. »Sie kommen von der Kirche. Lass sie einfach in Ruhe. Sie haben Geschenke für Michael mitgebracht.«

Mein betrunkener Vater fluchte auf Gott, dann schrie er die Leute von der Kirche an: »Raus aus meinem Haus. Ihr alle. Raus, sage ich, verdammt!«

Die Doris-Day-Frau sah meine Mutter mitfühlend an, dann trat ein Mann vor meine Mutter hin, der eine Sopranstimme hatte, aber den massigen Körperbau eines Rausschmeißers, wie man sie gelegentlich in Kneipen sieht.

»Sollen wir das für Sie regeln?«, fragte er pflichtschuldigst und mit angewidert gespitzten Lippen. Mein Vater blickte ängstlich an dem hünenhaften Mann empor. Meine Mutter weinte jetzt und schüttelte den Kopf.

»Sind Sie sich ganz sicher, Ma'am? Er wird Ihnen nichts antun?«

»Nein. Er schlägt mich nicht«, sagte sie sachlich.

Der Mann legte kurz eine Hand auf den Arm meiner Mutter, während er kühl auf meinen Vater hinabblickte, dann zog er sich zurück, zusammen mit unseren anderen Besuchern, die sich jetzt in der Nähe der Tür herumdrückten. Wahrscheinlich endeten ihre Besuche für gewöhnlich mit einem Weihnachtslied, aber das musste an diesem Tag ausfallen.

»Frohe Weihnachten, Mrs Keddington. Und dir auch frohe Weihnachten, mein Sohn«, sagte die Doris-Day-Frau, und unsere anderen Gönner stimmten in ihre freundlichen Wünsche ein.

»Ich danke Ihnen. Gott segne Sie alle«, erwiderte meine Mutter. Dann biss sie sich auf die Lippen, griff nach meiner Hand und ging mit mir ins Schlafzimmer, damit ich meine Geschenke auspacken konnte. Im nächsten Jahr nahm meine Mutter zu Weihnachten zusätzliche Arbeit an.

Während ich jetzt die Kinder betrachtete, die sich ängstlich zusammenscharten, hatte ich das Gefühl, als habe sich eine Wand zwischen Faye und mir herabgesenkt. Verdrossen und distanziert starrte ich vor mich hin, und Faye sah mich fragend an. Sie verstand es nicht – konnte es wohl nicht verstehen. Sie selbst war voller Freude über die gute Tat, die sie hier verrichtete, und sie begriff nicht, warum ich meinerseits plötzlich so mürrisch geworden war.

Wenn man einen Bund mit einem anderen Menschen eingeht, heiratet man damit auch die im Laufe eines ganzen Lebens angesammelten Erfahrungen, und diese Episode machte mir klar, wie wenig Faye im Grunde wirklich von mir wusste. Den Rest des Morgens war ich sehr still. Wir fuhren zu einem späten Weihnachtslunch zu Fayes Tanten, dann kehrten wir kurz vor Einbruch der Dämmerung in meine Wohnung zurück. Obwohl Faye versuchte, sich fröhlich zu geben, machte meine Übellaunigkeit ihr offenkundig zu schaffen.

»Lass uns unsere Geschenke auspacken«, sagte Faye strahlend, als wir das Haus betraten. Sie trug ihre Päckchen ins

Wohnzimmer. »Das musst du zuerst auspacken.« Sie gab mir ein kleines, leuchtend bunt eingepacktes Geschenk, das ich hastig öffnete. Es war ein Walkman von Sony mit Kopfhörer. Die nächste Schachtel enthielt Musik für den Walkman – eine Beatles-Anthologie auf vier Kassetten. Im letzten Päckchen fand ich einen Bilderrahmen, von dem ich annahm, dass ein Bild von Faye darin steckte. Voller Freude packte ich das Geschenk aus.

Zu meiner Überraschung hielt ich kurz darauf eine wunderschöne Schwarz-Weiß-Fotografie von meiner Mutter in ihrem Brautkleid in Händen. Ich konnte mich nicht daran erinnern, dieses Bild von ihr je gesehen zu haben, und etwas daran ließ mich einfach nicht los. Ich brauchte eine geschlagene Minute, um zu begreifen, was dieses Porträt an sich hatte, das mir so merkwürdig erschien. Meine Mutter wirkte selbstbewusst und zuversichtlich. Ihre ganze Haltung strahlte eine Unerschrockenheit aus, die mir an ihr völlig unbekannt war. Das Bild faszinierte mich. »Wo hast du das her?«, fragte ich.

»Ich habe es von einer Fotografie, die ich auf deinem Speicher gefunden habe, vergrößern lassen. Ich habe einen Schlüssel, weißt du noch?« Ich reagierte nicht, und sie fragte: »Gefällt es dir?«

Ihre Frage brach den Bann, unter dem ich gestanden hatte. »Es ist wunderschön. Ich danke dir.« Ich lehnte den Rahmen an die Wand. »Jetzt mach du deine Geschenke auf.«

Sie wandte sich zuerst dem Größeren der beiden Geschenke zu.

»Es ist ein Buch«, rief sie, als sie das Papier aufriss. »*Das verlorene Paradies*. Hat das eine bestimmte Bedeutung?«

»Es ist einfach eines meiner Lieblingsbücher.«

Sie blätterte ein paar Seiten durch, dann legte sie das Buch beiseite und nahm die kleinere Schachtel in die Hand. So offensichtlich das Ganze für jede andere Frau auf der Welt gewesen wäre, kam es mir erst in diesem Augenblick in den Sinn, dass sie in dem kleinen Schmuckkästchen etwas anderes erwartete. Langsam wickelte sie das Geschenk aus, dann öffnete sie die mit Samt ausgeschlagene Schachtel und blickte entsetzt auf das Medaillon. Einen Augenblick später lächelte sie, obwohl ich spürte, dass sie ihre Enttäuschung niederkämpfte. »Das ist wirklich schön.« Sie ließ das Medaillon aufspringen.

»Es ist ja gar kein Bild von dir drin.«

»Ich wollte nicht anmaßend sein.«

»Die meisten Männer verstehen sich großartig darauf, anmaßend zu sein.« Wieder zwang sie sich zu einem Lächeln. »Such mir ein Bild von dir heraus. Ich möchte es gleich fertig machen.«

Ich holte eine Schere und eine Schachtel mit Schnappschüssen aus dem Nebenzimmer, und Faye wählte ein Bild von der richtigen Größe aus und schnitt es zurecht, bis es genau in den Rahmen passte. Die Kette des Medaillons war ziemlich lang, und statt die Schließe zu öffnen, streifte sie sich die Kette über den Kopf. Das Medaillon fiel über ihre Bluse und schmiegte sich auf ihre Brust. »Jetzt trage ich dich nicht nur in meinem Herzen, sondern auch darauf.« Es war typisch für Faye, dass sie den Dingen eine positive Wendung zu geben vermochte, obwohl sie im Grunde am liebsten in Tränen ausgebrochen wäre.

»Es gefällt dir nicht«, sagte ich.

Sie runzelte die Stirn. »Nein. Das ist es nicht, wirklich nicht.«

»Du dachtest, es sei etwas anderes darin.«

»Nein«, log sie. »Es ist schön. Alles ist einfach schön«, fügte sie wenig überzeugend hinzu. Sie weinte nicht, sondern strich sich nur mit dem Zeigefinger über den Augenwinkel. Plötzlich gab sie zu: »Also gut, ich habe etwas anderes erwartet. Ich war den ganzen Tag praktisch wie beschwipst, weil ich wirklich glaubte, du würdest mich heute Abend bitten, dich zu heiraten. Ich habe den ganzen Tag wie ein Idiot darauf gewartet.«

»Faye, nicht.«

»Ich dachte bloß …« Sie drehte sich wieder zu mir um, und

ihre Augen waren feucht. »... warum hast du's nicht getan, Michael?«

Die Frage hing gefährlich zwischen unseren Herzen.

»Es liegt einfach daran, wie die Dinge zwischen uns sind«, antwortete ich ernst.

»Zwischen uns? Was für Dinge?« Sie sah mich ungläubig an. »Was stimmt nicht mit ›uns‹?«

Ich antwortete nicht, und ihr Gesicht wurde plötzlich lang, als hätte sie jetzt erst das ganze Ausmaß meiner Distanziertheit begriffen.

»Michael, ich werde dich sechzehn Wochen lang nicht sehen. Du kannst mich nicht einfach so wegschicken. Du schuldest mir eine Erklärung.«

»Ich weiß nicht, was ich sagen soll.«

Ihre Stimme wurde nachdrücklicher. »Vor drei Wochen haben wir von Heirat gesprochen, und heute weißt du nicht, was du sagen sollst?« Sie blickte auf das Medaillon hinab, und ihre Stimme brach. Dann sah sie mich scharf an. »Ich möchte nur eins von dir wissen. Hast du überhaupt die Absicht, mich zu bitten, dich zu heiraten?«

Ich wandte mich von ihrem durchdringenden Blick ab. »Ich weiß nicht.«

Fayes Augen füllten sich mit Tränen. »Ich kann nicht fassen, dass das wirklich passiert. Du weißt es nicht? Was genau weißt du nicht? Ob du mich liebst? Ob ich diejenige bin, mit der du den Rest deines Lebens verbringen möchtest?« Eine Träne rollte ihre Wange hinunter, und ihre Stimme zitterte. »Ich möchte nur verstehen, was genau du nicht weißt.«

Meine Brust schmerzte. »Faye, ich kann dir das Leben, an das du gewöhnt bist, nicht geben.«

»Nein«, rief sie wütend. »Komm mir nicht mit noblen Sprüchen. Hier geht es nicht um mich oder um die Qualität meines Lebens. Ich weiß, was ich will. Es geht um dich und deine verdammten Unsicherheiten.«

Diese Anschuldigung brachte mich in Wut. »Was weißt

du schon von Unsicherheit? Wann hat dir das letzte Mal eine wohltätige Einrichtung Weihnachtsgeschenke gebracht? Wann ist deine Mutter das letzte Mal hungrig ins Bett gegangen, damit du etwas zu essen hattest? Du weißt ja nicht mal, wie eine Essensmarke aussieht.«

Faye sah mich fassungslos an, dann änderte sich ihr Gesichtsausdruck plötzlich, als hätte sie soeben eine Erleuchtung gehabt. »Du hast mit meinem Vater geredet.«

Ich antwortete nicht, was ihre Vermutung nur bestätigte.

Ihre ganze Haltung wurde weicher, und sie trat neben mich, um ihre Stirn an meine Schulter zu drücken. »Es tut mir leid, Michael.« Sie sah auf, und neue Tränen standen in ihren Augen. »Mein Vater liebt mich. Er trägt einen Ring mit drei Diamanten, einen für jede seiner Töchter, weil er sagt, wir seien seine Juwelen. Und ich liebe meinen Vater. Er hat wie du eine harte Jugend gehabt, und er musste viele Hindernisse überwinden, um dahin zu kommen, wo er heute steht. Es bedeutet ihm viel, dass er uns die Unsicherheiten ersparen kann, unter denen er als Kind gelitten hat. Damit hat er sich auf jeden Fall meinen Respekt verdient, aber es heißt nicht, dass er deswegen im Recht ist, was dich betrifft. Gerade er sollte besser als irgendjemand sonst begreifen, dass es der Mensch selbst ist, der zählt. Aber er möchte nicht, dass wir ähnliche Dinge erleben. Mein Vater huldigt dem Geld als wäre es ein Gott, der uns von unseren Problemen erlöst. Obwohl er wirklich ein guter Mann ist, beurteilt er die Menschen, einschließlich seiner eigenen Person, nach der Größe ihres Bankkontos.

Ich liebe dich, nicht um der Dinge willen, die du besitzt, und auch nicht um der Dinge willen, die du eines Tages vielleicht haben oder sein wirst – ich liebe dich als den Mann, der du in diesem Augenblick bist, und um der Gefühle willen, die du in mir weckst. Ich liebe deine Herzensgüte. Ich habe Freundinnen, die reiche Jungen ohne jede Güte geheiratet haben, und sie tun mir leid mit ihren neuen Autos und ihren großen, neuen Häusern, denn sie sind furchtbar arm.«

Sie blickte zu Boden, und als sie den Kopf wieder hob, hatte ihr Gesichtsausdruck sich verändert. Ich las in ihrer Miene die Verbitterung, mit der sie sich einem Schicksal fügte, das sich ihrer Kontrolle entzog. Ihre nächsten Worte waren eher eine Feststellung als eine Bitte. »Ich werde dich immer lieben. Aber ich werde nicht ewig warten. Nicht weil ich es nicht will, sondern weil ich es nicht kann…«

Ich sah zu Boden und mied den Blick ihrer tränenfeuchten Augen. Sie wischte sich mit der Hand übers Gesicht, dann ging sie zur Tür. Als ich ihr nachsah, kam ich mir vor wie in einem der Träume, in denen man den Mund öffnet, um zu schreien, aber keinen Laut über die Lippen bringt. Dann sagte mir eine Stimme in meinem Innern, dass ich sie gehen lassen solle – dass ich sie, wenn ich sie wirklich liebte, loslassen müsse, damit sie etwas Besseres fand, etwas, auf das sie ein echtes Leben würde aufbauen können. Und dann schrie eine andere, verzweifelte Stimme mir zu, dass ich sie festhalten solle, dass ich sie zurückholen müsse, dass dies vielleicht meine letzte Chance sei. Und während die Stimmen noch miteinander rangen, fiel die Haustür hinter ihr ins Schloss, ohne dass ich nur ein einziges Wort gesagt hätte.

## 13

### EINE SCHUBLADE VOLLER BRIEFE

*Es ist eine Narretei, nehme ich an, jeden Morgen mit einem
Brief an meine verlorene Liebe zu beginnen und ihn mit
meinem Tagebuch zu beschließen, um so an beiden Enden
des Tages zu bluten.*

Auszug aus Esther Huishs Tagebuch

Am Vormittag des nächsten Tages waren die meisten Heimbewohner von ihren Weihnachtsbesuchen zurückgekehrt. Im
Arkadien herrschte beträchtlicher Aufruhr, denn die Heim-
kehrenden mussten in Empfang genommen und wieder an
ihren normalen Tagesablauf mit Diät, medizinischen Anwen-
dungen und dergleichen gewöhnt werden. In gewisser Hinsicht war der Tumult im Heim ein Gottesgeschenk für mich,
da mir die Konzentration auf meine Arbeit half, meinen verzweifelten Kummer zu ersticken. Im hintersten Teil meiner
Gedanken verbrachte ich allerdings den größeren Teil des
Tages mit der Frage, was ich ihr nach der Arbeit sagen würde,
bis Sharon mir eine Telefonnotiz von Faye überreichte, in der
sie unsere Verabredung absagte. Sie würde mit ihrer Familie
ausgehen, stand dort.

Ich hatte erst eine Viertelstunde vor dem Ende meiner
Schicht Gelegenheit, Esther zu sehen, und da ich jetzt für den
Abend keine Pläne mehr hatte, beschloss ich, sie ein Weilchen
zu besuchen. Ich freute mich darauf, mit jemandem reden zu
können. Also ging ich mit der Zeitung in ihr Zimmer.

»Tut mir leid, dass ich so spät dran bin. Das ist im Augenblick das reinste Irrenhaus hier.«

»Haben Sie nicht ab fünf Uhr frei?«, fragte sie.

»Ja, aber das spielt keine Rolle. Ich habe heute Abend nichts vor.«

Sie schien sich darüber zu freuen. »Der Heilige Abend war sehr schön für mich«, sagte sie sanft. »Ich danke Ihnen, dass Sie ihn mit mir verbracht haben.«

»Keine Ursache.«

»Hatten Sie denn endlich etwas Zeit für Faye?«

»Wir waren gestern den ganzen Tag zusammen.« Ich seufzte. »Es hätte allerdings kaum schlimmer laufen können. Wir haben uns gestritten.«

»Worum ging es?«

»Sie hat einen Ring erwartet.«

Esther runzelte besorgt die Stirn. »Haben Sie sich wieder mit ihr versöhnt?«

»Ich hatte gehofft, das heute Abend tun zu können. Wir wollten eigentlich miteinander ausgehen, aber sie hat angerufen und abgesagt. Ich nehme an, sie ist immer noch ziemlich außer sich.« Ich schüttelte den Kopf. »Außerdem weiß ich ohnehin nicht, was ich hätte sagen sollen.« Ich schlug die Zeitung auf, die ich mitgebracht hatte, um das Thema wechseln zu können. »Soll ich Ihnen jetzt die Todesanzeigen vorlesen?«

Sie nickte, und ich begann zu lesen, obwohl sie sehr nachdenklich wirkte und ich mich fragte, ob sie überhaupt zuhörte.

Als ich fertig war, räusperte sie sich.

»Sie können sie nicht gehen lassen, ohne mit ihr gesprochen zu haben«, sagte sie.

»Das war auch nicht meine Absicht. Aber möglicherweise habe ich keine Wahl mehr in dieser Angelegenheit.«

»Sie müssen zu ihr gehen«, sagte sie nachdrücklich. »Was ist, wenn Sie keine zweite Chance bekommen?«

Ich antwortete nicht, und sie wandte sich ab, noch nachdenklicher als zuvor. Irgendetwas schien ihr im Kopf herumzugehen, irgendeine Entscheidung, die ihr ganz und gar nicht leichtfiel.

Dann sagte sie: »Michael, öffnen Sie die untere Schublade meines Sekretärs.«

Der Ernst in ihrer Stimme war nicht zu überhören, und ich warf ihr einen fragenden Blick zu, bevor ich in die Hocke ging. Ich zog mit einer Hand an dem Griff der Schublade. Weil sie jedoch nicht reagierte, umfasste ich die Griffe mit beiden Händen und zog die Schublade mit einem Ruck auf. Zu meinem Erstaunen war sie bis oben hin gefüllt mit Briefumschlägen in verschiedenen Größen und Formen, einige davon vom Alter vergilbt.

Die Schublade sah aus wie ein Sortierkorb bei der Post. Besonders auffällig erschien mir, dass auf keinem der Umschläge Briefmarken oder Poststempel zu erkennen waren. Esthers Briefe, dachte ich.

Ich wollte die Schublade gerade wieder schließen, als Esther sagte: »Lesen Sie einen.«

Ich drehte mich ein wenig nervös zu ihr um. »Sie müssen das nicht tun.«

»Jemand sollte sie lesen.«

Ich nahm einen der Briefe heraus und faltete ihn auf, bevor ich ihn laut vorlas.

*Mein geliebter Thomas,*

*nicht ein Tag verstreicht, ohne dass ich an dich denke oder mich frage, wie anders alles vielleicht hätte kommen können. Ich kann nur hoffen, dass das Leben gut zu dir war, dass deine Frau dir Glück und Liebe geschenkt hat.*
*Du bist immer in meinem Herzen,*

*Esther*

Ich legte den Brief in die Schublade zurück. »Lesen Sie noch einen«, sagte Esther.

Ich griff willkürlich in den Stapel hinein und zog einen anderen Brief heraus.

*Mein geliebter Thomas,*

*heute ist ein schwieriger Tag für mich. Er ist wie all die anderen schwierigen Tage, an denen ich mich eingeschlossen finde von Mauern des Bedauerns und der Selbstverachtung, und es kostet mich meine ganze Kraft, nicht zu dir zu laufen, um dich anzuflehen, mich wieder zurückzunehmen. Mein einziger Wunsch ist es, mich dir zu schenken, mit allem, was ich bin und habe, aber mir bleibt nur eine einzige Möglichkeit: nämlich die Frau zu bestrafen, die dich hat gehen lassen. Du bist immer in meinem Herzen,*

*Esther*

Esther hatte den Kopf gesenkt, und ich konnte nicht feststellen, welche Wirkung die Briefe auf sie hatten. Ich legte die Blätter zurück und fragte mich, ob es möglich war, dass diese vielen hundert nicht abgeschickten Briefe wirklich alle an denselben Mann gerichtet waren.

Wie viele einsame Stunden hatte Esther darauf verwendet, diese Briefe zu verfassen, wie viele Tränen waren auf diese Worte getropft?

»Sind das alles Briefe an Thomas?«

»Mein Soldat«, sagte sie. Beinahe instinktiv hob sie die Hand an das Medaillon. Dann sagte sie unerwarteterweise: »Er lebt noch.«

»Er lebt?«

»Ich habe ihn einmal gesehen. Das war vor siebzehn Jahren, beim Jahrmarkt.«

»Es muss ein ganz wunderbares Wiedersehen gewesen

sein.«

»Er hat mich nicht gesehen. Nur ich ihn.«

»Aber Sie sind doch sicher auf ihn zugegangen …«

Sie antwortete nicht, und ihre alten Lider schlossen und öffneten sich langsam. Ich setzte mich wieder zu ihr. »Esther. Warum haben Sie den Soldaten nicht geheiratet?«

In Wahrheit rechnete ich fest damit, dass Esther diese Frage weit von sich weisen würde, dass sie sich stattdessen nach Faye erkundigen würde oder nach meinem Stipendium oder dem Speiseplan für den nächsten Tag, was auch immer.

Was ich nicht erwartet hatte, war die Antwort, die ich bekam.

# 14

## THOMAS

*An diesem Abend kam ein gut aussehender junger Mann ins Gasthaus, um nach einem Quartier zu fragen. Er hatte die Absicht, eine Weile in Betheltown zu bleiben. Ich muss mir ins Gedächtnis rufen, dass auch Sonnenuntergänge schön sind, bevor man frierend und allein im Dunkeln zurückbleibt.*

*Auszug aus Esther Huishs Tagebuch*

Mein Vater war schon alt, als ich zur Welt kam. Ich bin mir nicht sicher, wie alt er genau war – die Sechzig musste er aber wenigstens überschritten haben. Meine Mutter war erst siebzehn, und es gab einen ziemlichen Skandal in der kleinen Stadt Rexburg in Idaho – selbst in jenen Zeiten war das so. Nachdem meine Mutter an Komplikationen bei der Geburt gestorben war, verließen wir Rexburg, reisten kreuz und quer durch die Bergstaaten, von Job zu Job. Als wir nach Betheltown kamen, war ich sechzehn. Das war, bevor die Wirtschaftskrise Betheltown zu einer blühenden Stadt machte. Wir waren es gewohnt, von der Hand in den Mund zu leben, und mein Vater fand, dass das Goldwaschen vielleicht genauso ertragreich wäre wie unsere Versuche, um Arbeit zu betteln. Drei Jahre später brach dann der Markt zusammen, und die Minen von Bethel wurden eine nach der anderen wieder in Betrieb genommen.

Als der Gesundheitszustand meines Vaters sich verschlechterte, nahm ich Arbeit im Bethel Boarding House and Inn an. Ich war eine der wenigen Frauen im Camp der Goldsucher und die einzige, die noch jung war. Es gab immer Männer, die mir den Hof machten.«

In Esthers Stimme schwang ehrliche Zuneigung mit.

»Ich kann mich über die Goldsucher nicht beklagen. Im Großen und Ganzen behandelten sie mich wie einen kostbaren, gemeinschaftlichen Schatz. Wenn sich jemand eine blutige Nase holen wollte, brauchte er nur ein schlechtes Wort über mich zu verlieren.«

Sie lachte, aber dann strich ein Schatten über ihr Gesicht. Auch ihre Stimme veränderte sich.

»Ich war zwanzig, als ich Frank kennenlernte. Er war Goldsucher und stammte aus Topeka. Er war stämmig und sah gut aus, und er brachte mir Blumen und Karamellbonbons aus Salt Lake City mit. Ich denke, er war wirklich charmant. Oder vielleicht war ich einfach einsam. Abgesehen von meinem Vater hatte ich niemanden. Frank und ich heirateten nur sechs Wochen nach unserer ersten Begegnung, und noch einmal sechs Wochen später war ich bereits schwanger. Mit Matthew.«

»Ich erinnere mich«, sagte ich. »Matthew war …«

»Matthew war geistig behindert«, beendete sie meinen Satz, als sei ihr bewusst, wie unbehaglich andere sich bei diesem Ausdruck fühlten. »Frank weigerte sich, Matthew als seinen Sohn zu akzeptieren. Zuerst beschuldigte er mich, mit einem anderen Mann geschlafen zu haben. Er wusste, dass das nicht wahr war, aber das spielte keine Rolle. Er schämte sich für seinen Sohn.«

Sie wiederholte diese Feststellung mit hörbarer Verachtung.

»… er schämte sich für seinen eigenen Sohn. Er wollte mir nicht einmal erlauben, Matthew mitzunehmen, wenn ich das Haus verließ. Er nannte ihn nicht einmal bei seinem Namen. Es hieß immer nur ›der Junge‹. Frank war abscheulich. Er war nicht der Mann, den ich zu heiraten geglaubt hatte, und mit der Zeit bekam ich Angst vor ihm. Ich hätte ihn verlassen, aber ich musste an meinen Vater denken und an Matthew …«

Esther sprach über diese Dinge, als versuche sie noch immer, vergangene Entscheidungen zu rechtfertigen.

»Frank behandelte mich sehr grausam. Ich durfte mich erst dann um meinen Sohn oder meinen Vater kümmern, wenn er selbst zu seiner Zufriedenheit versorgt war. Er war auch zu meinem Vater sehr hart. Zwar hat er ihn nie geschlagen, aber er hat ihn immer wieder gedemütigt. Mein Vater hatte Angst vor ihm. Frank war ein baumlanger Kerl und liebte Raufereien. Er schüchterte meinen Vater so lange mit Blicken ein, dass ich mich allem unterwarf, was Frank wollte, nur damit er meinem Vater nichts tat. Selbst Matthew wusste bald, dass er sich besser versteckte, wann immer Frank das Haus betrat.« Esther seufzte.

»Ich dachte, er wäre im Laufe der Zeit vielleicht liebenswerter geworden, wäre ich ihm eine bessere Frau gewesen. Eine Weile gab ich mir selbst die Schuld, weil ich ihm ein behindertes Kind geboren hatte. Aber es wurde niemals besser. Frank war grausam. Und er wurde immer fauler und gemeiner. Nach drei Jahren hörte er endgültig auf zu arbeiten und trank den ganzen Tag, und wenn ich ihm kein Geld gab, um Alkohol zu kaufen, schrie er so laut, dass die ganze Straße es hören konnte, es läge alles nur daran, dass zwei Schwachsinnige bei uns lebten. Manchmal zwang er mich, mir Geld zu borgen, damit er weiter trinken konnte. Dann kam die Zeit, in der Frank manchmal tagelang in Goldstrike blieb. Goldstrike war anders als Bethel. Es war eine böse Stadt. Frank sagte, er hätte Arbeit dort, aber er kam niemals mit Geld in den Taschen von dort zurück. Eines Tages kam er überhaupt nicht mehr zurück. Später hörte ich, ein eifersüchtiger Ehemann habe ihn erschossen. Ich nehme an, unterm Strich ist es wichtiger, schnell zu sein als groß.« Sie senkte den Kopf. »Ich weiß, es ist schrecklich, aber ich war froh, als ich von seinem Tod erfuhr. Ich dankte Gott dafür.«

»Wann haben Sie Thomas kennengelernt?«

»Thomas kam drei Jahre später. Ich glaubte, dass niemals mehr ein Mann nett zu mir sein würde. Aber ich hatte mich geirrt. Er war der netteste und wunderbarste Mann, der mir je begegnet war.«

Esther schien plötzlich ganz in ihrer Erinnerung gefangen zu sein, und sie erzählte ihre Geschichte mit solch vorbehaltloser Freimütigkeit, dass es nicht schwerfiel, sich die erste Begegnung von Esther und Thomas vorzustellen.

*Vor fünfzig Jahren*
*Bethel, Utah – um 1938*

Als der Tag unter den heraufkriechenden Schatten der
Abenddämmerung schwand und nur noch der bleiche Schein
des Vollmonds die Oquirrhs in trübes Licht hüllte, kam ein
verrosteter Ford T mit hölzerner Pritsche über die unbefestigte
Schlaglochpiste nach Bethel geholpert. Je nach Jahreszeit war
die Straße ein Flussbett, aber jetzt, da es kein abfließendes
Wasser gab, diente sie als Hauptverkehrsader zu der entlegenen Goldgräberstadt. Thomas saß an seinen Segeltuchsack ge-
lehnt auf der Ladefläche des Wagens; vor dem östlichen Horizont, der langsam in Dunkelheit versank, füllte die vom
Wagen aufgewirbelte Staubwolke sein Blickfeld aus. Er trug
einen offenen Wollmantel, und die Frühlingsluft strich ihm
das zerzauste Haar in die Stirn. Der Winter hatte sich erst vor
Kurzem zurückgezogen, und die Luft war kühl und erfüllt von
den typischen Geräuschen der Nacht – dem Bellen der Füchse
und dem unablässigen Zirpen der Heuschrecken. Schließlich
drehte Thomas sich um und sah hinter einem weißen Latten-
zaun die Umrisse eines zweistöckigen Gebäudes aus Lehmzie-
geln mit Schrägdach. Er klopfte mit den Fingerknöcheln an
die blecherne Kabine, und der Fahrer drehte sich zu ihm um.

»Sie können hier halten«, sagte er und zeigte auf das Gebäude. Der Mann lenkte den stotternden Wagen auf das Gasthaus zu und bremste.

Thomas schwang sich von der Ladefläche, zog seinen Reisesack herunter und spähte dann durchs Fenster zum Fahrer

hinein. »Hab gehört, dass sie die Hinterachsen dieser Klapperkisten inzwischen magnetisieren sollen.«

»Und wozu soll das gut sein?«

»Damit die Einzelteile dran hängen bleiben, die die Karre unterwegs verliert.«

Der Mann lächelte. »Stimmt schon. Aber die Dinger sind praktisch unverwüstlich.«

Thomas schlug kurz mit der Hand auf die Motorhaube. »Danke fürs Mitnehmen, Kamerad.«

»Ich heiße Jed. Wenn du auf die Hauptader stößt, denk an mich.« Bei diesen Worten lachte er. »Hast du jemals pures Gold gesehen?«

Thomas schüttelte den Kopf. »Nein.«

»Dachte ich mir«, sagte er mit unverhohlener Erheiterung. Dann trat er das Gaspedal durch, und der Truck holperte davon.

Thomas besah sich das alte Gasthaus, kam durch das Gartentor auf einen gekiesten Weg, stieg die Stufen zur Veranda hinauf und trat durch die Vordertür ein. Er stand in einem großen Raum mit einem halben Dutzend verwaister Tische. Nur in einem Sessel in der Nähe des Eingangs döste ein graubärtiger Mann vor sich hin. Die Tür war kaum hinter Thomas zugefallen, als aus einem Hinterzimmer eine junge Frau kam. Sie trug eine altmodische Nickelbrille, die die perfekte Symmetrie ihres fein geschnittenen Gesichts und ihre hochroten, hohen Wangen verbarg, auf denen die Brillengläser auflagen. Sie war insgesamt ein heller Typ, mit aschblondem Haar und langen Wimpern unter üppigen Brauen, die durch und durch maskulin wirkten – ein Paradoxon, dachte Thomas. Sie war zierlich, wirkte aber stark, wie eine Frau es in einer solchen Umgebung sein musste –, und dennoch hatten ihre Züge sich keineswegs an die Härte ihrer Lebensbedingungen angepasst. Trotz ihrer ärmlichen Kleidung war sie sehr hübsch und verdrehte vielen Goldsuchern den Kopf, was sie eher lästig als angenehm fand – und so unerheblich für ihr Leben, wie es die

Ästhetik eines landwirtschaftlichen Geräts für einen Bauern sein mochte.

Thomas tippte sich an den Hut. »Ma'am.«

»Was darf ich Ihnen bringen?«, fragte sie und fügte dann hinzu: »Ich habe die Küche für heute Abend bereits geschlossen.«

»Ich brauche für eine gewisse Zeit ein Quartier. Haben Sie ein Bett frei?«

Als sie den Fremden jetzt genauer betrachtete, stieg in ihr ein ebenso plötzliches wie unwillkommenes Gefühl auf: Sie fand den Mann anziehend. »Wir haben oben noch ein Bett.«

»Es interessiert mich nicht besonders, wo es steht, solange es sich unter einem Dach befindet.«

»Das ist so ziemlich der einzige Vorzug, den es aufweist.«

Der Mann griff nach seiner Geldbörse. »Was nehmen Sie dafür?«

»Dreißig Cent am Tag. Einschließlich Abendessen und Frühstück.«

»Wie viel kostet es für einen Monat?«

»Das kommt darauf an, wie viele Tage der Monat hat.«

Thomas fischte einige Silbermünzen aus seiner Börse. »Das ist der Preis für eine Woche.«

Sie nahm die Münzen entgegen, dann zog sie einen Schlüssel aus ihrer Blusentasche. »Sie müssen die Treppe hinaufgehen. Es ist das letzte Zimmer am Ende des Flurs. Das Bettzeug finden Sie in der Kommode.«

Als Thomas den Schlüssel von ihr entgegennahm, wurde ihr bewusst, wie schwielig ihre schlanken Hände von der Arbeit geworden waren, und sie war plötzlich verlegen, was sie selbst erstaunte, denn Eitelkeit war eine seltene Regung bei ihr. Der Fremde bemerkte ihr Unbehagen.

»Sie haben etwas von Abendessen gesagt.«

»Ich serviere bei Sonnenuntergang. Es sind noch ein paar Kekse übrig geblieben und ein Stück Eichelpastete. Keines von beidem ist warm. Für einen Nickel könnte ich Ihnen etwas Kaffee machen.«

»Ich habe seit Salt Lake nichts mehr gegessen. Pastete und Kaffee wären schön.«

»Dann setzen Sie sich einfach drüben an den Tisch, und ich hole die Pastete.«

Thomas ging zu dem Tisch, stellte seinen Reisesack ab und streckte die Beine vor dem Feuer aus. Er war jetzt seit vierzehn Tagen unterwegs, hatte fast zweitausend Meilen zu Fuß und mit dem Zug hinter sich gebracht und war direkter Zeuge der Verzweiflung eines Landes gewesen, das sich im Würgegriff der Wirtschaftskrise wand.

Die Frau kehrte zurück, deckte den Tisch mit Tasse, Teller und Gabel und mied dabei jeden Blickkontakt mit dem Fremden.

»Darf ich Sie nach Ihrem Namen fragen?«

Sie sah auf und strich sich eine einzelne Haarsträhne aus dem Gesicht. Es war keine ungewöhnliche Frage für die junge Frau in dem Goldgräberlager, obwohl dergleichen Dinge normalerweise von lüsternen alten Männern kamen, die kaum noch Zähne im Mund hatten. Bei einem lüsternen jungen Mann, dachte sie, klang dieselbe Frage ganz anders.

»Ich heiße Esther.«

»Sie sehen müde aus. Warum setzen Sie sich nicht ein Weilchen zu mir?«

»Ich habe noch zu tun.«

Er zeigte auf den Stuhl auf der anderen Seite des Tisches. »Nur für ein paar Minuten. Es wäre schön, mit jemandem zu reden.«

Sie musterte ihn argwöhnisch; dann gab sie wider besseres Wissen nach, zog sich den Stuhl heran und setzte sich auf die Kante.

»Für wie viele Gäste kochen Sie?«

»Es sind ungefähr sechzig.«

»So groß wirkt das Haus gar nicht. Es sei denn, die Männer schlafen zu fünft in einem Bett.«

»Die Goldschürfer kommen auf dem Weg zu den Minen hier vorbei.« Ein wenig schüchtern fügte sie hinzu: »Sie mögen meine Küche.«

Er spießte einen Bissen von der Pastete auf seine Gabel.

»Zu welcher Goldmine wollen Sie denn?«

»Weshalb sind Sie so sicher, dass ich Goldsucher bin?«

»Wenn Sie nach Bethel kommen, müssen Sie entweder Goldsucher oder Spieler sein, und für einen Spieler kleiden Sie sich nicht gut genug. Zumindest nicht für einen, der etwas taugt.«

»Ich bin nicht hier, um für irgendeine Mine zu arbeiten. Ich will nach einer eigenen Ader suchen.«

»Dann sind Sie doch ein Spieler.«

Thomas grinste. »Da haben Sie wohl recht, Ma'am.«

»Warum ausgerechnet Bethel?«

»Ich besitze eine Goldkarte.«

»Eine Karte?«

»Mein Vater hat sie mir vor einigen Jahren geschickt. Vor seinem Tod.«

»Taugt sie denn was?«

»Wenn sie auch nur entfernte Ähnlichkeit mit meinem Vater hat, ist sie nutzlos. Aber vielleicht hat der alte Herr ja versucht, etwas wiedergutzumachen.«

»Eine Goldkarte. So etwas habe ich noch nie gehört. Wie ist Ihr Vater denn an diese Karte herangekommen?«

»Er hat mir geschrieben, er habe einen Mann kennengelernt, der etwa zur Zeit des Utah-Krieges in Johnstons Armee gedient hatte. Johnston hasste die Mormonen und fand, wenn man sie schon nicht töten konnte, wäre es das Beste, sich ihrer zu entledigen, indem man sie ins Territorium Utah verfrachtete. Die sicherste Möglichkeit, das zu tun, bestand darin, Gold zu finden oder andere davon zu überzeugen, dass man es getan hatte. Daher ermutigte er seine Soldaten dazu, in ihrer

Freizeit Gold zu suchen. Genau das tat dieser Soldat, und er fand ein Quarzband mit Einsprengseln von Gold. Es wurde bereits dunkel, daher füllte er einen Beutel mit Nuggets, schnitzte seine Initialen in die Borke mehrerer umstehender Bäume und ging wieder hinunter ins Lager. Am nächsten Morgen überfiel seine Einheit ein Indianerlager, und der Soldat wurde bei dem Scharmützel getötet. Als er im Sterben lag, erzählte er einem Kameraden von seinem Fund und gab ihm zum Beweis den Beutel mit Gold. Diesen Mann hat mein Vater dann später kennengelernt.«

»Warum hat der Soldat nicht selbst nach dem Gold gesucht?«

»Weil er kurz darauf desertierte. Das Massaker war eine ziemlich furchtbare Angelegenheit gewesen. Die Soldaten hatten alle getötet, alte Männer und Frauen mit Säuglingen in den Armen. Der Mann konnte kein Blut mehr ertragen. Also ist er einfach auf und davon gegangen und in den Osten zurückgekehrt. Den Weg zu dem Goldfund hat er in seinem Tagebuch notiert.«

»Warum hat Ihr Vater das Gold nicht selbst gesucht und Ihnen Geld geschickt?«

»Er hat es versucht. Aber als er diesen Soldaten kennenlernte, litt er bereits seit einiger Zeit unter Schwindsucht, und er hat sich erst auf die Suche gemacht, als das Ende schon nah war. Ich weiß nicht, was ihn dazu trieb, nach dem Gold zu suchen, obwohl er wusste, dass er bald sterben würde, aber ich glaube nicht, dass irgendetwas, das mein Vater je getan hat, eine nähere Betrachtung lohnt.«

»Diese Wirkung hat Gold auf die Menschen. Die Habgier schießt einem Menschen ins Blut, und er ist bereit, viele dafür leiden zu lassen«, sagte sie leise. Thomas trank aus seiner Tasse. Er vermutete, dass wohl etwas dran sein musste an dem, was sie gerade gesagt hatte.

»Wie hieß Ihr Vater?«, fragte sie.

»Abraham. Warum?«

»Dies ist eine kleine Stadt. Irgendjemand wird sich gewiss an ihn erinnern.«

Diese Bemerkung schien Thomas keineswegs zu gefallen. »Also, wie lautet Ihre Geschichte?«

»Was bringt Sie auf den Gedanken, ich hätte eine?«

»Sie sind hier.«

»Sie sagen das so, als bedürfe das einer Erklärung.«

»Es bedarf einer Erklärung.«

»Ich finde das ungeheuer arrogant.«

»Wieso das?«

»Weil das voraussetzt, dass irgendein anderer Ort besser sei. Nun, größer heißt nicht besser, und bisher habe ich noch kein Argument gehört, das mich vom Gegenteil überzeugen könnte. Ich habe schon Männer prahlen hören, ihre Stadt sei besser, weil es dort mehr Schießereien gäbe als anderswo.«

Thomas lächelte, weil er wusste, dass sie recht hatte. »Trotzdem, es gibt viele Dinge, auf die Sie in einem Goldgräberlager verzichten müssen.«

»Wie die Grippewelle im letzten Herbst.«

Thomas lachte. »Und das Theater. Kunstausstellungen. Jahrmärkte. Tonfilme. Tanzveranstaltungen.«

»In Goldstrike gibt es jeden Freitag einen Tanzabend«, sagte Esther, obwohl sie nie eine dieser Gesellschaften besucht hatte.

»Haben Sie jemals in einer großen Stadt gelebt?«

»Nur als Kind. Und sofern Sie Rexburg für groß halten.«

»Woher wissen Sie dann, dass eine große Stadt nicht besser ist?«

»Man braucht nicht in einem Obstgarten zu schlafen, um zu wissen, wie seine Früchte schmecken.«

»Und Sie sind auf verdorbene Früchte gestoßen?«

Esthers Haltung veränderte sich, und sie stand plötzlich auf. »Das macht einen Nickel für den Kaffee.«

Thomas überlegte, ob er sich entschuldigen sollte, war sich aber nicht sicher, wofür, daher gab er ihr nur die Münze. Sie sah ihn noch einmal kurz an, bevor sie in der Küche verschwand. Thomas lehnte sich auf seinem Stuhl zurück, müde von der Reise des Tages und enttäuscht, die Gesellschaft der jungen Frau schon wieder missen zu müssen. Es war lange her, seit er das letzte Mal ein angenehmes Gespräch mit einem weiblichen Wesen geführt hatte, und jetzt sah es so aus, als würde es noch erheblich länger dauern, bis sich abermals die Gelegenheit dazu bieten würde. Die einzigen Geräusche im Raum waren das Knistern des Feuers und das Schnaufen des alten Mannes, der immer noch reglos in seinem Sessel saß. Als Thomas seine Pastete verzehrt hatte, schob er seinen Stuhl vom Tisch zurück, hievte seine Tasche wieder auf die Schulter und stieg die Treppe zu seinem neuen Heim hinauf.

Ich legte mich rücklings auf Esthers Bett und dachte über die Geschichte nach. »Hat er jemals Gold gefunden?«

Sie blinzelte ein paar Mal. »Nein. Nie«, sagte sie mutlos. »Er hat jeden Tag gesucht, bis zum nächsten Winter, und danach hat er noch jahrelang die Gegend durchstreift, aber er hat die Ader nie gefunden. Ganz Bethel lachte darüber, Ricorsis Gold, nannten die Leute es. Einige dachten, es sei ein letzter Streich gewesen, den sein Vater ihm gespielt hatte, aber davon hat Thomas sich nie beirren lassen. Gold ist ein schlüpfriges Ding.

Als ihm langsam das Geld ausging, nahm er eine Arbeit bei der Fletcher Mine an. Er behielt sein Zimmer im Gasthaus, daher sah ich ihn jeden Tag. Er war immer ein Gentleman. Der Gesundheitszustand meines Vaters hatte sich verschlechtert, bis er schließlich bettlägerig wurde, und Thomas ging mir im Haus zur Hand. Er ließ nicht zu, dass er seine Hilfe von der Miete abzog; er hat mich nie um irgendetwas gebeten.« Esthers Augen wurden feucht. »Ich wusste, dass er anders war. Obwohl er nicht aufhörte, nach dem Gold seines Vaters zu suchen, war mir klar, dass er im Grunde gar nicht auf Gold aus war. Er suchte nach etwas weniger Greifbarem – vielleicht einer Bestätigung, dass sein Vater tatsächlich versucht hatte, bei seinem Sohn Vergebung zu finden.

Das wurde mir umso klarer, nachdem er allmählich mehr Zeit mit Matthew verbrachte als mit der Suche nach diesem Gold. Er nahm Matthew oft zu den Teichen mit und brachte ihm das Fischen bei. Er hat ihm auch gezeigt, wie man Gold wäscht.« Ein wehmütiges Lächeln huschte über Esthers Züge. »Einmal kam Matthew mit einem Nugget zurück, das mindestens fünf Dollar wert war. Thomas hatte es natürlich für ihn dort hingelegt, stritt das aber energisch ab. Matthew kaufte von dem Geld einen Riesenlolli für sich selbst und ein Häubchen für mich, und den Rest haben wir beiseitegelegt. So war Thomas. Er lebte bescheiden und teilte großzügig, was er besaß. Er fuhr nur nach Goldstrike, um seine Post abzuholen oder Vorräte einzukaufen, und er fragte mich jedes Mal, ob er mir etwas mitbringen könne, was ich natürlich ablehnte. Aber er brachte mir trotzdem immer etwas Besonderes mit.

Dennoch schreckte ich vor seinen Annäherungsversuchen zurück. So töricht es klingen mag, Frank hatte tiefe Wunden bei mir hinterlassen. Aber Thomas ließ nicht locker. Thomas war nicht schüchtern, aber er war auch nicht aggressiv. Ich nehme an, er wartete einfach darauf, dass ich zur Besinnung kam. Ich weiß nicht, ob der Mann die Geduld Hiobs hatte oder den Glauben eines Moses, aber er gab nicht auf.« Sie senkte den Blick. »Dann kam der Krieg. Der Krieg fand weit von Betheltown entfernt statt. Hitler, das Sudetenland, Dünkirchen – das waren alles nur Worte für mich. Ich hörte sie Sonntagabends am Kamin von Männern, die nichts zu tun hatten. Diese Worte hatten keinen Platz in meinem Leben. Bis sie einen Platz im Leben von Thomas bekamen. Der Einberufungsbefehl war fast drei Wochen unterwegs gewesen, bevor er Thomas erreichte, und ihm blieben keine zwei Wochen mehr, bevor er sich in Fort Douglas in Salt Lake City melden und von dort aus mit dem Zug nach Fort Leonard Wood in Missouri weiterfahren musste.

Es waren harte Wochen. Thomas wurde nachdenklich. Wenn jemand fortgehen will, wird er normalerweise nervös

und reizbar. Thomas war anders. Er verhielt sich mir gegenüber noch zärtlicher als zuvor, nicht um dadurch etwas zu bekommen, sondern eher so, als wolle er mir etwas hinterlassen.
Wenn ich abends sauber machte und mich umsah, saß er einfach nur allein im Raum und starrte mich an, nicht mit seinem gewohnten Lächeln, sondern mit einer Aufmerksamkeit,
die mir hätte peinlich sein müssen, es aber nicht war. Er
machte sich Sorgen um mich. Er fragte sich, wer sich um Matthew und mich kümmern würde. Ich denke, selbst Matthew
hat es gespürt. Aber es gab auch andere Veränderungen. Ich
glaube, dass er zu dieser Zeit herausfand, weswegen er nach
Betheltown gekommen war.«

»Um der Liebe willen?«

»Etwas in der Art. Er suchte Vergebung. Ich denke, er ist
nach Betheltown gekommen, um mit seinem Vater Frieden zu
schließen.« Esther tupfte sich mit einem Papiertaschentuch
die Nase ab.

»Je näher der Tag seiner Abreise rückte, umso größer wurde
meine Verwirrung. Er war immer da gewesen, wo ich ihn gerade brauchte; er hatte mir das Leben um so vieles einfacher
gemacht. Ich verhielt mich oft schnippisch ihm gegenüber.
Wahrscheinlich spürte ich, dass mir Kummer bevorstand und
hatte keine Verwendung dafür. Ich hatte so dicke Mauern um
mein Herz herum errichtet, und erst zu diesem Zeitpunkt
wurde mir bewusst, dass er diese Mauern überwunden hatte,
und das machte mich verletzbar.«

Ich dachte an Fayes Abreise und verstand Esthers Worte.

»Thomas fragte, ob er an dem Abend vor seinem Aufbruch
ein wenig Zeit mit mir verbringen dürfe. Er kam erst sehr spät
heim an diesem Abend, nachdem das Essen bereits abgetragen
und die Goldsucher auf ihre Zimmer gegangen waren. Wir
saßen allein im Wohnzimmer am Feuer und sprachen kaum
ein Wort. Ich erinnere mich, dass ich die Flammen beobachtete, die in seinen Augen tanzten, und mich gefragt habe, wie
ein Mann nur so schön sein könne. Dann drehte er sich mit

einem Mal um und sagte: ›Es ist einfach nicht recht.‹ Ich fragte: ›Was ist nicht recht?‹, und da holte er diesen Samtbeutel aus der Tasche und nahm ein Medaillon heraus. Dieses Medaillon«, sagte sie und strich sachte über das Schmuckstück.

»Ich besaß keinen kostbaren Schmuck, und als ich das Medaillon in der Hand hielt, erzählte Thomas mir, dass es seiner Mutter gehört habe. Dass es aus Gold sei, sie es aber hatte versilbern lassen, um es aus ihrer Heimat herausschmuggeln zu können. Er sagte, es würde mich vielleicht an ihn erinnern, und vielleicht habe es auch etwas zu bedeuten, dass das kostbarere Metall unter der Oberfläche verborgen sei. In dem Medaillon war sein Bild, und er hatte auf die Rückseite die Worte: *Auf immer, Thomas* eingravieren lassen. Er legte mir die Kette um den Hals.

Ich war sprachlos. Ein Teil von mir wollte mit ihm verschmelzen, aber ich wusste, wenn ich das täte, würde ich mich für immer verlieren. Dann schüttelte er aus demselben Beutel einen Ring. Es war der schönste Ring, den ich je gesehen hatte. Er war aus Gold, mit einem dunklen Smaragd. Thomas sagte: ›Ich habe kein Recht, eine Frau zu bitten, einen Mann zu nehmen, der vielleicht nicht zurückkehren wird … Aber falls ich nicht zurückkehre, wäre es falsch, wenn diese Frau nicht wenigstens um die Gefühle des Mannes wüsste.‹ Er hielt mir den Ring hin und sah mich sehr lange an, aber ich konnte den Ring nicht berühren. Ich hatte zu große Angst davor, Thomas alles zu überlassen, was von mir übrig geblieben war. Ich hatte zu große Angst. Ich konnte den Ring einfach nicht berühren. Ich begann zu schluchzen, und Thomas sah mich einfach nur an, dann wandte er sich ab, und Tränen liefen über sein Gesicht. Einen Augenblick später warf er den Ring ins Feuer und ging aus dem Zimmer.«

Esther verfiel plötzlich in Schweigen, und ich wusste, dass sie tief in sich hineingegriffen hatte, um mir diese Geschichte preiszugeben. Aber es war eine Reise, die sie nicht um ihrer selbst willen unternommen hatte. Sie hatte nicht in Selbstmitleid geschwelgt, aber es war schmerzhaft gewesen – so wie es schmerzhaft ist, wenn man einen Verband abnimmt, um eine Wunde zu untersuchen. Ich war davon überzeugt, dass sie es ausschließlich um meinetwillen getan hatte, in der Hoffnung, ich wäre klug genug, um aus ihren Narben zu lernen. Als sie mit ihrer Geschichte zum Ende kam, war es draußen bereits dunkel. Ich schaute auf meine Armbanduhr und strich Esther sachte über den Arm. »Ich gehe jetzt besser«, sagte ich leise. »Ich muss mit Faye sprechen.«

Sie nickte verständnisvoll. Ich erhob mich, und als ich mich noch einmal nach ihr umdrehte, verspürte ich plötzlich Gewissensbisse. Sie hatte soeben ihr Herz vor mir bloßgelegt, und es erschien mir falsch, sie so verletzt und allein zurückzulassen. »Werden Sie zurechtkommen?«

»Gehen Sie zu Faye«, sagte sie.

»Dann sehe ich Sie also morgen.«

»Morgen wird es besser sein«, erwiderte sie.

Auf dem Heimweg ging ich im Geiste noch einmal die Geschichte von Esthers verlorener Liebe durch. Ich konnte mir aufgrund ihrer Beschreibung Betheltown lebhaft vorstellen, konnte förmlich vor mir sehen, wie Esther und Thomas mit gebrochenem Herzen und ungewisser Zukunft vor dem Kamin knieten. Ihre Geschichte warf ebenso viele Fragen auf, wie sie beantwortete, Fragen, die mich im gleichen Maße betrafen wie Esther. Sobald ich jedoch nach Hause kam, schob ich all diese Dinge beiseite, da ich mich den Herausforderungen meiner eigenen Liebe stellen musste. Ich legte meinen Mantel auf das Sofa und wählte Fayes Nummer.

»Hallo, Michael.«

»Hi, Abby. Ist Faye zu Hause?«

»Ja«, antwortete sie verlegen. »Einen Moment bitte.«

Sie legte die Hand über das Mundstück, und ich konnte einen kurzen, gedämpften Wortwechsel hören, bevor eine feindselige Stimme durchs Telefon dröhnte.

»Hier ist Dr. Murrow. Sie haben offensichtlich nicht begriffen, worauf ich neulich hinauswollte. Daher will ich mich deutlicher ausdrücken. Lassen Sie verdammt noch mal meine Tochter in Ruhe. Sie hat im Augenblick wichtigere Dinge im Kopf als eine Niete wie Sie.«

»Ich muss mit ihr sprechen.«

»Sie will nicht mit Ihnen reden.«

»Dann soll sie mir das selbst sagen. Es genügt, wenn sie mir das persönlich sagt, dann werden Sie sich meinetwegen nie wieder den Kopf zerbrechen müssen.«

Er ließ den Hörer auf die Gabel krachen. Ich warf das Telefon quer durch den Raum. Dann zog ich meinen Mantel wieder an, um zu Faye zu fahren, wohl wissend, dass ich eine heftige Auseinandersetzung riskierte. Es wäre nicht das erste Mal, dass ich um etwas würde kämpfen müssen, an dem mir lag. Einen Augenblick lang hielt ich an der Tür inne, dann ging ich stattdessen in die Küche und machte mir eine Kanne Tee, um mich zu beruhigen. Nicht Fayes Vater oder der Gedanke an eine Auseinandersetzung hielt mich zurück, sondern Faye selbst. Offen gesagt, ich wusste nicht, wie sie auf mein Erscheinen reagieren würde. Die Beleidigungen ihres Vaters konnte ich ertragen, nicht jedoch ihre Zurückweisung.

# 15

## VERGEBUNG

*Es gibt Menschen, die klammern sich an ihren Groll wie an einen Schatz von großem Wert. Das ist Torheit. Wir müssen uns nicht fragen, wie groß das Unrecht ist, das uns angetan wurde, sondern was uns unsere Unversöhnlichkeit nutzt.*

*Auszug aus Esther Huishs Tagebuch*

Während meines ersten Vierteljahres an der Universität hatte ich die Vorlesung eines Philosophieprofessors besucht, der die These vertrat, dass unser Gottesbegriff analog zu unserem Vaterbild sei. Ich persönlich fand die Theorie faszinierend, da ich mit dreizehn Jahren, in Decken eingemummt auf der tiefer gelegten Rückbank eines Chrysler Kombis, zu dem Schluss gekommen war, dass es keinen Gott gab. Meine Mutter und ich waren auf der Flucht aus Wyoming und vor meinem Vater, dem Alkoholiker, der uns im Stich gelassen hatte. Mein Atheismus ist mit der Zeit dahingeschwunden, während ich verschiedene Schattierungen des Agnostizismus durchlief und schließlich die Wärme des Glaubens entdeckte. Das war in hohem Maße auf den Glauben meiner Mutter zurückzuführen.

Wahrscheinlich hatte ich immer schon Probleme mit Vätern, und Dr. Murrow war einfach der letzte in einer langen Reihe feindseliger Patriarchen. Er war so fanatisch, dass es keinen Sinn gehabt hätte, noch einmal dort anzurufen, solange er im

Haus war. Daher wartete ich, bis ich wieder im Arkadien war, bevor ich anrief – allerdings hoffte ich, dass Faye mir zuvorkommen würde. Sie rief jedoch nicht an, und ihr Schweigen zerriss mir fast das Herz. Erst nach meinem Anruf wurde mir klar, wie tief Faye verletzt sein musste. Jayne nahm den Hörer ab.

»Hallo, Michael«, sagte sie munter.

»Hi. Warum bist du zu Hause statt in der Schule?«

»Ich habe noch Weihnachtsferien.«

»Natürlich. Ist Faye da?«

»Nein, sie ist mit unseren Eltern nach Salt Lake gefahren.«

»Wann wird sie zurück sein?«

»Es wird sicher spät.«

Diese Antwort erschreckte mich.

»Es tut mir leid, was gestern Abend passiert ist«, fügte Jayne hinzu. »Man hat fast den Eindruck, als sei mein Vater verrückt geworden.«

»Wie geht es Faye?«

Sie zögerte. »Ich habe sie noch nie so außer sich gesehen.«

»Würdest du sie bitten, mich anzurufen, wenn sie zurückkommt? Es ist mir egal, wie spät es wird.«

»Ich weiß nicht, ob sie das tun wird, Michael. Ich weiß nicht, was du zu ihr gesagt hast, aber du hast ihr wirklich das Herz gebrochen.«

»Wirst du ihr ausrichten, dass ich sie liebe und dass es mir leidtut?«

»Das mache ich.«

»Du bist ein Schatz.«

»Ich vermisse dich hier. Ihr beide müsst euch wieder zusammenraufen.«

»Ich versuche es, Jayne.«

»Bye, Michael. Ich hoffe, wir sehen uns bald.«

Auch ich konnte das nur hoffen.

Im Arkadien ging es nicht ganz so hektisch zu wie am Tag zuvor, und Helen wies mich an, auf allen drei Geschossen den

Weihnachtsschmuck abzunehmen, womit ich eine kleine Gruppe von Heimbewohnern unterhielt, die mir von Zweig zu Zweig und Girlande zu Girlande folgten und kurz applaudierten, als ich den Stern von dem Plastikbaum im Gemeinschaftsraum abnahm. Ich hatte den ganzen Tag über kaum etwas von meiner Umgebung wahrgenommen, da ich in Gedanken ganz und gar bei Faye gewesen war. Wenn Dr. Murrow die Absicht gehabt hatte, Faye von mir fernzuhalten, hatte er seine Sache gut gemacht, obwohl ich Fayes Mitarbeit bei dieser Angelegenheit nicht einfach beiseiteschieben konnte. Ich kannte sie gut genug, um zu wissen, dass sie nicht weggegangen wäre, wenn sie es nicht gewollt hätte.

Trotz meines inneren Aufruhrs war Faye nicht die einzige Frau, die mir im Kopf herumging. Immer wieder schob sich mein Gespräch mit Esther vom vergangenen Abend in meine Gedanken, als wollte es ihren Kummer mit meinem zu einem einzigen Teppich verweben. Ich hatte einige Fragen an sie und wollte sie unbedingt am Ende meiner Schicht besuchen, sobald ich Zeit dazu fand. Als ich ihr Zimmer betrat, brannte sie darauf, mit mir zu sprechen.

»Haben Sie sich mit Faye versöhnt?«, fragte sie hoffnungsvoll.

»Nein. Ich habe sie nicht einmal gesehen. Ihr Vater hat sie praktisch unter Verschluss genommen.«

»Wird sie morgen abreisen?«

»Morgen früh«, antwortete ich bekümmert.

Esther runzelte die Stirn.

»Es ist immer der Vater. Eine Beziehung lässt sich gut an, dann beginnen die Väter, Fragen zu stellen.«

»Es ist eine Schande«, sagte Esther.

»Ich frage mich manchmal, wie anders mein Leben vielleicht verlaufen wäre, wäre ich mit einem richtigen Vater aufgewachsen.«

»Dieselbe Frage habe ich mir oft in Bezug auf meine Mutter gestellt. Mein Vater hat versucht, sie mir zu ersetzen, aber das ist nicht das Gleiche. Selbst in meinem Alter denke ich noch darüber nach, wie mein Leben verlaufen wäre, wäre sie nicht gestorben.«

»Was für ein Mensch war Ihr Vater?«

Sie seufzte. »Oh, er war eine furchtsame Natur. Die Goldschürfer sagten oft, er sähe aus wie eine ausgemergelte Version von Herbert Hoover. Ich schätze, er war auch etwa genauso beliebt. Nach dem Tod meiner Mutter waren wir ständig auf Reisen, immer auf der Jagd nach einem leicht verdienten Dollar. Mein Vater war ein Narr und ein Intrigant, aber er spann seine Intrigen immer um meinetwillen. Er hat sich der Verantwortung für mich niemals entzogen. Jetzt, da ich alt bin, begreife ich das, und ich liebe ihn dafür. Nicht dass ich um einen Deut klüger geworden wäre – es ist nur so, dass das Alter die Dinge in eine gewisse Perspektive rückt. Und daraus ergibt sich dann die Fähigkeit zu verzeihen.«

»Dasselbe könnte ich von meinem Vater nicht sagen«, erwiderte ich angespannt. »Ich werde ihm nie verzeihen.«

Einen Augenblick lang wirkte Esther ein wenig verstört. »Sie klingen so, als sei Vergebung ein Geschenk, das sie ihm machen.«

»Ist es das denn nicht?«

»Ihr Vater ist tot. Was könnte er durch Ihre Vergebung denn gewinnen?«

Ich war außerstande, ihre Frage zu beantworten. »Sie meinen, ich solle meinem Vater verzeihen?«, fragte ich ungläubig.

»Sie müssen ihm verzeihen, wenn Sie jemals von ihm frei sein wollen. Wir sind auf ewig an die Dinge gefesselt, die wir nicht verzeihen.«

»Ich bin nicht an meinen Vater gefesselt«, versicherte ich ihr.

»Offensichtlich doch, und viel mehr, als Ihnen selbst klar ist. Denken Sie an ein Schiff, das in See zu stechen versucht, während es einen Anker hinter sich her schleppt. Wenn Sie das Seil durchtrennen, ist das kein Geschenk an den Anker. Sie müssen sich von dieser Last befreien, nicht weil der Anker es verdient, sondern das Schiff.«

Ich dachte an meinen Vater und verspürte unverzüglich jene düstere Schwärze, die jede Erinnerung an ihn einhüllte. »Ich weiß nicht, ob ich ihm verzeihen könnte, dass er uns im Stich gelassen hat. Selbst wenn ich es wollte.«

»Jeder kann verzeihen, wenn er sich dazu entschließt. Möglich, dass es nicht von einem Augenblick auf den anderen geschieht, da Groll eine Gewohnheit ist und mit sanfter Gewalt aus dem Herzen verbannt werden muss. Aber mit der Zeit wird es gelingen. Sie müssen darum beten. Sie müssen für das Unverziehene beten.«

»Wenn ich ihm verzeihe, käme mir das wie ein Verrat an meiner Mutter vor.«

»Würde es Ihre Mutter glücklich machen zu wissen, dass Sie von Hass erfüllt sind?«

Die Frage machte mich sprachlos.

»Manchmal kommt Vergebung mit dem Verstehen. Haben Sie je darüber nachgedacht, warum er Sie und Ihre Mutter verlassen hat?«

»Ich weiß, warum er gegangen ist. Er liebte den Alkohol mehr als seine Familie.«

»Sie können sich dessen nicht sicher sein. Ihr Vater hatte keine Kontrolle über seine Trunksucht. Er mag schwach gewesen sein, oder vielleicht hat er sich dazu entschieden, seiner Schwäche nachzugeben, aber wohin hat ihn das geführt?«

»Man hat ihn neben einer Müllkippe hinter einer Imbissbude tot aufgefunden.«

»Warum hätte er auf die Straße gehen sollen, wo er doch an einem Ort hätte bleiben können, an dem er es warm hatte und wo ihm nichts passieren konnte?«

»Was wollen Sie damit sagen?«

»Ich kenne Ihren Vater nicht. Vielleicht war er ein Dämon. Aber ich habe meinen ersten Mann gekannt. Er hat ständig getrunken. Er hat Matthew und mich allein gelassen, so oft sich die Gelegenheit dazu bot, aber er kam immer zurück, wenn er Geld brauchte ... oder wonach ihm sonst der Sinn stand. Wie gering Ihre Meinung von Ihrem Vater auch sein mag, er war vielleicht sich selbst gegenüber ehrlich genug, um zu wissen, dass er zu schwach war, um sich jemals zu ändern. Es ist möglich, dass Ihr Vater fortgegangen ist, um Sie und Ihre Mutter freizugeben. Ist eine andere Erklärung denkbar?«

Auch diesmal konnte ich ihr keine Antwort geben.

»Sie müssen sich darum bemühen, ihm zu verzeihen, Michael. Ihr Fall erinnert mich sehr an Thomas und seine Suche und an den Frieden, den er schließlich fand.«

»Aber Thomas hat das Gold seines Vaters nie gefunden. Es gab keinen Grund für ihn, zu glauben, dass sein Vater wirklich versucht hat, etwas wiedergutzumachen.«

»Mag sein. Aber seinen Frieden hat er trotzdem gefunden.«

Ich dachte über ihre Worte nach und beschloss, ein anderes Thema anzuschneiden. Ein Thema, das mir weniger Unbehagen bereitete. »Eine Sache verstehe ich nicht. Warum sind Sie nicht zu Thomas gegangen, als Sie ihn Jahre später wiedergesehen haben?«

»Das ist nicht so einfach«, sagte sie traurig.

»Haben Sie nach jener Nacht am Kamin jemals wieder von ihm gehört?«

Sie nickte, sagte jedoch nichts.

»Was ist passiert, nachdem Thomas Betheltown verlassen hatte?«

Meine Beharrlichkeit schien den Deckel jener Truhe mit kummervollen Erinnerungen wieder geöffnet zu haben. Esther wurde verdrießlich und begann, sich in ihrem Sessel zu wiegen. Nach einer Weile seufzte sie und gab mir Antwort.

»Ich habe in jener Nacht nicht geschlafen. Ein paar Stunden später hörte ich ihn zurückkommen und in sein Zimmer gehen. Dann hörte ich, dass er das Haus wieder verließ. Am nächsten Morgen habe ich die Asche im Kamin durchsucht, bis ich den Ring fand. Der Ring war dort. Aber Thomas nicht.

155

Er hatte noch in der Nacht seine Sachen gepackt und war fortgegangen.« Sie seufzte. »Zuerst dachte ich, meine Gefühle würden mit der Zeit einfach verblassen, aber sie taten es nicht. Ich habe jeden Tag an ihn gedacht. Ich hatte Angst, er könne im Krieg getötet werden, dann fragte ich mich, wie ich es jemals erfahren sollte, falls es tatsächlich dazu käme. Ich wusste nicht, wo er war, er hatte das Haus in solcher Eile verlassen. Vor allem aber fragte ich mich, ob er jemals nach Betheltown zurückkommen würde.« Ihre Stimme verklang trostlos. Sie strich sich über die Augenwinkel.

»Nach fast zwei Jahren hörte ich allmählich auf, mir solche Fragen zu stellen. Es hatte keinen Sinn. Betheltown war eine sterbende Stadt, und die Menschen zogen nach und nach alle fort. Matthew und ich hatten nichts anderes, keinen Ort, an den wir hätten gehen können, daher haben wir einfach weiter im Gasthaus gearbeitet. Wir hatten damals nur noch eine Handvoll Gäste, und die Hälfte von denen konnte keine Miete bezahlen, daher halfen sie uns bei der Hausarbeit oder im Garten. Wir lebten in einer engen Gemeinschaft und starben einfach zusammen mit der Stadt einen langsamen Tod. Genau zwei Jahre nach dem Tag, an dem Thomas gegangen war, heiratete ich einen dieser Gäste. Sein Name war William. Es war keine Liebesheirat – in dieser Hinsicht haben wir uns niemals etwas vorgemacht. Es ging um Bequemlichkeit und Einsamkeit. William wusste nicht, warum ich ausgerechnet diesen Tag für unsere Hochzeit wählte. Für ihn spielte es keine Rolle. William war sehr viel älter als ich. Er war nicht gerade der klügste Mann, aber er war ein guter Mensch, und er hat Matthew akzeptiert. Ich denke, er wusste, dass ich ihn nicht liebte, aber er akzeptierte auch das. Ich bot ihm die Kameradschaft, die er brauchte, und in gewisser Weise gab er auch mir und Matthew, was wir brauchten.

Einige Jahre später schloss die letzte Mine der Stadt, und Betheltown starb endgültig. Wir hatten etwas Geld, ganz sicher nicht viel, aber genug, um irgendwo anders neu anzufangen. Also packten wir unsere Sachen und gingen nach Salt Lake City. Wir lebten in einem kleinen Wohnwagen in der Nähe von Millcreek Canyon, und eine Weile waren wir durchaus zufrieden. Es war nicht das Leben, das ich mir erhofft hatte, die Art Leben, von der kleine Mädchen träumen, aber vielleicht war es das Beste, das ich erwarten konnte. Die Wirtschaftskrise und der Krieg waren vorüber, und es sah so aus, als seien endlich die Tage des Wohlstands gekommen. Es gab eine Einrichtung, wo Matthew spielen konnte, und eine Baptistenkirche bot uns jeden Sonntag die Möglichkeit, den Gottesdienst zu besuchen. Thomas vergaß ich allerdings nie. Es verging kein Tag, an dem ich nicht an ihn gedacht hätte. Aber er befand sich in einem verborgenen Winkel meiner selbst, den niemand sehen konnte, der aber trotzdem da war, wenn ich das Bedürfnis hatte, ihn zu berühren, wie den Ring, den Thomas mir geschenkt hatte. Sein Medaillon habe ich niemals abgelegt. William fragte nicht danach, obwohl ich vermutete, dass es ihm wehtat.

Eines Tages, so unerwartet wie ein Regenschauer im Sommer, kam Thomas zurück. Ich machte gerade den Abwasch, als Matthew atemlos und lächelnd ins Haus gerannt kam. »Tom«, sagte er. Er erinnerte sich an ihn. Ich trocknete mir die Hände ab und ging hinaus, und da stand er – vor meinem Tor. Er hatte sich ein wenig verändert, er war um die Schultern herum kräftiger geworden, und er trug eins dieser dicken Brillengestelle, die damals in Mode waren.« Sie lächelte bei der Erinnerung. »Er sah älter aus, aber nicht viel älter. Er war erst einen Monat zuvor aus Europa zurückgekommen und hatte für die Reise nach Westen eine Weile gebraucht. Er war in Betheltown gewesen, hatte die Stadt tot vorgefunden, und er hatte dann noch einmal fast einen Monat gebraucht, um mich aufzuspüren. William war an diesem Tag nicht zu Hause; er war aus geschäftlichen Gründen in die Stadt gefahren. Ich lud Thomas auf ein Glas Limonade ein. Ich fragte ihn nach dem Krieg, aber er wollte nicht darüber reden. Er hatte die lebenden Toten von Buchenwald gesehen und viele andere, die einfach nur tot gewesen waren, und sagte, es sei nicht so aufregend gewesen wie die Wochenschauen es darstellten. Der Krieg sei einfach nur voller Hass und Tod und Gestank gewesen, aber es war vorüber, und Hitler war tot, und das war gut. Immer wieder blickte Thomas auf den Ring an meiner Hand, stellte aber keine Fragen, und ich brauchte eine gute Stunde, bis ich auf William zu sprechen kam. Als ich es schließlich tat, schien etwas in ihm zu sterben, direkt dort vor meinen Augen. Danach wurde er sehr still, dann küsste er mich und sagte, er müsse gehen.

Ich fragte ihn, wohin er gehen würde, und er antwortete, dass er sich wohl im Tal niederlassen würde. Er versprach, mir zu schreiben und es mich wissen zu lassen. Er bekam einen Job draußen bei den Magnakupferminen, zwischen Salt Lake und Bethel. Er hat sich bis zum Schmelzer hochgearbeitet und ist in die Gewerkschaft eingetreten. Die Menschen vertrauten Thomas. Und ihm waren die Menschen immer wichtig. Nicht so wie manche Leute, die nur davon reden, um sich in ein gutes Licht zu rücken. Thomas nahm Anteil am Leben anderer, das war etwas ganz Natürliches für ihn.« Esther hielt einen Augenblick lang inne, dann fügte sie hinzu: »Ein bisschen so wie Sie, Michael. Ich finde vieles von Thomas in Ihnen wieder.«

Ich konnte mir kein schöneres Kompliment vorstellen. »Vielen Dank«, erwiderte ich schlicht.

»Etwa vier Jahre später starb William plötzlich, von einem Tag auf den anderen. Es war ein Magenleiden. Die Ärzte sagten, er hätte schlechtes Blut. Um ehrlich zu sein, ich glaube nicht, dass irgendjemand wirklich wusste, was es war. Eines Tages begann er plötzlich, laut zu stöhnen, dann bekam er Fieber, und irgendwann in der Nacht ist er gestorben. Er lag erst eine Woche unter der Erde, als ich mich in den Wagen setzte und mich auf die Suche nach Thomas machte.«

»Aber Sie haben ihn nicht gefunden?«

»Ich bin in die Stadt gefahren, nach Magna. Es ist keine große Stadt, und eine Frau in einer Metzgerei gab mir Thomas' Adresse. Ich parkte auf der anderen Seite der Straße und ging zu seinem Haus hinüber. Im Garten spielte ein kleines Mädchen. Sie hatte langes dunkles Haar und war einfach allerliebst. Sie sah genauso aus wie mein Thomas. Über den Zaun hinweg fragte ich sie nach ihrem Namen. Sie sagte: ›Katelyn Ricorsi.‹ Darauf fragte ich, wer ihr Vater sei, und sie antwortete: ›Mr Tom Ricorsi.‹ Ich blickte auf, und da sah ich die Frau auf der Veranda stehen. Sie war sehr schön. Sie hatte langes braunes Haar und ein durch und durch liebenswertes Lächeln. Sie fragte, ob sie mir helfen könne, ob ich vielleicht nach jemanden suche. Ich erkundigte mich nach ihrem Namen, und sie ergriff meine Hand und sagte: ›Martha Ricorsi. Ich freue mich, Sie kennenzulernen.‹ Das kleine Mädchen kam zu uns herüber und schlang die Arme um die Beine seiner Mama. Die Frau sagte, ich müsse wohl fremd sein in Magna, denn in der Stadt würden alle Leute einander kennen, und sie fragte noch einmal, ob sie mir helfen könne, irgendeine Adresse zu finden. Ich starrte die beiden nur lange an, ohne zu antworten, dann sagte ich, nein, ich hätte mich gewiss in der Straße geirrt. Ich stieg wieder in meinen Wagen und fuhr nach Hause.«

Esther senkte den Kopf.

»An diesem Tag habe ich meinen ersten Brief an Thomas geschrieben. Ich wusste, dass ich ihn niemals abschicken konnte. Was hatten diese Frau oder das kleine Mädchen mir jemals getan? Martha Ricorsis einziges Vergehen bestand darin, dass sie einen Mann liebte, der es verdiente, geliebt zu werden. Ich hatte meine Chance gehabt.«

»Und Sie haben nie mehr mit ihm gesprochen?«

»Es ist seither kein Tag verstrichen, an dem ich nicht an ihn gedacht hätte. Aber nein, gesprochen habe ich nie wieder mit ihm.« Mir fiel eine einzelne Träne auf, die über ihre Wange lief. »Im nächsten Herbst bin ich an Scharlach erkrankt. Damals starb Matthew. Seither bin ich allein.«

Draußen im Flur konnte ich das Summen des Bohnerautomaten hören, der sich durch den verdunkelten Korridor bewegte, und Esther lehnte sich müde in ihrem Sessel zurück, um sich langsam hin und her zu wiegen. Als sie weitersprach, klang ihre Stimme leise und erschöpft. »Deshalb verfolge ich die Todesanzeigen. Vielleicht wird es eine zweite Chance geben.«

Plötzlich verstand ich das tägliche Ritual. »Vielleicht«, wiederholte ich. Ich hielt mir eine Hand vor den Mund, um ein Gähnen zu unterdrücken, dann sah ich auf meine Armbanduhr. »Es ist schon spät. Ich gehe jetzt besser.« Ich küsste sie auf die Stirn, dann erhob ich mich.

»Schlafen Sie gut. Werden Sie zu Faye fahren?«

»Ich werde sie am Flughafen sehen.«

Obwohl Esther und Faye einander nie kennengelernt hatten, sagte Esther: »Grüßen Sie sie von mir.«

Ich griff nach ihrer Hand. »Das tue ich.«

Als ich an diesem Abend nach Hause fuhr, hing der Mond wie eine blasse Sichel am Himmel und tauchte die verlassenen Straßen in ein sanftes Licht. Ich dachte an Esther, an ihre Einsamkeit und das Bedauern, das sie verspüren musste. Dann dachte ich an Faye, und mir hätte klar sein müssen, was ich zu tun hatte. Es hätte mir klar sein sollen. Ein besserer Mann, als ich es bin, hätte es gewusst.

# 16

## DER ABSCHIED

*Es hat zu viele Abschiede in meinem Leben gegeben.
Bisher ist es mir noch nicht gelungen, das »Wohl«
in einem Lebewohl zu entdecken.*

*Auszug aus Esther Huishs Tagebuch*

In dieser Nacht fand ich keinen Schlaf. Ich wachte immer wieder auf, um auf den Wecker zu sehen und festzustellen, dass seit dem letzten Blick auf die Uhr nur eine halbe Stunde verstrichen war. Um halb sechs stand ich schließlich auf und las. Drei Stunden später fuhr ich zum internationalen Flugplatz von Salt Lake City. Als ich am Terminal ankam, warf ich einen Blick auf die Abflugtafel und stellte fest, dass Fayes Flug zwanzig Minuten früher abgehen würde, als ich gedacht hatte. Verzweifelt lief ich durch den überfüllten Flugplatzterminal. Faye stand bereits ganz vorn in der Schlange neben ihrem Vater und wartete darauf, mit den anderen Passagieren der ersten Klasse an Bord gehen zu können, als ich nach ihr rief. Sie drehte sich um, und ich konnte ihren Gesichtsausdruck nicht deuten. »Michael?«

Ihr Vater funkelte mich wütend an, und Faye legte eine Hand auf seinen Arm, dann stellte sie ihre Tasche auf den Boden und trat aus der Schlange heraus, um auf mich zuzukommen. Einen Augenblick lang sagte keiner von uns etwas, bis Faye tief Luft holte und nach meiner Hand griff. »Ich habe noch nie so viel geweint wie in den letzten paar Tagen, Michael.«

Ich sah mich unbehaglich um. »Das tut mir leid, Faye.« Ich holte tief Luft. »Es ist einfach so kompliziert.«

»Genau das ist das Problem, Michael. Es ist überhaupt nicht kompliziert.«

Mir fiel auf, dass sie das Medaillon, das ich ihr geschenkt hatte, nicht trug. Ich griff in meine Tasche. »Ich möchte dir vor deiner Abreise etwas geben.« Ich holte einen Ring heraus, einen schlichten, dünnen Ring aus Black Hills Gold. Ich drückte ihn Faye in die Hand. »Er hat meiner Mutter gehört.« Faye warf einen Blick auf den Ring, dann wurden ihre Augen feucht, und sie gab ihn mir zurück. »Ich kann ihn nicht annehmen, Michael.«

»Warum nicht?«

»In dieser Nacht …« Sie versuchte weiterzusprechen, war aber zu aufgewühlt dafür. Dann biss sie sich auf die Unterlippe und rang um Fassung. Plötzlich rief ihr Vater: »Komm schon, Faye. Es wird Zeit, an Bord zu gehen.«

Faye wischte sich über die Augen, dann drückte sie eine Hand auf ihren Mund. »Ich muss gehen.« Sie beugte sich vor und küsste mich auf die Wange. »Auf Wiedersehen, Michael.«

»Rufst du mich an?«

Mit gesenktem Kopf entfernte sie sich ein paar Schritte von mir, dann blieb sie stehen und drehte sich wieder zu mir um. »Ich werde dich immer lieben«, war alles, was sie sagte.

Mit feuchten Augen kehrte sie in die Schlange zurück, während ihr Vater mich hasserfüllt anstarrte. Die Stewardess gab Faye ihre Bordkarte, und sie schob sie in ihre Blusentasche, dann hockte sie sich hin, hängte sich den Riemen ihrer Reisetasche quer über die Brust und hob die Tasche hoch. Sie drehte sich nur noch einmal zu mir um, und wir sahen einander in die Augen. Dann wandte sie sich ab und verschwand im Gateway.

# 17

## NEHMT ABSCHIED, BRÜDER …

*Zu Beginn dieses neuen Jahres kann ich mich nur fragen,*
*ob Thomas zurückkehren wird, obwohl ich die Antwort*
*fürchte. Es gibt Menschen, die die letzte Seite eines Buches*
*zuerst lesen. Aber ich bin anders. Ich glaube, dass wir von*
*Glück sagen können, dass wir immer nur eine Seite unseres*
*Lebens gleichzeitig umblättern dürfen.*

*Auszug aus Esther Huishs Tagebuch*

Ich wusste zwar, was ich von Fayes Abreise zu befürchten hatte, war mir aber weniger sicher, was ich davon erwartete. Völlig fest stand lediglich, dass ich sie tief verletzt hatte.

Die beiden nächsten Tage kosteten mich große Anstrengung, als müsse ich jede einzelne Minute aus einem Morast der Melancholie herauslocken. Ich konzentrierte mich auf meine Arbeit, um dem Schmerz auszuweichen, der hinter jedem Gedanken zu lauern schien. Ich füllte gerade im Aufenthaltsraum die Routineberichte der Heimbewohner aus, als Wally, einer der Bewohner, auf mich zugehumpelt kam. Er trug eine kanariengelbe Strickjacke und eine Brille mit flaschendicken Gläsern, die die durch den grauen Star trüb gewordene Iris vergrößerten. Seine Hosen hatte er sich mit einem Gürtel um die Rippen gebunden.

Nach den Unterlagen des Heims war Wallys Taufname Patrick. Ob er darauf reagieren würde, war allerdings unklar, denn er hatte sich an seinen neuen Spitznamen gewöhnt. Dieser Spitzname war ein Produkt der Evolution. Angefangen hatte es mit dem Namen Ralph Waldo, eine Anspielung auf den großen Essayisten, da Wally früher einmal als Englischlehrer in einer Highschool gearbeitet hatte und bekannt war für seine Vorliebe, Emerson zu zitieren. Die natürliche Erosion dieses Beinamens hatte dazu geführt, dass am Ende nur noch »Wally« übrig geblieben war.

Im Laufe seines Berufslebens hatte Wally den größeren Teil von Emersons Werken auswendig gelernt und die Jahre nach seiner Pensionierung darauf verwandt, sie Stück um Stück wieder zu vergessen, sodass nur ein verworrener, aber immer noch zitierfähiger Mischmasch irreführender Regeln und verstümmelter Lehrsätze davon übrig geblieben war. Aber was an Genauigkeit verloren gegangen war, wurde durch Ernsthaftigkeit wettgemacht, und Wally sprach mit solcher Inbrunst, dass er erstaunliche Ergebnisse erzielte: Die Zuhörer, die in den Genuss der arg beschädigten Essays kamen, glaubten wahrscheinlich weniger, dass Wally sich irrte, sondern vielmehr, dass Emerson gelegentlich äußerst merkwürdige Dinge von sich gegeben hatte.

Wallys Schatten fiel auf meine Papiere.

»Ich sterbe«, erklärte er unvermittelt.

Ich blickte von meiner Arbeit auf, da die Bemerkung mir ein wenig zweifelhaft erschien. »Woran?«

Er ließ sich auf den Stuhl neben mir sinken, ein Manöver, das er mit dem schwarzen Holzstock unterstützte, den er zwischen seinen gichtigen Knien eingeklemmt hatte. »Kommt drauf an, was mich zuerst erwischt, denke ich.«

»Sie wissen nicht, woran Sie sterben?«

»Wäre auch sinnlos. Es ist so, als interessiere man sich für die Farbe der Natter, die einen gebissen hat.«

Ich wandte mich wieder meiner Arbeit zu.

»Also, was ist denn nun mit Ihnen los?«, fragte er.

»Ich habe heute einfach viel zu tun, Wally«, sagte ich, ohne aufzusehen.

»Die Luft um Sie herum ist so dick, dass man sie mit einer Machete in Scheiben schneiden könnte. Ich vermute mal, es steckt eine Frau dahinter.«

Ich fand seine Bemerkung faszinierend genug, um meine Arbeit zu unterbrechen.

»Wenn Sie eine ehrliche Antwort wollen …«

»Eine unehrliche will ich jedenfalls nicht«, warf er ein.

»… meine Freundin ist weg.«

Der alte Mann sah mich mit einem seltsamen Ausdruck der Belustigung an. »Junge Liebe«, murmelte er vor sich hin. »Die Jugend würde die Liebe nicht mal erkennen, wenn sie dreihundert Pfund wöge und ihr auf der Brust läge.«

Ich konnte mich für diese Metapher nicht besonders erwärmen.

»Wenn Sie Liebe wollen, mein Sohn, dann sehen Sie sich unseren Nedward an.« Er zeigte auf einen alten Mann auf der anderen Seite des Raums, der kraftlos in sich zusammengesunken in einem Sessel hockte.

»Ein Don Juan, wie er im Buche steht«, sagte ich spöttisch.

Meine Bemerkung hatte Wally verärgert, und das Timbre seiner Stimme veränderte sich. Statt des Harlekins sprach nun der Weise zu mir.

»Sie wissen gar nichts. Sie glauben, die Liebe habe einen jungen Körper und ein hübsches Gesicht. So denkt nur ein Narr. Nedward humpelt jeden Tag mit seinen schlimmen Knien eine Meile weit, um die Hand einer Frau zu halten, die ihn nicht mehr erkennt.« Er sah mich eindringlich an. »Realer kann die Liebe gar nicht werden.«

Wally drückte sich von seinem Stuhl hoch und ging dann langsam zurück auf die andere Seite des Raums.

Esther fragte nicht nach Faye. Vermutlich war es nicht notwendig.

Ich hielt es für einen Akt der Barmherzigkeit ihrerseits, obwohl sie außerordentlich sanft mit mir sprach, was wahrscheinlich ihre Art war, mich wissen zu lassen, dass sie mir zuhören würde, wann immer ich so weit war, reden zu wollen. Seltsamerweise war es Alice, die als Erste Fayes Abreise ansprach.

»Ist alles in Ordnung mit dir?«, fragte sie liebenswürdig.

»Mir geht es gut«, log ich.

»Ist zwischen dir und Faye irgendetwas vorgefallen?«

Ihre Scharfsichtigkeit erstaunte mich. »Wir haben uns nicht gerade im Guten getrennt.«

»Das tut mir leid«, sagte Alice aufrichtig. »Hab ich alles auch schon erlebt.« Sie lächelte mitfühlend. »Um wie viel Uhr hast du morgen frei?«

»Um sechs.«

»Hast du schon Pläne für Silvester?«

»Ich dachte, ich komme her und lasse ein paar Bettpfannen krachen.«

Alice grinste. »Hast du nicht Lust, mit mir zu einer Silvesterparty zu gehen?«

Sie spürte mein Widerstreben. »Es ist kein Rendezvous. Wir werden uns einfach ein bisschen amüsieren … Du kannst natürlich auch zu Hause bleiben und das neue Jahr damit beginnen, vor dich hin zu brüten.«

Ich erwiderte ihr Lächeln. »In Ordnung.«

»Soll ich dich abholen?«

»Wie wär's, wenn wir uns einfach bei der Party treffen?«

»Nur wenn du versprichst, dass du nicht kneifst.« Sie griff nach einem Krankenblatt und kritzelte eine Adresse auf die Rückseite. »Die Party steigt bei Liss zu Hause, oben in der Nähe der Dreißigsten. Es geht um sieben Uhr los.«

Ich warf einen Blick auf die Adresse. »Ich kenne die Gegend. Faye wohnt da ganz in der Nähe.«

»Wo die Reichen so rumlaufen, ja«, bestätigte sie.

Ich faltete das Blatt Papier zusammen und schob es in meine Brusttasche.

»Verlier es nicht«, sagte Alice, sichtlich erfreut, dass ich eingewilligt hatte. »Und zerbrich dir nicht den Kopf, dass du etwas mitbringen müsstest. Wir haben genug Chips und Bier für den Rest des Jahrtausends.«

Das Anwesen von Liss war ungefähr so schwer zu finden wie das Empire State Building. Zu dem Besitz gehörte ein ordentliches Stück des Berges, mit Tennisplätzen im Garten, einem Swimmingpool im Haus, zwei Jacuzzis und einem Spielezimmer von der Größe meiner Wohnung, komplett eingerichtet mit Großbildfernsehern, Flippern, wie sie für den gewerblichen Betrieb benutzt werden, und Billardtischen. Als Alice mir in dem geräumigen, mit Marmorfliesen ausgelegten Foyer entgegenkam, dröhnte aus der Stereoanlage *Equinox* von Styx. Alice war salopp gekleidet, in Designerjeans und einer tief ausgeschnittenen braunen Seidenbluse.

In Bezug auf die Verpflegung hatte Alice eindeutig untertrieben, denn die riesige Küche war aufs Beste gefüllt mit ungeheuren Mengen von Speisen und großen, eisgefüllten Behältnissen mit Bier, Wein und Schampus. Alice machte mit mir die Runde und stellte mich ihren Freunden vor, von denen jeder mir einen Drink anbot, was ich aufgrund jahrelanger Übung geschickt abzuwehren wusste. Es dauerte jedoch nicht lange, bis ich als Alice designierter Fahrer bekannt war. Für eine Feier dieser Art herrschte eine recht herzliche Atmosphäre, obwohl es im Spielezimmer um ein Haar zu einer Rauferei gekommen wäre, die jedoch im Keim erstickt wurde, da die nüchternere Partnerin eines der Beteiligten ihn in einen anderen Teil des Hauses lockte. Um Mitternacht begannen einige der Gäste, sich gegenseitig vollbekleidet in den Swimmingpool zu werfen; ich hegte den Verdacht, dass die meisten von ihnen ohnehin den Wunsch hatten, sich ihrer Kleider zu entledigen, und tatsächlich – das neue Jahr war kaum angekündigt, als sich die ersten Pärchen bereits zurückzogen. Alice und ich setzten uns auf die Couch, aßen Salzbrezeln und sahen uns Dick Clark an, wie er Begeisterung über den Trubel am Times Square heuchelte. Alice hatte den ganzen Abend über eine Flasche mit sich herumgetragen und stellte sie jetzt nur beiseite, um nach meiner Hand zu greifen.

»Hast du schon jemals ein so großes Haus gesehen?«

»Noch nie.«

»Nicht mal bei Faye?«

»Ihr Haus ist ganz anders als dieses hier.«

Alice stand auf und zog mich von der Couch hoch. »Komm mit, ich will dir was zeigen.« Ich folgte ihr eine mit flauschigem Teppichboden belegte Treppe hinunter in einen langen dunklen Flur. Vor dem letzten Raum im Korridor blieben wir stehen – einem Schlafzimmer.

»Da wären wir.«

Ich blickte in das leere Zimmer. »Das ist es, was du mir zeigen wolltest?«

»Nein, das ist es, *wo* ich dir etwas zeigen wollte.« Sie begann, mein Hemd aufzuknöpfen.

»Alice.«

Sie lächelte mich verführerisch an. »Magst du Mädchen nicht?«

»Du hast zu viel getrunken.«

Sie legte einen Finger auf meine Nase. »Stimmt nicht. Du hast nicht genug getrunken.« Sie ließ ihren Finger über meine Lippen wandern, dann über mein Kinn. »Du weißt, dass du zum Anbeißen bist.«

»Ich werde da nicht mitmachen.«

Ihr Lächeln wurde breiter, und ich konnte die süße Schärfe des Weins in ihrem Atem riechen. »Erzähl mir nicht, dass du dich für Faye aufsparst.«

»Etwas in der Art.«

Alice lachte. »Du glaubst, sie wird sich nach ihrer ersten Woche im College noch an dich erinnern? Sie mag eine Prinzessin sein, aber eine Heilige ist sie nicht.« Alice wandte sich wieder den Knöpfen an meinem Hemd zu. »Du kannst todsicher sein, dass sie sich nicht für dich aufsparen wird.«

Ich legte eine Hand auf ihre. »Ich werde jetzt gehen, Alice.«

Sie presste sich an mich. »Na komm schon. Gefalle ich dir etwa nicht?«

Notgedrungen ignorierte ich die Frage. Ich legte beide Hände um ihre Taille, um sie von mir weg zu schieben, tat es aber nicht, und sie lächelte wissend. Triumphierend.

»Komm schon, Mikey«, sagte sie schmeichelnd. »Faye ist einfach nur eins von vielen reichen Mädchen, und sie will dich aus demselben Grund, aus dem wir alle dich wollen. Du weißt doch, wie das ist. Du bist ein wunderbares Appetithäppchen, aber wenn es Zeit wird, die Bestellung aufzugeben, wird sie das volle Menü wollen.« Sie legte ihre Hände auf meine und zog sie weiter um ihre Taille, um sich noch fester an mich zu drücken. »Komm schon. Ich kann dich dazu bringen, sie zu vergessen.« Sie küsste mich aufs Kinn, ließ ihre Lippen langsam über meinen Hals wandern, dann lehnte sie sich mit einem verlockenden Lächeln zurück. »Ich kann dich dazu bringen, dass du sie vergessen *willst*.«

Es war ein durchaus effektiver Verführungsversuch, und ich müsste lügen, wenn ich behauptete, dass ich nicht in Versuchung gewesen wäre. Aber wenn die warnenden Rufe meines Gewissens von wachsendem Verlangen auch systematisch erstickt wurden, trat an ihre Stelle eine neue Alarmsirene, lauter und eindringlicher vielleicht als alles, was ich je zuvor verspürt habe, denn mein Herz schrie nicht nur einfach nach Liebe, sondern nach Fayes Liebe.

Ich ließ Alice allein im Korridor zurück.

# 18

## ZWEITE CHANCEN

*Das, worauf wir unser ganzes Leben lang hoffen, ist häufig
nichts anderes als eine neue Chance, zu tun, was wir von
Anfang an hätten tun sollen.*

### Auszug aus Esther Huishs Tagebuch

Am nächsten Morgen konnte Helen meine Erleichterung
über Alice Krankmeldung keineswegs teilen.

»Zweifellos hat sie immer noch einen Kater von ihrer Silvesterfete«, brummte sie, als ich mir den Kittel aus meinem
Spind nahm. »Jetzt müssen Sie Alice Arbeit übernehmen. Ich
habe heute Morgen einiges zu erledigen.«

»Das schaffe ich schon«, versicherte ich ihr.

»Vielen Dank. Ich weiß, dass Sie es schaffen können. Ach,
übrigens, Esther wartet schon voller Ungeduld auf Sie. Sie hat
gute Neuigkeiten.«

»Was sind das denn für Neuigkeiten?«

»Merkwürdigerweise glaube ich, dass es etwas mit einem
Todesfall zu tun hat. Sie hat mich gebeten, die Anzeige auszuschneiden.«

Ich ging sofort die Treppe hinauf und zu Esthers Zimmer.
Ich fand sie auf der Bettkante sitzend vor, neben einer roten,
paillettenbesetzten Handtasche und einem breitkrempigen
Hut. Sie trug eine bunte Strickjacke und hatte sich das silberne
Haar von einer Schülerin der Schönheitsschule hochstecken
lassen, die ihre Auszubildenden an den Frisuren der Heim-

bewohner üben ließen. Esthers Wangen waren grellrot geschminkt, als hätte sie ihr Rouge selbst aufgetragen.

»Michael, sind Sie das?« Die Aufregung klang deutlich in ihrer Stimme mit.

»Sie sehen so aus, als würden Sie jemanden erwarten.«

»Ich habe auf Sie gewartet.« Sie stand auf.

»Und was ist der Anlass?«

»Meine zweite Chance.« Sie tastete das Bett ab, bis sie den ausgeschnittenen Zeitungsartikel fand, und reichte ihn mir herüber. Ich überflog die Anzeige.

»Thomas' Frau ist gestorben«, sagte ich.

»Ich will nicht den Eindruck erwecken, als würde ich mich über ihren Tod freuen ...« Ihre Stimme überschlug sich, so komplex waren die Gefühle, die auf sie einstürmten. »... Sie ist letzten Mittwoch gestorben. Das Begräbnis findet Freitagnachmittag statt.«

Ich legte die Zeitung beiseite und wusste nicht, was ich sagen sollte.

»Werden Sie mich zu ihm bringen?«

»Selbstverständlich. Aber wir sind heute ein wenig unterbesetzt; ich glaube nicht, dass ich vor dem Ende meiner Schicht schon wegkommen kann.«

»Werden Sie um fünf fertig sein?«

»Ja.«

Sie lehnte sich auf dem Bett zurück. Ihre Erregung hatte sich ein wenig abgekühlt. »Ich habe ein ganzes Leben lang gewartet, ein paar Stunden mehr werden da wohl kaum schaden.«

Ich nahm ein Taschentuch aus einem bestickten Kleenexkarton. »Lassen Sie mich das hier erst mal in Ordnung bringen. Es sieht so aus, als hätten Sie sich ein wenig aufgeregt.« Ich rieb ihr den Lippenstift von der Wange. »So. Sie sehen wunderschön aus.«

Sie lächelte, und als ich den Raum verließ, war Esther in blendender Laune.

* * *

Helen gab mir eine halbe Stunde früher frei, und nachdem ich die Todesanzeige in die Tasche gesteckt hatte, half ich Esther in ihren Mantel und brachte sie dann zu meinem Wagen hinaus.

Kurz darauf waren wir auf dem Weg zu Thomas.

Magna liegt ungefähr zwanzig Meilen westlich von Salt Lake City, wo das Oquirrhgebirge zum großen Salzsee hin abfällt. Magna war eine Stadt des Kupferbergbaus, und seine Bürger waren Leute der dazugehörenden Gewerbe, ein buntes Gemisch von Einwanderern, die im Tagebau selbst oder den ihn wie Satelliten umgebenden Schmelzen arbeiteten.

Die Stadt verdankte ihren Namen nicht ihrer Industrie, sondern stammte von den Gründern der Stadt, Freimaurern, die den Namen ihrem Kodex entliehen hatten: *Magna est veritas, et praevalebit.* Die Wahrheit ist mächtig, und sie wird obsiegen.

Von Ogden bis in die kleine Stadt ist es eine fast einstündige Autofahrt, und unsere Reise verlief ungewöhnlich schweigsam. Was jedoch nicht daran lag, dass uns nichts im Kopf herumgegangen wäre. Esthers Furcht war fast mit Händen zu greifen, und wenn ich ab und an zu ihr hinübersah, lächelte sie nur, tief versunken in Erinnerungen oder Träume. Sie wirkte ängstlich und angespannt, und ich wandte mich rasch wieder ab. Zehn Minuten vor der Stadtgrenze fragte Esther: »Was ist, wenn er mich nicht mehr hübsch findet? Was ist, wenn er lediglich eine gebrechliche alte Frau sieht?« Sie drückte sich die Hand auf die Stirn. »Aber natürlich, das ist genau das, was er sehen wird.«

Ich warf ihr einen Blick zu, dann griff ich nach ihrer Hand. »Ich will Ihnen etwas erzählen. Als meine Mutter starb, hatte sie durch die Krebstherapien alle Haare verloren. Sie wog weniger als achtzig Pfund. Aber das Einzige, was ich sehen konnte, war ihre Schönheit.«

Esther verdaute meine Worte. »Ich danke Ihnen.«

Ein paar Minuten später bremste ich ab und bog dann in

172

südlicher Richtung von der Schnellstraße ab auf eine andere zweispurige Straße.

»Sind wir schon in Magna?«

»Fast.«

Sie holte tief Luft. »Sie müssen sich Thomas für mich ganz genau ansehen, damit Sie mir später alles über ihn erzählen können. Er ist so ein attraktiver Mann. Sein Haar war wunderschön. Es war lang und gewellt. Die Art Haar, die eine Frau gern berührt …«

In meinen Ohren klang sie eher wie ein liebeskranker Teenager und nicht wie eine alte Frau, und ich konnte mir ein Lächeln nicht verkneifen. Es freute mich, dass sie glücklich war.

»… Ich hoffe, er hat nicht sein ganzes Haar verloren. Natürlich würde mir das auch nichts ausmachen – wir sind schließlich keine jungen Hüpfer mehr –, aber ich hoffe, dass es immer noch lang ist … Auch wenn es sicher nicht mehr schwarz ist, sondern eher von einem wunderschönen Silberton.« Sie lachte in sich hinein. »Ich werde den Unterschied nicht bemerken. Sie könnten mir erzählen, dass sein Haar immer noch schwarz ist, und mir bliebe nichts anderes übrig, als Ihnen zu glauben. Ich frage mich, ob er mir erlauben wird, mit den Fingern hindurchzufahren. Das habe ich früher so gern getan.«

Ich bog nach Westen auf die Hauptstraße der Stadt ab und fuhr langsam durch den Staub, den der Wagen aufwühlte. Magna war eine kranke Stadt, und manche Leute glaubten, die Krankheit werde gewiss mit dem Tod enden. Mehr als die Hälfte der Gebäude, an denen wir vorbeikamen, war mit Brettern vernagelt und übersät mit Graffiti. Drei Häuserblocks westlich hielt ich an, um mir ein Straßenschild anzusehen, dann fuhr ich noch eine Straße weiter und bog schließlich in südlicher Richtung auf einen Asphaltweg, an dem sich ein Schlagloch an das nächste reihte. Während ich fuhr, hielt ich Ausschau nach den Hausnummern an den müden Gebäuden. Vor Thomas' Haus blieb ich stehen.

173

Es war klein und unterschied sich kaum von den anderen Häusern in der Straße. Alle diese Häuser waren fünfzig Jahre zuvor nach demselben Plan errichtet worden, mit denselben Werkzeugen und von derselben Baugesellschaft. Die Fenster und die Veranda lagen im Schutz von weißgrün gestreiften Metallmarkisen, und das einst strahlende Grün war dort, wo es ein halbes Jahrhundert lang den Elementen ausgesetzt gewesen war, zu einem trüben Olivton verblasst. Ich musste an Esthers Geschichte von dem Mädchen denken, das sie in dem Garten hatte spielen sehen. Der schmiedeeiserne Zaun stand noch. Er war alt, verrostet und überwuchert von Feuerdorn mit orangefarbenen Beeren. In der Mitte des Gartens stand ein kahler Zedrachbaum, in dessen Geäst ich ein verlassenes Vogelnest ausmachen konnte.

»Sind wir da?«, fragte Esther mit einem ängstlichen Beben in der Stimme.

»Das ist sein Haus, ja.« Einen Augenblick lang saßen wir einfach nur da, während Esther sich sammelte. »Sind Sie so weit?« Sie nickte.

»Ich werde zuerst klingeln«, schlug ich vor. »Nur um sicherzugehen, dass er da ist.«

Esther erhob keine Einwände, daher ging ich den abgenutzten Betonpfad hinauf, der zu der erhöhten, gemauerten Veranda führte, und drückte auf die Klingel. Eine Minute verstrich, ohne dass etwas passierte, daher schlug ich mit der Faust gegen die Holztür. Im nächsten Augenblick wurde die Tür von einer Frau geöffnet, die eine Generation älter war als ich selbst. Sie hatte ein hageres Gesicht und langes schwarzes Haar, das von grauen Strähnen durchzogen war. Sie trug eine große Designerbrille mit getönten Gläsern.

»Was kann ich für Sie tun?«, fragte sie mit dem schroffen Tonfall eines Menschen, der sich an seiner Haustür einem Vertreter gegenübersieht.

»Ist das das Haus von Thomas Ricorsi?«

»Ja«, antwortete sie vorsichtig.

»Mein Name ist Michael Keddington. Ich arbeite in einem Pflegeheim in Ogden. Eine unserer Bewohnerinnen war früher mit Mr Ricorsi befreundet. Sie hat von dem Tod seiner Frau gehört und würde ihm gern persönlich ihr Beileid aussprechen.«

Ihre Miene entspannte sich.

»Selbstverständlich.«

»Sind Sie seine Tochter?«

Sie nickte.

»Ich bin Kate.« Sie blickte über meine Schulter hinweg zur Straße. »Ist das die Frau, von der Sie sprachen? Die dort im Wagen sitzt?«

Ich nickte.

»Wer ist sie?«

»Sie heißt Esther Huish. Vielleicht hat Ihr Vater ihren Namen einmal erwähnt.«

»Nein. Tut mir leid. Aber ich lebe in Südkalifornien; ich bin nur zu Mums Beerdigung hergekommen.«

»Wenn Sie einverstanden sind, hole ich sie jetzt. Sie ist blind.«

Wieder sah sie zu dem Wagen hinüber. »Der Tod meiner Mutter hat meinen Vater ziemlich schwer getroffen. Sie sollte vielleicht nicht allzu lange bleiben.«

»Selbstverständlich. Vielen Dank. Dieser Besuch bedeutet viel für die alte Dame.«

Ich ging zurück zum Gehsteig. Als ich die Beifahrertür öffnete, zuckte Esther zusammen. »Haben Sie ihn gesehen? Ist er an der Tür?«

»Seine Tochter hat aufgemacht. Sie sagte, es sei in Ordnung, wenn wir kurz bei ihm hereinschauen.«

Esther begann, die Hände zu ringen. »Sehe ich präsentabel aus?«

»Ich hoffe, ich sehe einmal genauso gut aus, wenn ich die Achtzig erreiche«, erwiderte ich. »Kommen Sie, ich helfe Ihnen beim Aussteigen.«

175

Ich ergriff ihren Arm und führte sie über den Gehweg zur Veranda, während die Frau uns die Tür aufhielt.

»Esther, das ist Thomas' Tochter, Kate.«

»Hallo, Kate.«

»Mrs Huish.«

Esther blieb neben der Frau stehen. »Haben Sie noch Geschwister, Kate?«

»Nein. Ich war das einzige Kind.«

»Haben Sie immer noch schwarzes Haar?«

»Was davon übrig geblieben ist.«

»Wir sind uns einmal begegnet«, sagte Esther. »Aber Sie werden sich nicht daran erinnern. Sie waren noch ein kleines Mädchen.«

»Tut mir leid, aber ich erinnere mich wirklich nicht.«

Als wir den Raum betraten, bemerkte Kate beiläufig: »Esther ist übrigens mein zweiter Name.«

Im Wohnzimmer war es ziemlich düster, da vor den Fenstern üppige, golddurchwirkte Gardinen mit goldenen Quasten hingen. In der Mitte des Raums stand eine nierenförmige, samtbezogene Couch vor zwei zusammenpassenden, alten Couchtischen, die mit katholischen Ikonen geschmückt waren. An der gegenüberliegenden Wand hing ein gerahmter Goldblattdruck der Madonna mit bloßgelegtem Herzen. In dem Raum roch es nach Basilikum aus der angrenzenden Küche. Kate führte uns durch einen kurzen Flur in ein kleines Schlafzimmer gegenüber der Küche. Sie öffnete die Tür, und ich sah einen Mann unter einer ockerfarbenen Wolldecke im Bett liegen. Er hatte viel von seinem Haar verloren, und die weißen Strähnen, die davon übrig geblieben waren, waren ungekämmt. Seine von der Sonne gezeichnete Haut war olivfarben. Er war unrasiert, auf seinem Kinn spross ein weißer Stoppelbart. Er hatte die Augen geschlossen.

Kate sprach ihn mit lauter Stimme an. »Papa, du hast Besuch.«

Der Mann öffnete langsam die Augen. »Hm?«

»Du hast Besuch. Eine Freundin von dir. Esther Huish ist ihr Name.«

Ich führte Esther zu dem Bett.

»Martha?«, stieß er kehlig hervor.

Die Frau hockte sich neben ihren Vater. »Papa, das ist nicht Mama. Das ist eine Freundin von dir.«

Er wirkte verwirrt. »Wo ist Martha?«

Die Frau blickte zu mir hinüber, als wolle sie sagen: »Sehen Sie, wie die Dinge stehen?« »Papa, das ist Esther. Esther Huish.«

Der Mann reagierte nicht.

»Dürfte ich wohl einen Augenblick mit ihm allein sein?«, bat Esther.

Wir verließen den Raum, und Kate kehrte in die Küche zurück, während ich in der Nähe der Schlafzimmertür blieb. Aus der Küche hörte ich das Geräusch eines Metalllöffels, mit dem ein Topf ausgekratzt wurde.

Esther kniete neben dem Bett nieder und tastete mit zitternden Händen über die Decke, bis sie Thomas berührte. Zuerst begnügte sie sich damit, ihn einfach nur zu spüren, ohne zu sprechen. Sie liebkoste sanft sein Gesicht und kostete die Zärtlichkeit, auf die sie so lange gewartet hatte, mit allen Sinnen aus. »Thomas. Ich bin es, Esther.«

Er sah ihr mit leeren Augen ins Gesicht. »Wo ist Martha?«

»Sie ist nicht mehr da, Thomas. Sie ist tot.«

»Tot?«

»Thomas, ich bin es, Esther.«

Er schwieg einen Augenblick lang, und ich betete inbrünstig, dass seine Erinnerung zurückkehren würde – dass ein winziges Aufflackern des Erkennens in seine Züge treten möge. Dann brüllte er plötzlich: »Ich kenne Sie nicht.«

Daraufhin öffnete ich leise die Tür. Esther tastete den Körper des Mannes ab, bis sie seine Hand fand und in ihre nahm. Sie hob sie hoch und drückte sie an ihre Wange.

»Thomas, ich bin es, Esther … dein Liebling, Esther.«

177

Der Mann sagte nichts, dann drehte er sich auf die Seite und begann, leise vor sich hin zu murmeln. Eine Träne rann über Esthers Wange, dann begann sie am ganzen Körper zu zittern. Sie ließ den Kopf auf das Bett sinken und sagte mit leiser, trauererfüllter Stimme: »Ich habe ein ganzes Leben auf dich gewartet, Thomas. Ich habe ein ganzes Leben gewartet.«

Ich konnte die Szene nicht länger ertragen. Ich ging hinein, hockte mich neben sie und legte ihr einen Arm um die Schultern. »Esther, lassen Sie uns gehen.«

Der Mann rollte sich, zusammenhanglos vor sich hin stammelnd, zu uns herum.

Esther rührte sich nicht, und ich drückte sie noch fester an mich. »Lassen Sie uns gehen, Esther. Wir kommen zu einem besseren Zeitpunkt noch einmal her. Morgen. Wir kommen morgen nochmal her.«

Ihr gebrechlicher Körper bebte in meinem Arm. Zuerst konnte sie nicht sprechen, und als es ihr endlich gelang, klang ihre Stimme schwach und hoffnungslos. »Ich habe kein Morgen mehr.«

Ich wusste nicht, was ich sagen sollte. Wahrscheinlich gab es einfach nichts zu sagen. Esther ließ sich an meine Schulter sinken und weinte.

## 19

### WINTER IM ARKADIEN

*Der Winter ist eine schwierige Zeit in Betheltown.
Aber ich glaube, es ist Gottes Absicht, dass wir die Kälte
des Winters erleiden, damit wir die Wärme des Frühlings
zu schätzen wissen.*

*Auszug aus Esther Huishs Tagebuch*

Ich habe Bäume sterben sehen, große gesunde Bäume mit grünen Blättern, deren Wurzeln ohne erkennbaren Grund einfach eingingen und das Leben, das sie einst nährten, mit sich nahmen. Ich nehme an, irgendwo zwischen Thomas' Haus und dem Pflegeheim hatte Esther beschlossen zu sterben – oder genauer gesagt, beschlossen, dass sie mit dem Leben fertig war. Wir wechselten auf der Rückfahrt kein einziges Wort, und als wir im Canyon ankamen, war es bereits dunkel. Ich half Esther in ihr Zimmer hinauf, und sie brach auf ihrem Bett zusammen.

In der nächsten Woche ging ich, wann immer die Arbeit es zuließ, zu ihr hinein, aber unsere Gespräche waren – ebenso wie die Frau, mit der ich sprach – nur noch ein Abglanz ihrer selbst. Mit jedem Tag schwand Esther ein wenig weiter dahin, als hätte ihr Leben ein Leck bekommen, das sie mit dem Heraufdämmern eines jeden Abends weniger werden ließ. Esther saß nicht länger in ihrem Sessel, sondern lag bewegungslos in ihrem Bett. An jedem Abend in dieser Woche ging ich nach der Arbeit zu ihr hinein und setzte mich in ihren Sessel, und manchmal redeten wir, aber meistens herrschten Schweigen und Melancholie. Es gab keine Spaziergänge mehr, und ich bezweifle, dass ich sie zu irgendwelchen Aktivitäten hätte überreden können, selbst wenn ich es übers Herz gebracht hätte, es zu versuchen. Es waren böse Tage, so knapp an Freude wie an Hoffnung. Aber Esther hatte keinen alleinigen Anspruch auf Verzweiflung. Während die Zeit verstrich, schwand auch mein Vertrauen in Faye, und mit jedem neuen Tag der Trennung fühlte ich mich einsamer und verbarg mich hinter einer schützenden Fassade des Zorns.

Es war schon spät am nächsten Freitagabend, als mir auffiel, dass Esthers Medallion nicht mehr da war. Ich hatte bis zehn Uhr Dienst gehabt und war am Ende meiner Schicht zu ihr hinaufgegangen.

»Ist die Schließe an Ihrem Medaillon wieder verbogen?«, fragte ich sie sanft.

»Ich habe es abgenommen.« Ich erwartete keine Erklärung. Ihre Brust hob und senkte sich unter ihren flachen Atemzügen. »Würden Sie mir bitte ein Glas Wasser holen?«

»Natürlich.«

Ich ging ins Badezimmer und kam mit ihrem Wasser zurück. Ich musste sie von ihrem Kissen heben, während ich ihr den Papierbecher an die Lippen hielt. Sie trank ein wenig, dann legte sie sich wieder nieder. »Haben Sie von Faye gehört?«

»Nein. Ich kann nur hoffen, dass sie immer noch versucht, zu einer Entscheidung zu kommen. Obwohl ich langsam fürchte, dass sie es bereits getan hat.«

»Ich könnte mir vorstellen, dass sie sehr beschäftigt ist«, sagte Esther barmherzig. Es folgte ein längeres Schweigen. »Glauben Sie, dass man in biblischen Zeiten den Leprakolonien Namen gegeben hat?«

»Darüber habe ich noch nie nachgedacht. Aber ich denke doch. Warum?«

»Man gibt diesen Heimen Namen, die sie wie kleine Paradiese erscheinen lassen. Arkadien, Eleusische Hügel, Grüne Weiden, Goldener Abend. Stattdessen sollte man sie ganz anders benennen, wie Last Stop oder Death Valley. Orte, die wir aufsuchen, um zu sterben.«

Ich griff nach ihrer Hand und schloss die Augen. Esther sprach weiter, mit einer Stimme, die heiser war vor Trauer. »Es gibt keinen Unterschied zwischen diesem Ort und einer Leprakolonie. Wir versammeln alle Menschen mit ähnlichen Gebrechen, damit sie ungesehen sterben können. Nur dass das Alter beängstigender ist als die Lepra. Es ist ein Gebrechen, dem wir alle uns stellen müssen.« Ihre Stimme wurde schroff. »Bedauern Sie mich nicht. Bedauern Sie sich selbst. Die jungen Menschen haben zu viel Angst. Sie klammern sich so fest an ihr Leben, dass sie alle Freude aus ihrer Existenz herauspressen.« Sie schloss die Augen und schwieg, und ich konnte sie schlucken hören. »Mitleid ist etwas Jämmerliches.«

Das war das Letzte, was sie sagte, bevor sie einschlief.

Ich weiß nicht, wie spät es war, aber als ich einige Wochen später gezwungen war, mich an die Ereignisse jenes Abends zu erinnern, schätzte ich, dass es wahrscheinlich nach Mitternacht war, als ich endlich ihr Zimmer verließ und die Treppe hinunterging.

Das Arkadien war dunkel und still bis auf das Summen eines Kühlschranks für Medikamente und das heiße Atmen der Heizungsrohre. Als ich über den Treppenabsatz im ersten Stock ging, hörte ich ein merkwürdiges Geräusch, einen scharfen Aufschrei, der wie das Heulen eines Tieres klang. Das Geräusch wiederholte sich, und ich folgte ihm bis in Henris Zimmer, dessen Tür ich langsam aufzog.

In dem Zimmer stand Alice vor Henris Bett, das Gesicht dunkelrot angelaufen, die Hände um seine Krücke gelegt. Henri keuchte zwischen zwei Hustenanfällen. Ich war seit der Silvesternacht nicht mehr mit Alice allein gewesen; wir waren uns bei unserer Arbeit zwar zwangsläufig begegnet, aber sie hatte keinerlei Anstrengungen unternommen, ihren Zorn zu verbergen. Einmal hatte ich versucht, mit ihr über jene Nacht zu sprechen, aber sie hatte mir unmissverständlich klargemacht, dass sie nicht zuhören würde. Daher hatte ich mich mit dem Ende unserer freundschaftlichen Beziehung abgefunden. Jetzt erwartete ich das Schlimmste von dieser neuerlichen Begegnung. Stattdessen sah sie mich mit ängstlichen, leuchtenden Augen an.

»Was machst du da?«, fragte ich.

»Nichts.«

Ich sah mich in dem Raum um, fand aber keine Erklärung für das Geräusch, dem ich gefolgt war.

»Was war das für ein Geräusch?«

»Wovon redest du?«

»Es klang wie ein Schrei.«

Sie lehnte die Krücke wieder an das Bett. »Das war nur Henri. Er hat gestöhnt, weil er seine Medizin nicht nehmen wollte.« Genau in diesem Augenblick befiel ein heftiger, unkontrollierter Hustenkrampf den alten Mann. Alice' Stimme wurde sanft, beinahe unterwürfig. »Es hört sich so an, als würde es schlimmer mit ihm. Du scheinst der Einzige zu sein, der ihn dazu bringen kann, seine Hustenmedizin zu nehmen. Was ist dein Geheimnis?«

»Er nimmt sie nicht immer«, sagte ich.

Alice zog dem alten Mann die Decke bis zum Kinn hoch und trat von dem Bett zurück. »Dann müssen wir die Hustentropfen diesmal wohl einfach auslassen«, sagte sie leutselig. Wieder sah sie zu mir hinüber. »Ich dachte, du wärest nach Hause gegangen.«

»Ich war noch oben bei Esther.«

»Sie kann von Glück sagen, einen Freund wie dich zu haben.« Alice ging zur Tür und knipste das Licht aus. »Wir sehen uns dann am Montag.«

Ich fragte mich, was das Ganze zu bedeuten hatte.

## 20

### OGDEN'S FINEST

*Die Winde der Unterdrückung, die die Flamme der Freiheit
in einigen Menschen auslöschen, fachen bei anderen das
Feuer des Widerstands erst richtig an.*

*Auszug aus Esther Huishs Tagebuch*

Da ich am Wochenende selten arbeitete, waren die Samstage
und Sonntage besonders einsam, und ich suchte stets nach
Möglichkeiten, mir die Zeit zu vertreiben – weniger weil mir
eine Gefährtin fehlte, als um mich davon abzuhalten, über das
Fehlen meiner Gefährtin nachzudenken. Am Samstagmorgen
ließ ich das Frühstück aus, joggte fünf Meilen durch ver-
schneite Straßen und unternahm dann meinen wöchentlichen
Ausflug in den Waschsalon. Während meine Wäsche unter
einer vibrierenden Reihe von Münzenstapeln im Trockner
herumgewirbelt wurde, blätterte ich den *Esquire* durch. Nachdem ich meine Sachen zusammengefaltet hatte, kehrte ich
nach Hause zurück und hatte mich gerade zur Übertragung
eines Basketballspiels der Collegeliga vor den Fernseher gesetzt, als es klingelte. Ich öffnete die Tür, und vor mir stand
ein Mann, der nicht viel älter war als ich selbst, stämmig und
gut gebaut und bekleidet mit einer Levi's und einem beigefar-
benen Polohemd unter einem Skianorak. Er trug eine Base-
ballkappe von den Cubs, und seine Augen waren hinter einer
Sonnenbrille mit Ebenholzrahmen fast unsichtbar.
»Michael Keddington?« – »Ja.«

»Ich bin Detective Kinkaid vom Ogden Police Department. Ich würde Ihnen gern ein paar Fragen stellen.«

Ich sah ihn erstaunt an.

»Worum geht es denn?«

»Es geht um Henri McCord.«

Der Name sagte mir nichts. »Ich weiß nicht, wer das ist.«

»Sie arbeiten im Pflegeheim Arkadien?«

»Ja, Sir.«

»Dann sollten Sie ihn kennen«, sagte er barsch. »Er war einer Ihrer Patienten.«

Plötzlich begriff ich, wovon mein Besucher redete. Für mich war der alte Mann immer nur »Henri« gewesen.

»Was soll das heißen, ›er war einer meiner Patienten‹?«

»Genau darum geht es. Darf ich hereinkommen?«

Ich trat von der Tür zurück und zeigte auf das Sofa. »Nehmen Sie Platz.«

Der Detective trat ein und setzte sich auf das Sofa. Er verstaute seine Brille in seiner Manteltasche, dann zog er auch die Jacke aus.

»Was wissen Sie über Mr McCord?«

»Sie meinen, über ihn persönlich?«

Er nickte.

»Nicht viel. Er redet nicht. Nie. In letzter Zeit war er sehr krank, und er hat nicht gut auf die Antibiotika angesprochen.«

»Sie verabreichen ihm seine Medikamente?«

»Normalerweise nicht. Im Allgemeinen arbeite ich im zweiten Stock. Aber von Zeit zu Zeit helfe ich bei seiner Versorgung aus. Warum fragen Sie das?«

»Henri McCord ist heute Morgen gestorben.«

Ich runzelte die Stirn. »Tut mir leid, das zu hören. Ich war gestern Abend noch ziemlich spät in seinem Zimmer.«

Er hustete stark. Die Tatsache, dass er das Rauchen nicht aufgeben wollte, hat die Sache nicht gerade besser gemacht.«

»Wie spät war es ungefähr, als Sie ihn das letzte Mal sahen?«

»Gegen Mitternacht.«

Kinkaid notierte sich etwas auf einem Block. »Was wissen Sie sonst noch über Mr McCord?«

»Warum sollte die Polizei sich für seinen Tod interessieren? Er war alt. So etwas kommt einfach vor.«

»Nicht auf diese Weise«, antwortete er rätselhaft. »Um wie viel Uhr haben Sie das Heim gestern Abend verlassen?«

»Gegen Mitternacht. Ich bin auf dem Weg nach draußen bei Henri vorbeigegangen.«

Wieder schrieb er etwas in seinen Block, dann stand er auf. »Das ist alles, was ich für den Augenblick wissen wollte. Vielen Dank.« An der Tür fragte er: »Sie haben nicht die Absicht, die Stadt zu verlassen, oder?«

»Nein. Warum?«

»Ich werde mich wahrscheinlich wieder bei Ihnen melden.«

Ich wandte mich wieder dem Spiel zu, und in der Halbzeit hatte ich den Besuch schon fast vergessen.

Der Sonntag war eine Wiederholung der Samstagslangeweile. Ich blieb lange auf, um mir einen Schwarz-Weiß-Film von Hitchcock anzusehen, und schlief schließlich vor dem Fernseher ein. Am nächsten Morgen wachte ich erst spät auf und zog mich gerade in aller Eile zur Arbeit an, als es an der Tür klingelte. Detective Kinkaid, derselbe Mann, der am Samstag bei mir gewesen war, stand auch diesmal auf der Schwelle. An diesem Morgen trug er eine Krawatte, einen marineblauen Sportmantel und eine verspiegelte Fliegerbrille mit dunklen Gläsern. In der Einfahrt stand ein metallicblauer Streifenwagen mit einem uniformierten Polizeibeamten am Steuer.

»Mr Keddington, ich habe noch ein paar Fragen an Sie. Ich möchte Sie bitten, mich aufs Polizeirevier zu begleiten.«

Ich warf einen Blick auf meine Armbanduhr. »Ich kann jetzt nicht, ich bin auf dem Weg zur Arbeit.«

Er sah mich nachdenklich an, und ich verkrampfte mich plötzlich. »Wenn es so wichtig ist, dann fragen Sie doch einfach gleich jetzt.«

»Ich habe bereits Kontakt zu Ihrer Chefin aufgenommen. Sie weiß, dass Sie nicht zur Arbeit erscheinen werden.«

»Was soll das heißen, ich werde nicht zur Arbeit erscheinen? Was geht hier vor?«

Kinkaid antwortete mir mit leidenschaftsloser Stimme. »Henri McCord ist an den Folgen schwerer körperlicher Misshandlungen gestorben. Eine Zeugin hat Sie als seinen Peiniger identifiziert.«

Mein Herz krampfte sich zusammen. »Wer hat Ihnen das erzählt?«

Er sah mich argwöhnisch an. »Warum interessiert Sie das?«

»Warum sollte es mich nicht interessieren?«, stammelte ich.

Er trat einen Schritt zurück. »Lassen Sie uns gehen.«

Ich blickte zur Einfahrt hinunter. »Ich nehme meinen eigenen Wagen.«

»Wir nehmen unseren«, widersprach er bestimmt.

Ich hatte schon einmal auf der Rückbank eines Streifenwagens gesessen. Ich war noch ein Kind gewesen, als mein Vater wegen Trunkenheit und Widerstand gegen die Staatsgewalt festgenommen wurde und die Polizei mich nach Hause fuhr. Auch damals hatte ich Angst.

Auf dem Polizeirevier herrschte der übliche Trubel, den jedes Wochenende mit sich brachte, und auf dem Weg zum Befragungsraum im hinteren Teil des Gebäudes kamen wir an einer Reihe von Zellen vorbei. Eine Wand war ganz mit Spiegeln ausgekleidet, und ich fragte mich, ob vielleicht eine versteckte Videokamera dahinter die Vorgänge dort aufzeichnete.

Kinkaid reckte sich kurz, dann zog er aus der Tasche eine Karte, von der er vorlas: »Mr Keddington, Sie haben das Recht, zu schweigen. Alles, was Sie sagen, kann und wird vor Gericht gegen Sie verwendet werden. Sie haben das Recht, mit einem Anwalt zu sprechen und auf seiner Anwesenheit während Ihres Verhörs zu bestehen. Wenn Sie sich keinen Anwalt leisten können, wird das Gericht jemanden bestellen, der Sie vertritt, bevor Sie befragt werden, falls Sie das wünschen sollten. Sie können diese Rechte jederzeit geltend machen, die Antwort auf jede Frage und jede Aussage verweigern. Haben Sie verstanden, welche Rechte Ihnen nach meiner Erklärung zustehen?«

»Verhaften Sie mich?«

»Es geht hier nur darum, Missverständnisse zu vermeiden, für den Fall, dass Sie verhaftet werden. Verstehen Sie, was ich Ihnen gerade vorgelesen habe?«

»Für den Fall, dass ich verhaftet werde?«, fragte ich ungläubig.

»Verstehen Sie, was ich Ihnen gerade vorgelesen habe?«, wiederholte er.

Ich nickte widerstrebend, und Kinkaid beugte sich auf seinem Stuhl vor. »Was wissen Sie über den gewaltsamen Tod von Henri McCord?«

»Ich weiß gar nichts darüber.«

»Sie haben zugegeben, dass Sie Henri nach Mitternacht noch gesehen haben, und wollen nichts darüber wissen?«

»Nein. Es muss passiert sein, nachdem ich gegangen war.«

Er legte den Kopf schräg. »Und Sie haben nichts gehört oder gesehen?«

Plötzlich erinnerte ich mich an meinen Aufbruch aus dem Heim. »Ich habe, als ich an diesem Abend wegging, tatsächlich ein merkwürdiges Geräusch aus Henris Zimmer gehört.«

»Was für eine Art Geräusch?«

»Eine Art Heulen. Wie ein Hund es ausstößt, wenn man ihm auf die Pfote tritt.«

»Sind Sie der Sache nachgegangen?«

»Ich habe in sein Zimmer gesehen, aber es war bereits eine andere Pflegerin bei ihm. Sie versuchte gerade, ihm seine Hustenmedizin zu verabreichen. Deshalb bin ich gegangen.«

Er sah mich skeptisch an. »... dann haben Sie von dem Zwischenfall also Meldung gemacht.«

»Es gab keinen Zwischenfall zu melden.«

Seine Miene hellte sich immer noch nicht auf. »Konsumieren Sie illegale Drogen, Mr Keddington?«

»Was hat das denn mit der Sache zu tun?«

»Möglicherweise eine ganze Menge.«

»Nein, das tue ich nicht.«

»Verkaufen oder vertreiben Sie Drogen?«

Ich war entrüstet. »Nein.«

Kinkaid lehnte sich auf seinem Stuhl zurück, plötzlich sehr distanziert und nüchtern. »Wir haben gestern Ihren Spind im Arkadien durchsucht und mehrere gestohlene Flaschen mit einem verschreibungspflichtigen Medikament gefunden. Einige Kapseln aus den Flaschen befanden sich in der Tasche Ihres Arbeitskittels.«

Die Anklage schockierte mich, und ich spürte, wie ich rot anlief.

»Ich habe keine Ahnung, wie irgendwelche Medikamente dort hingekommen sein können.«

»Eine der Pflegerinnen hat uns erzählt, dass es Probleme wegen verschwundener Medikamente gab.«

»Wer hat das gesagt?«

»Warum ist das wichtig?«

Wenn es je darum ging, mich zu belasten, dann nahm ich dem Detective weiß Gott eine Menge Arbeit ab.

»Alice überwacht die Ausgabe sämtlicher Medikamente im Arkadien«, erklärte ich. »Sie ist die Einzige, die einen Schlüssel zum Medizinschrank hat.« Plötzlich wurde mir alles klar. »Alice. Es ist Alice, die mich beschuldigt.«

Kinkaid legte den Kopf zur Seite, als dächte er über die verschiedenen Möglichkeiten nach, die er jetzt hatte, dann öffnete er seine Schreibtischschublade, nahm ein Formular heraus und begann zu schreiben. Nach etwa einer Minute blickte er wieder auf. »Ich verhafte Sie hiermit aufgrund hinreichenden Tatverdachts in einem Mordfall. In Kürze werde ich Sie nach unten bringen, um Sie in Untersuchungshaft zu überstellen. Zu diesem Zeitpunkt dürfen Sie Telefonanrufe tä-

188

tigen, falls Sie dies wünschen. Haben Sie noch irgendwelche Fragen?«

Meine Kehle war wie zugeschnürt. »Wie können Sie glauben, dass ich das getan habe?«

»Es gibt hinreichende Beweise dafür, dass Sie der Schuldige sind.«

»Ich muss mit einem Anwalt sprechen.«

»Sie können von unten anrufen, nachdem Sie ins Untersuchungsgefängnis überstellt worden sind. Haben Sie einen Anwalt?«

»Nein.«

»Wenn Sie sich keinen Anwalt leisten können, wird der Richter Ihnen bei Ihrer Vernehmung zur Anklageerhebung einen öffentlichen Strafverteidiger zuweisen.«

»Wann wird das sein?«

»Morgen früh. Dann können Sie auch Kontakt zu einem Bürgen aufnehmen und Kaution beantragen.«

»Muss ich die Nacht im Gefängnis verbringen?«

Er stand auf und griff nach einem Paar Handschellen.

»So ist es. Erheben Sie sich jetzt bitte und legen Sie die Hände auf den Rücken.«

»Ich kann nicht glauben, dass das wirklich passiert.«

»Ein paar Tage im Gefängnis werden das bestimmt ändern.«

# 21

## DER ALBTRAUM

*Selbst der schrecklichste Albtraum birgt das Versprechen einer Morgendämmerung.*

Auszug aus Esther Huishs Tagebuch

Im Keller des Polizeireviers wurden meine Finger über eine große, mit Tinte bestrichene Glasplatte gerollt und auf die erforderlichen Formulare gedrückt, und das alles auf eine Art und Weise, als wären sie nicht mit dem Rest meines Körpers verbunden. Meine Kleider wurden gegen einen einteiligen blauen Sträflingsoverall vertauscht, und man führte mich in eine Zelle. In einer kurzen Momentaufnahme meiner Zwangslage, als meine Gedanken frei genug von Panik waren, um meine Situation zu erfassen, fragte ich mich, was Faye wohl denken würde, wenn sie mich in dieser Aufmachung sehen könnte. In meiner Verzweiflung glaubte ich nicht, dass es ihr überhaupt etwas ausmachen würde.

Am nächsten Morgen wurde ich um sieben Uhr geweckt und zusammen mit den übrigen neuen Insassen zu einem kalten Frühstück in die Cafeteria geführt. Man gab uns fünfzehn Minuten, um zu essen, dann kettete man uns mit Fesseln um die Hüften und die Knöchel zusammen und band uns mit Ausnahme von einigen der aufsässigeren Insassen die Hände vor den Bauch. Außer mir gab es noch einundzwanzig weitere Häftlinge, die kurz darauf durch einen gefliesten unterirdischen Gang in einen langen, breiten Korridor geführt wurden,

190

wo wir auf unsere Vernehmung zur Anklageerhebung warten sollten. Von der anderen Seite der Halle wurde eine größere Gruppe von Männern in denselben Raum gebracht. Sie waren auf ähnliche Weise gefesselt wie wir, trugen aber die leuchtend orangefarbenen Overalls von Straffälligen, die eines minderen Vergehens beschuldigt wurden.

Ein dicker Richter mit Mondgesicht verlas mit der Nüchternheit eines Büroangestellten meine Anklage. Ich wurde eines Schwerverbrechens bezichtigt, und der Mann ging automatisch davon aus, dass ich auf nicht schuldig plädieren würde. Dann fragte er mich, ob ich mir eine juristische Vertretung leisten könne. Als ich die Frage verneinte, wurde der Liste mit meinen persönlichen und finanziellen Besitztümern eine eidesstattliche Erklärung beigelegt; dann wies man mir eine Strafverteidigerin zu, und ich bekam einen Termin für den nächsten Montag. Meine Kaution wurde auf fünfundsiebzigtausend Dollar festgesetzt. Es hätte ebenso gut eine Million sein können. Man gestattete mir, einen Bürgen anzurufen, einen kurz angebundenen Iraner, der die Bürgschaft für eine so beträchtliche Summe ablehnte, und ich wurde wieder in den Zellenblock geführt. Ich hatte zu viele Filme von Menschen gesehen, die beim Mittagessen verhaftet und vor dem Abendessen auf Kaution wieder freigelassen wurden. Vielleicht läuft es so, wenn man draußen Freunde hat.

Die nächsten sechs Tage verstrichen in einem erschreckenden Nebel. Am Montag wurde ich wieder vor einen Richter gestellt. Diesmal war eine Frau dabei mit Rehaugen und glattem, aschblondem Haar. Sie trug einen blaugoldenen Seidenschal um den Hals und ein rotes, wollenes Kostüm. Sie war dünn, aber ihr Bauch wölbte sich leicht vor, sodass man auf eine Schwangerschaft tippen, aber sich doch nicht ganz sicher sein konnte. Ihre Nase war gerötet, als hätte sie einen Schnupfen, und ich bemerkte ein zusammengeknülltes Taschentuch, das aus ihrer Manteltasche hervorlugte. Ich fand, dass sie für eine Anwältin zu jung wirkte.

Als der Richter die erforderlichen Formalitäten verlesen hatte, durfte ich beiseitetreten, um mich mit meiner neuen Verteidigerin zu beraten. Lächelnd hielt sie mir die Hand hin.

»Hallo, Michael, ich bin Amanda. Man hat mich Ihnen als öffentliche Strafverteidigerin zugewiesen.«

Es war das erste Mal seit Tagen, dass ich mit einem Menschen sprach, der mich nicht unverzüglich zu hassen oder zu fürchten schien. Sie berührte mich beruhigend am Arm, dann senkte sie den Blick, um meine Akte durchzusehen. »Sie sitzen wohl ein bisschen in der Klemme, wie?«

»Ein bisschen dürfte ziemlich untertrieben sein.«

»Mord und als Zugabe Drogenbesitz.«

Ich sah mich in dem Raum um. »Können Sie mich aus dem Gefängnis herausholen?«

»Haben Sie versucht, einen Kautionsantrag zu stellen?«

»Ich habe nicht genug Sicherheiten.«

»Ich nehme an, wir könnten es mit einer Freilassung bis zur Hauptverhandlung versuchen. Welche Referenzen haben Sie?«

»Wie meinen Sie das?«

»Das Gericht wird eine gewisse Sicherheit haben wollen, dass Sie nicht aus der Stadt flüchten. Haben Sie Familie am Ort?«

»Nein.«

»Wie sieht es mit Freunden aus?«

Ich hatte alle Mühe, mich auf einen einzigen Namen zu besinnen. »Da wäre eine alte Frau in dem Pflegeheim, in dem ich gearbeitet habe.«

Amanda runzelte die Stirn, dann sah sie noch einmal in meine Akte. »Aus Ihren Unterlagen geht hervor, dass Sie keine früheren Vorstrafen haben. Was haben Sie gemacht, bevor Sie in dem Pflegeheim angefangen haben?«

»Ich habe meine Mutter gepflegt, die an Krebs starb. Davor habe ich ein Jahr lang das College besucht. Ich war Stipendiat. Und vor ein paar Tagen habe ich das Präsidentschaftsstipendium der Universität von Utah zugesprochen bekommen.«

»Herzlichen Glückwunsch«, sagte sie. Ich wäre unter den gegebenen Umständen niemals auf den Gedanken gekommen, etwas Derartiges zu sagen, und dieser kleine Zwischenfall machte mir schmerzlich bewusst, wie groß die Kluft zwischen dieser Frau und mir war. Sie konnte gehen, wann immer sie wollte.

»Wenn Sie irgendetwas tun können, um mich hier herauszuholen, dann tun Sie es bitte.«

Sie sah mich mitfühlend an und biss sich auf die Unterlippe. »Präsidentschaftsstipendium? Vielleicht haben wir doch eine Chance auf eine vorübergehende Haftverschonung.« Sie wandte sich von mir ab, plötzlich tief in Gedanken versunken.

Ich rief ihr nach: »Entschuldigen Sie bitte. Wann sehe ich Sie wieder?«

Sie drehte sich noch einmal um. »Oh, tut mir leid. Ich melde mich im Lauf des Tages noch einmal bei Ihnen.«

Zu einer späten Stunde am Nachmittag dieses Tages kam ein Polizeibeamter zu mir. Ich bekam meine Kleider zurück und wurde entlassen. Insgesamt hatte ich acht Tage in Haft verbracht. Ich rief mir ein Taxi und kam gegen sieben Uhr zu Hause an. Die Milch, die ich auf dem Tisch hatte stehen lassen, war sauer geworden. Ich ließ das Abendessen aus und ging direkt zu Bett. An Schlaf war jedoch nicht zu denken. Selbst wenn ich gelegentlich einnickte, bot mir der Schlaf nur wenig Linderung, da meine Albträume mit dem Grauen meiner wachen Stunden wahrhaftig konkurrieren konnten. Ich träumte, ich befände mich in einem verdunkelten, geräumigen Salon, vor dessen Fenstern schwarze Seidenvorhänge hingen. Überall im Zimmer standen große Blumensträuße mit schwarzen Stängeln und schwarzen Blüten. Mir wurde schnell klar, dass ich in einer Reihe Trauernder stand, fremde Menschen, die alle schwarz gekleidet waren und sich einem Sarg näherten.

Der Sarg ruhte auf einem mit Leinen verhüllten Gestell und enthielt Henris zerschundenen Leichnam. Als ich näher kam, erkannte ich plötzlich, dass gar nicht Henri dort lag, sondern der leblose und verwüstete Körper meines Vaters, eine leer getrunkene Flasche neben sich. Voller Abscheu wollte ich mich abwenden, als die Leiche mich packte. Außerstande, mich aus seinem Griff zu befreien, wurde ich langsam in den Sarg gezerrt – und sein Deckel schloss sich über uns beiden.

Als ich keuchend erwachte, kämpfte ich wie ein Wilder, um mich von den Decken in meinem Bett zu befreien.

Am nächsten Morgen fuhr ich in aller Frühe in die Stadt, um Amanda aufzusuchen. Ich traf noch vor den Anwälten im Büro des öffentlichen Strafverteidigers ein, zusammen mit der Empfangsdame. Ich setzte mich hin und wartete. Während ohne Unterlass das Telefon klingelte, blätterte ich einige Ausgaben der *Popular Science* durch. Ein paar Minuten nach neun kam Amanda mit einem Zimtbrötchen und einem verschlossenen Styroporbecher herein. »Oh, hallo«, sagte sie zu mir. »Hatten wir einen Termin?«

»Tut mir leid, ich bin einfach hergekommen.«

Sie zeigte mit dem Kopf auf ihr Büro. »Gehen wir da rein.«

Amandas Schreibtisch und das ganze Büro waren übersät mit Aktenordnern und dicken Stapeln mit Unterlagen. Dazwischen starben einige wenige Beispiele der heimischen Flora an Vernachlässigung langsam vor sich hin. Außerdem hatte sie noch zwei Plastiktabletts mit Keksen in Reichweite stehen. Als wir den Raum betraten, klingelte das Telefon. Sie entschuldigte sich und nahm den Anruf entgegen, während ich mich weiter in dem kleinen Raum umsah, dessen Ausstattung so zusammengewürfelt wirkte.

Die Tapete war weiß und strukturiert wie Sackleinen. An der Wand hingen zwei gerahmte akademische Abschlüsse und darunter ein großes, ebenfalls gerahmtes Foto von Amanda in Cordshorts, Tanktop und Wanderstiefeln. Sie saß auf dem

194

Heck eines Pick-up mit einem Golden Retriever zu ihren Füßen. Jetzt legte sie den Hörer wieder auf die Gabel und griff nach einem Aktenordner, auf dessen Deckel mein Name geschrieben war.

»Vielen Dank, dass Sie mich rausgeholt haben«, sagte ich.

»Sie hatten Glück. Der Richter war gut gelaunt.«

»Sie sehen ziemlich jung aus. Wie lange sind Sie schon öffentliche Strafverteidigerin?«

»Im März werden es sechs Monate.«

»Wie lange waren Sie vorher Anwältin?«

»Gut sieben Monate.«

Ich runzelte die Stirn. »Haben Sie schon je einen Fall wie meinen vertreten?«

»Das kommt darauf an, was Sie mit einem Fall wie Ihrem meinen. Ich habe noch nie einen Fall von Missbrauch durch einen Pfleger bearbeitet, aber das ist nicht mein erster Mordfall.«

»Wie viele Mordfälle haben Sie schon gehabt?«

Ihre Antwort kam nur zögerlich. »Drei.«

»Haben Sie einen davon gewonnen?«, fragte ich rundheraus.

»Es ist nur einer vor Gericht gekommen. Die beiden anderen haben vor der Verhandlung ein Schuldbekenntnis abgelegt und dafür eine mildere Strafe bekommen.«

»Was ist mit dem Fall, der vor Gericht kam?«

»Die Geschworenen haben den Mann für schuldig befunden«, sagte sie widerstrebend. Ich ließ den Kopf in die Hände sinken.

»Falls es Sie interessieren sollte, ich war unter den Besten meines Jahrgangs.«

»Auf dem wievielten Platz waren Sie denn?«

Sie sah mich an, entgeistert über meine Skepsis. »Ich war unter den ersten zwanzig.«

»Tut mir leid. Ich hatte einfach auf jemanden gehofft, der viel Erfahrung mit dergleichen Dingen hat.«

»Ich verstehe. Es ist nur natürlich, dass Sie ängstlich sind.«
Sie legte die Akte wieder weg. »Ein paar Dinge sollten Sie wissen. Alles, was wir hier besprechen, fällt unter das Anwaltsgeheimnis, was bedeutet, dass ich nichts von dem, was Sie mir erzählen, weitergeben oder mit jemand anderem erörtern darf.«

»Dann fragen Sie mich doch, ob ich schuldig bin.«

Wieder klingelte das Telefon. »Einen Augenblick bitte.« Sie bestätigte einen Gerichtstermin mit einem Mandanten, dann legte sie auf. »Ich frage niemals einen Mandanten, ob er ein Verbrechen begangen hat oder nicht.«

»Warum nicht?«

»Die Geschworenen stellen nicht fest, ob Sie unschuldig sind, sie stellen fest, ob Sie nicht schuldig sind. Das ist nicht dasselbe. Dem Staat obliegt es, über jeden vernünftigen Zweifel hinaus zu beweisen, dass Sie schuldig sind. Wenn Sie mir sagen, dass Sie es getan haben – dass es Ihnen sogar Vergnügen bereitet hat, diesen Mann zu schlagen, und dass Sie es wahrscheinlich wieder tun werden –, dann wird es mir schwer fallen, die richtige Motivation aufzubringen, um Sie zu verteidigen.«

»Ich habe es nicht getan«, sagte ich.

Sie zeigte keinerlei Reaktion.

»Also, was kommt jetzt auf mich zu? Wie sieht das Prozedere aus?«

»In einer Woche gehen wir noch einmal zu einer Vorverhandlung vor Gericht, wo ein neutraler Richter feststellt, ob der Staat hinreichend Grund hat, Sie anzuklagen. Wenn er Ihren Fall nicht niederschlägt, werden Sie etwa eine Woche danach dem Bezirksrichter vorgeführt, der ein Datum für die Verhandlung festlegt.«

»Und wie lange dauert es, bis das passiert?«

»Für gewöhnlich neunzig bis hundertzwanzig Tage.«

Abermals unterbrach uns das Telefon, und Amanda lächelte mir entschuldigend zu, bevor sie den Hörer abnahm. Ich konnte nicht entscheiden, ob vier Monate gut oder schlecht für mich waren. Ich nahm einen Papierbeschwerer aus Acryl von ihrem Schreibtisch, in dem ein Skorpion eingeschlossen war, und betrachtete das Tier. Als sie den Hörer auflegte, klingelte das Telefon praktisch sofort wieder.

»Wie viele Fälle bearbeiten Sie zurzeit?«, fragte ich.

»Es sind im Augenblick genau einhundertundsechs.«

In dieser Nacht begann es wieder zu schneien, und am nächsten Tag wechselte der Schnee mit Sonnenschein ab.

Um zehn Uhr klingelte das Telefon. Es war eine Zeitungsreporterin vom *Ogden Herald Examiner*. Ich brauchte ein paar Sekunden, um zu begreifen, was sie sagte. Sie überprüfte lediglich ihre Fakten.

## 22

### DIE NACHWIRKUNGEN

*Wenn ich über das Elend nachdenke, das manche Menschen
ertragen müssen, scheinen mir meine Nöte töricht und
banal – eine Abfolge von Kämpfen, wie Don Quijote
sie hätte führen können. Für Gott sind sie vielleicht
alle Windmühlen.*

Auszug aus Esther Huishs Tagebuch

Der Artikel war denkbar winzig – eine einzige Spalte auf
Seite sechs im Regionalteil des *Herald Examiners* – aber was
die Auswirkungen dieser Meldung betraf, hätte es ebenso gut
eine Schlagzeile mitten auf der ersten Seite der *New York Times*
sein können.

ANKLAGE WEGEN TOTSCHLAGS IN PFLEGEHEIM
  Michael Keddington, ein zweiundzwanzig Jahre alter Mann
aus Ogden, wurde unter dem Verdacht verhaftet, im Pflegeheim Arkadien einen älteren Schwarzen zu Tode geprügelt zu
haben …

Ein Gutes hatte der Artikel. Zum ersten Mal seit meiner Verhaftung konnte ich den Ablauf der Ereignisse rekonstruieren,
die in jener Nacht zu Henris Tod geführt hatten. Als ich Esthers Zimmer verließ, hatte ich unzweifelhaft Henri schreien
gehört, als Alice ihn schlug, wahrscheinlich mit seiner eigenen
Krücke. Im Verlauf der Nacht war Henris Bronchitis, die sich

durch den Angriff noch verschärft hatte, so schlimm geworden, dass er ins Koma fiel und in aller Eile ins Krankenhaus gebracht wurde, begleitet von der Pflegerin, die für den ersten Stock verantwortlich war: Alice. Als die Ärzte Henri entkleideten, sahen sie die frischen Wunden, und aus Furcht vor Entdeckung hatte Alice mir die Schuld zugeschoben. Dann hatte sie, um ihre Behauptung zu stützen, Drogen in meinen Spind gelegt und mich abermals denunziert. Keine Furie der Hölle kommt einem verschmähten Weib gleich, heißt das Sprichwort. Erst da verstand ich, wie weit abgeschlagen die Hölle in diesem Vergleich ist.

Um zehn Uhr morgens spülten die ersten Wellen, die der Artikel geschlagen hatte, über mich hinweg. Das Telefon klingelte.

»Michael, hier ist Dekan Scott von der Universität.«

»Dr. Scott, wie schön, von Ihnen zu hören.«

Meine Reaktion bereitete ihm offenkundiges Unbehagen. »Ich fürchte, das werden Sie nicht mehr denken, wenn ich gesagt habe, was ich Ihnen sagen muss.«

»Stimmt etwas nicht?«

»Im Licht der jüngeren Entwicklungen ist es unerlässlich geworden, dass das Stipendienkomitee der Universität Ihr Stipendium zurückzieht.«

Diese Eröffnung traf mich. »Im Licht der jüngsten Entwicklungen? Sie meinen den Zeitungsartikel?«

»Ich meine die Anklage, die gegen Sie erhoben wird.«

»Aber ich bin nicht schuldig.«

»Um ganz offen zu sein, in Bezug auf dieses Stipendium ist die Frage Ihrer Schuld beinahe unerheblich.«

»Wie kann das sein?«

»Stellen Sie sich die Peinlichkeit vor, die es für unsere Einrichtung bedeuten würde, wenn wir eines unserer prestigereichsten Stipendien einem Kandidaten zusprechen würden, der wegen eines Kapitalverbrechens vor Gericht steht.«

Ich war sprachlos. »Wird man mir das Stipendium wieder zuerkennen, wenn ich freigesprochen werde?«

Die Antwort des Dekans kam nur zögerlich. »Das stellt uns vor ein Dilemma. Die Bestimmungen des Stipendiums schreiben vor, dass das Komitee bei einem unvorhergesehenen Zwischenfall wie diesem das Stipendium unverzüglich an den nächsten verfügbaren Kandidaten weitergeben muss.«

»Ich habe dieses Verbrechen nicht begangen.«

Er wusste nicht, was er sagen sollte. »Sie haben meine Telefonnummer. Rufen Sie mich an, wenn das hier vorbei ist, dann reden wir noch einmal darüber.«

»Aber Sie werden mir das Stipendium nicht geben können, nicht wahr?«

Wieder hörte ich das Zögern in seiner Stimme. »Wir werden reden.«

Ich war immer noch benommen von dem Anruf, als zwei Stunden später Amanda mit einem ledernen Portfolio über der Schulter auf meiner Schwelle erschien.

»Ich wusste gar nicht, dass Anwälte Hausbesuche machen.«

»Glauben Sie mir, das ist auch nicht üblich«, sagte sie leichthin. Sie klopfte den Schnee von ihrer Ledertasche. »Es hat neue Entwicklungen gegeben. Können wir reden?«

»Ich wollte mir gerade was zum Mittagessen machen. Haben Sie schon gegessen?«, fragte ich.

»Nein. Noch nicht. Aber ich möchte trotzdem nur etwas zu trinken.«

Sie setzte sich an den Küchentisch, während ich zum Kühlschrank ging.

»Ich hätte Cola da.«

»Genau das Richtige.«

Ich stellte die Dose auf den Tisch und holte ihr ein Glas. Sie riss die Lasche auf.

»Sie würden nicht glauben, was für Anrufe mir dieser Artikel im *Herald Examiner* beschert hat«, sagte sie, während sie sich die Cola einschenkte. »Wir können dankbar sein, dass der

200

Artikel nach Ihrer Entlassung gedruckt wurde. Der Richter hätte Sie sonst niemals gehen lassen.«

Ich stellte meine Schale auf den Tisch. »Das ist ja tröstlich«, erwiderte ich sarkastisch. »Wie kann der *Herald Examiner* etwas Derartiges drucken? Das klingt so, als wäre ich bereits verurteilt worden. Ist das nicht Rufmord?«

»Verleumdung«, korrigierte sie mich. »Und nein, das ist es nicht. Sobald Anklage erhoben wird, ist es eine Nachricht.« Sie unterstrich diese Erklärung, indem sie einen Schluck aus ihrem Glas nahm. »Die Beachtung durch die Medien hat das staatliche Gesundheitsministerium stark unter Druck gesetzt, und jetzt fahren sie schweres Geschütz auf. Es werden Köpfe rollen, und jeder ist darauf bedacht, seinen eigenen zu retten.«

»Welches Interesse hat denn das Gesundheitsministerium an der Sache?«

»Das ist die Körperschaft, die das Arkadien akkreditiert hat. Durch diesen Zwischenfall gerät sie in ein schlechtes Licht, und sie setzt sich der Gefahr einer Zivilklage aus. Natürlich könnte auch dem Arkadien ein Prozess drohen, falls die ganze Angelegenheit nicht mit einer Verurteilung abgeschlossen werden kann.« Sie goss den Rest der Cola in das Glas. »Um ehrlich zu sein, es kümmert niemanden, wer verurteilt wird, solange nur überhaupt jemand verurteilt wird, und das bald.«

»Wie stehen meine Chancen?«

Sie legte die Stirn in Falten. »Wenn es zu einem Prozess kommt, dann ist es bestenfalls ein Glücksspiel. Trotz all der schönen Worte, dass ein Angeklagter bis zum Beweis seiner Schuld als unschuldig zu gelten hat, sieht die Wahrheit so aus, dass die Geschworenen immer eher dazu neigen, den Angeklagten für schuldig zu befinden. Verstehen Sie das? Die Leute denken: Wenn dieser Bursche es nicht gewesen ist, warum ist er dann hier? Außerdem kommen in Ihrem Fall noch einige Besonderheiten hinzu. Die Tochter des Leiters der Abteilung Pflege im Ministerium beschuldigt Sie – einen relativen Neuling in dem Pflegeheim – der Misshandlung eines Heimbewohners, und da es keine anderen Zeugen für das Verbrechen gibt, steht das Wort dieser Frau gegen Ihres. Vom Standpunkt der acht Geschworenen aus betrachtet, haben Sie in puncto Glaubwürdigkeit ein Problem. Alice ist die Tochter eines prominenten und renommierten Regierungsbeamten, dessen Aufgabe es ist, Kindern und alten Menschen in Not zu helfen. Ihr Vater hatte ein Vorstrafenregister und ist als Alkoholiker gestorben. Später hat man dann in Ihrem Spind gestohlene Drogen gefunden. Alice ist eine staatlich approbierte Krankenschwester und hat fast drei Jahre lang im Haus Arkadien gearbeitet, einer Einrichtung mit einem bis dato tadellosen Ruf. Sie waren erst ein paar Monate in dem Heim, als das hier passiert. Obendrein haben Sie das College abgebrochen und sind nach allem, was Sie mir bisher erzählt haben, ein ziemlicher Einzelgänger. Hinzu kommt, dass Sie ein Mann sind, und Alice ist eine Frau. Im Fall einer körperlichen Misshandlung spricht das nicht gerade zu Ihren Gunsten.«

Sie sah mich mit unverhohlener Sorge an. »Was denken Sie, wem die Geschworenen eher Glauben schenken werden?«

Ich fühlte mich, als sei ich bereits verurteilt worden. Ich stellte die Platte ab und setzte mich, ohne den Topf vom Herd zu nehmen, an den Tisch. »Was machen wir jetzt?«

Amanda holte tief Luft. »Deshalb bin ich hier. Es steht Ihnen noch eine andere Möglichkeit offen. Wie ich schon sagte, die maßgeblichen Regierungsstellen wollen einen Kopf rollen sehen. Ihnen ist jeder Kopf recht, und sie sind bereit, einen Handel zu machen, um ihn zu bekommen. Die Staatsanwaltschaft hat einen Handel angeboten. Wenn Sie sich des geringeren Vergehens grober Fahrlässigkeit für schuldig bekennen, wird man Ihnen eine Gefängnisstrafe von zwei Wochen geben, von der Sie bereits eine Woche abgesessen haben, eine Geldstrafe von fünfhundert Dollar, und in drei Jahren wird man die Strafe im Register löschen.«

»Und in der Zeitung wird stehen, dass ich auf schuldig plädiert habe.« – »Davon gehe ich aus.«

Ich begrub den Kopf in den Händen. »Was passiert, wenn ich mich weigere?«

Amanda beugte sich vor, damit mir der Ernst ihrer Worte keinesfalls entging.

»Wenn Sie dieses Verbrechens für schuldig befunden werden, stehen Ihnen möglicherweise fünfzehn Jahre in einer Bundesstrafanstalt bevor, und die Verurteilung würde niemals aus Ihrer Akte gelöscht werden. Sie würden für alle Zeit ein verurteilter Straftäter bleiben. In einem Fall, der ein so großes Interesse der Öffentlichkeit auf sich zieht, würde ich von dem Richter kein mildes Urteil erwarten.«

Ich fuhr mir mit allen zehn Fingern durchs Haar. »Ich kann nicht fassen, dass wir dieses Gespräch führen.«

Amanda sah mich mitfühlend an. Ich lehnte mich auf meinem Stuhl zurück und drückte den Rücken durch. »Was ist, wenn ich das Urteil annehme, ohne mich schuldig zu bekennen?«

»Die Staatsanwaltschaft wird sich nicht darauf einlassen. Sie müssen die Schuld von der Einrichtung abwälzen und einer einzelnen Person zusprechen. Sie brauchen einen Schuldspruch. Sie brauchen einen Sündenbock.«

»Und dieser Sündenbock bin ich«, sagte ich mutlos. Amanda nippte an ihrem Getränk.

»Falls ich mich dazu entschließe, die Sache durchzukämpfen, wie würden Sie es angehen?«

Meine Frage schien sie zu beunruhigen. »Ich hatte noch keine Zeit, über eine Strategie nachzudenken. Haben Sie irgendwelche glaubwürdigen Leumundszeugen?«

»Wie wäre es mit der Leiterin des Hauses Arkadien, Helen Staples? Helen hat Alice nie gemocht.«

»Es ist aber nicht Alice, die vor Gericht steht. Und Sie würden sie bitten, indirekt gegen die Tochter des Leiters der Pflegebehörde auszusagen. Sie können darauf wetten, dass Starley Richards bereits Kontakt zu ihr aufgenommen hat, zu ihr und all Ihren Vorgesetzten bis ganz nach oben in die Spitze des

203

Weihnachtsbaums. Als ich heute Morgen mit ihr gesprochen habe, war sie ziemlich unzugänglich.«

»Helen?«

Amanda nickte, und dieses Nicken tat mir bis in die Seele weh. Ich hatte gedacht, Helen stünde über solchen Dingen. Ich hatte sie für eine Freundin gehalten.

Amanda schob ihren Stuhl zurück und schlug die Beine übereinander. »Es tut mir leid, Michael. Ich weiß, es ist eine harte Entscheidung. In dieser Angelegenheit gibt es keine Fairness. Ich kann Ihnen in Ihrem eigenen Interesse nur empfehlen, sich schuldig zu bekennen.« Sie blickte auf ihre Armbanduhr und stand auf. »Es tut mir leid, ich habe einen Gerichtstermin. Sie haben eine Woche Zeit für Ihre Entscheidung.« Im Aufstehen leerte sie ihr Glas. »Denken Sie sehr genau über Ihre Lage nach, bevor Sie sich entscheiden.«

Ich konnte mir nicht vorstellen, dass der Tag noch schlimmer werden würde, während der Schnee sich mit der gleichen Unbarmherzigkeit auftürmte wie meine Sorgen. Gegen sieben klingelte das Telefon.

»Hallo.«

Einen Augenblick lang herrschte verlegenes Schweigen, bevor eine mürrische Stimme durch den Hörer dröhnte. »Spreche ich mit Michael Keddington?«

»Ja.«

»Hier ist Dr. Murrow. Ich wollte Sie davon in Kenntnis setzen, dass ich den Artikel aus der Zeitung von heute Morgen an Faye gefaxt habe, und ich habe ein langes Telefongespräch mit ihr geführt. Sie hat mir versichert, dass sie nichts mehr mit Ihnen zu tun haben will. Ich werde Sie nicht noch einmal warnen. Halten Sie sich einfach von ihr fern. Ich habe Freunde in der Regierung, und wenn Sie Faye weiterhin belästigen, werde ich dafür sorgen, dass Ihr Verhalten sich in der Länge Ihrer Haftstrafe niederschlägt.«

Ich legte den Hörer auf. Es war eine leere Drohung, sagte

ich mir, aber nicht die Drohung selbst war es, die mir wehtat. Zum ersten Mal seit ihrer Abreise war mir bestätigt worden, dass Faye sich von mir abgewandt hatte.

Ein ganzer Mann, so glaubte ich, erträgt das Leben mit Gelassenheit – er verbirgt seinen Schmerz hinter einer undurchdringlichen Maske aus Granit und trotzt im Stehen den Unbilden des Lebens. Aber es ist eine Sache, die Luken gegen das aufgewühlte Meer abzuschotten, und eine ganz andere, nackt in den Sturm hinausgeschleudert zu werden.

Ich habe sagen hören, dass tapfere Männer, Soldaten von großer physischer Stärke, nach ihren Müttern weinen, wenn sie tödlich verwundet sind. Es gilt als Schande für einen Mann, sich nach seiner Mutter zu sehnen, aber wenn ich ganz ehrlich zu mir selber sein wollte, musste ich zugeben, es war genau das, was ich mir wünschte: ein allwissendes, mitfühlendes Wesen, das mich in seinen Armen barg – das Worte des Trostes und der Liebe zu mir sprach. Vielleicht war das der Augenblick, in dem ich verstand, was mich so sehr zu Esther hingezogen hatte – in gewisser Weise hatte sie die Lücke gefüllt, die der Tod meiner Mutter hinterlassen hatte. Man hatte mir eingeschärft, dass ich mich nicht weiter als bis auf tausend Meter dem Haus Arkadien nähern dürfe; das war eine Bedingung meiner Entlassung gewesen. Aber in diesem Augenblick war es für mich einfach nur Papier. Ich zog meinen Mantel an und setzte mich ins Auto, um zu Esther zu fahren.

Alice saß hinter der Empfangstheke, als ich das Foyer betrat. Sie blickte auf, und im ersten Moment spiegelte sich Furcht auf ihrem Gesicht, bevor es abweisend wurde.

»Was machst du hier?«, fragte sie schneidend.

»Was machst du selbst denn hier?«

»Patientenakten schreiben.«

Ich starrte sie durchdringend an, obwohl sie ungerührt wirkte.

»Du dürftest eigentlich gar nicht mit mir reden, Michael«, sagte sie arrogant.

»Du dürftest mit niemandem reden. Ist dir klar, dass ich wegen deiner Lügen vielleicht ins Gefängnis gehe?«

Ein hasserfülltes Lächeln huschte über ihre Züge. »Nun, ich bin davon überzeugt, du wirst keine Probleme haben, da drin eine Freundin zu finden.«

Ich hatte noch nie zuvor solchen Abscheu empfinden; klugerweise hielt ich meine Gefühle jedoch im Zaum, weil mir die Gefahr, in der ich mich befand, nur allzu bewusst war.

»Das hier wird auf dich zurückfallen«, warnte ich.

»Was wird auf mich zurückfallen?«, fragte sie unschuldig.

»Was du Henri angetan hast.«

Sie blickte wieder auf ihre Arbeit hinab, und ihre Stimme wurde weicher. »Denkst du wirklich, dass irgendjemand dir glauben wird? Du wirst dastehen wie ein verängstigter Junge, der versucht, seinen eigenen Hals zu retten.«

Ich beugte mich über die Theke zu ihr hinüber, und plötzlich wirkte sie wirklich ängstlich. »Halt einfach deinen verdammten Mund.« Ich funkelte sie ein letztes Mal an, dann trat ich in den Aufzug. Als ich Esthers Tür öffnete, war ich immer noch sehr aufgewühlt von dem Gespräch mit Alice.

»Esther?«, fragte ich.

Aus der Dunkelheit kam eine müde Stimme, aus der deutliche Ungläubigkeit herauszuhören war. »Sind Sie das, Michael?«

»Ich bin es.«

»Erlauben Sie mir, Sie zu berühren«, sagte sie leise.

Ich trat an ihr Bett und griff nach ihrer Hand.

»Ich habe gehört, dass man Sie ins Gefängnis geschickt hat.«

»Das ist richtig.«

»Wie geht es jetzt weiter?«

»Man hat Anklage gegen mich erhoben. Man wirft mir vor, ich hätte Henri totgeschlagen.«

»Wie kommen die Leute nur auf diesen Gedanken?«

»Alice hat es ihnen erzählt. Nachdem ich an jenem Freitag von Ihnen weggegangen war, hörte ich ein Geräusch aus Henris Zimmer. Ich ging hinein und fand Alice dort vor. Sie stand an Henris Bett, seine Krücke in den Händen. Ich wusste es damals noch nicht, aber sie hatte ihn geschlagen. Als Henri ein paar Stunden später ins Krankenhaus gebracht wurde, wälzte sie die Schuld auf mich ab.«

»Ich habe Sie vor Alice gewarnt.«

»Das haben Sie.« Ich strich über ihre glatte Hand. »Möglicherweise steckt man mich für fünfzehn Jahre ins Gefängnis.«

»Was werden Sie tun?«

»Ich weiß es nicht. Man hat mir einen Handel angeboten. Wenn ich mich schuldig bekenne, komme ich mit zwei Wochen im Gefängnis davon.«

»Sie sollen die Schuld für etwas auf sich nehmen, das Sie nicht getan haben?«

»Ich soll mein Geburtsrecht als unbescholtener Mann verkaufen.« Ich fuhr mir mit den Fingern durchs Haar. »Ich habe bereits verloren, Esther. Ich habe meinen Job verloren. Die Universität hat mir mein Stipendium gestrichen. Aber was am meisten wehtut …« Ich konnte nicht weitersprechen, überwältigt von dem Schmerz über Fayes Verrat. Esther streichelte meine Hand.

»Sie haben nichts von Faye gehört?«

»Ihr Vater hat mich angerufen, um mir mitzuteilen, dass sie ihm versichert habe, keinerlei Interesse mehr an unserer Beziehung zu haben.«

»Und Sie glauben ihm?«

»Was soll ich denn sonst tun?«, sagte ich verzweifelt. »Ich habe nichts mehr von ihr gehört, seit sie die Stadt verlassen hat.«

»Es ist auch für sie eine schwierige Zeit. Aber Faye würde Sie nicht im Stich lassen.«

Ich atmete tief ein. »Ich weiß es einfach nicht.«

Genau in diesem Augenblick öffnete Helen die Tür. In der

Dunkelheit brauchte sie ein paar Sekunden, um mich zu erkennen.

»Was tun Sie hier, Michael?«

Es war eine dumme Frage, fand ich. »Ich besuche Esther.«

»Man hat Ihnen Hausverbot erteilt. Sie dürfen sich dieser Einrichtung nicht weiter als bis auf tausend Meter nähem. Sie dürfen nicht einmal hier anrufen.«

»Gütiger Himmel, Helen, das ist Michael«, sagte Esther scharf. »Er ist kein Verbrecher.«

»Das zu entscheiden ist weder an Ihnen noch an mir. Sie müssen gehen, Michael, oder mir bleibt nichts anderes übrig, als die Polizei zu rufen.«

Esther drückte meine Hand. »Haben Sie Vertrauen, Michael.«

Ich erhob mich, und Helen trat von der Tür zurück, um mich vorbeizulassen. Als ich meinen Wagen startete, fiel mir ein, dass ich Esther gern gefragt hätte, worauf genau ich vertrauen sollte.

## 23

### EIN ZWEITER BESUCH

*Der Spiegel zeigt mir heute weitere Falten.*
*Die Zeit ist der Wächter allen Fleisches.*

*Auszug aus Esther Huishs Tagebuch*

Ich finde es einfacher, schwierige oder unangenehme Entscheidungen vor mir her zu schieben, bis Zeit oder Umstände eine Entscheidung erzwingen. Ich hatte die ganze mir zugebilligte Woche Bedenkzeit gewartet, obwohl ich wahrscheinlich wusste, was ich tun würde, sobald ich unvermeidlich vor der Wahl stand. Die Angst hatte zwingende Argumente vorgebracht, und unterdessen waren die höheren Ideale von Wahrheit und Gerechtigkeit in der Versenkung verschwunden. Die Ungewissheit warf allzu tiefe Schatten. Es gab zu viel, was schiefgehen konnte. Zu viel Unwägbares. In einem Punkt jedoch wurden die Dinge klarer.

Ich erfuhr, wer meine Freunde waren oder, in den meisten Fällen, wer nicht. Helens Position war vielleicht die offenkundigste. Sie war genau wie alle anderen und huschte wie eine Küchenschabe umher, um einem Fußtritt auszuweichen. Ich konnte es ihr nicht verübeln, dass sie ihren Hals retten wollte, aber mich selbst hätte ich für das gleiche Verhalten verachtet.

Der letzte Mensch, von dem ich in dieser Woche zu hören erwartete, war Helen. Der Zeitpunkt ihres Anrufs war auf seltsame Weise schicksalhaft. Ich erhielt ihn an dem Tag, bevor ich der Staatsanwaltschaft meine Entscheidung mitteilen musste.

»Michael, hier ist Helen.«

Ich antwortete nicht.

»Ich weiß, Sie wollen nicht mit mir reden, aber das hier sollten Sie trotzdem wissen.«

»Was wollen Sie?«

»Esther liegt im Sterben.«

Meine Kehle war wie zugeschnürt. »Sie stirbt? Jetzt?«

»Nein. Es geht immer noch sehr langsam voran.«

»Esther stirbt, seit ich sie zu Thomas gefahren habe.«

»Das hier geht darüber hinaus. An dem Tag vor Ihrem Besuch hat Esther sich am Bein gestoßen. Es war kein schlimmer Stoß, aber doch schlimm genug, um sich eine offene Wunde zuzuziehen. Diese Wunde ist jetzt brandig geworden. Sie müsste operiert werden, bevor der Wundbrand sich ausbreiten kann, aber sie verweigert ihre Zustimmung.«

»Um was für eine Art Operation würde es sich handeln?«

»Ein femoraler Bypass. Aber ihr Bein ist bereits brandig. Wenn die Operation schiefgeht, müsste man es amputieren.«

»Wie lange wird es dauern, bis der Wundbrand sich ausbreitet?«

»Es könnte noch Monate dauern, aber er breitet sich mit jedem Tag weiter aus.«

»Warum unternehmen Sie nicht etwas dagegen?«, fragte ich feindselig.

»Ich habe es versucht, aber sie ist immer noch wütend auf mich, weil ich Sie fortgeschickt habe. Sie sind der Einzige, auf den sie hören würde.« Sie hielt kurz inne, bevor sie ihren Vorschlag machte. »Wenn Sie heute Abend herkommen könnten, würde ich dafür sorgen, dass niemand etwas davon erfährt.«

Ich dachte an die möglichen Konsequenzen, falls man mich ertappte – einen Augenblick lang zog ich sogar die Möglichkeit in Erwägung, dass es sich um eine Falle handeln könnte –, aber um Esthers willen tat ich meine Paranoia schnell wieder ab. »Um wie viel Uhr?«

»Halb elf.«

»Ich komme in Ihr Büro.«

»Ich danke Ihnen, Michael.«

»Sparen Sie sich Ihren Dank. Ich tue es nicht für Sie.«


Unter dem Schleier der nächtlichen Dunkelheit führte Helen mich in ihr Büro. Sie hatte mit Bedacht jedem Pfleger eine Aufgabe zugewiesen, die ihn in einen anderen Teil des Hauses führte, und sie bestand darauf, dass ich meinen Kapuzenparka erst auszog, als wir im Schutz von Esthers Zimmer waren. Es war offensichtlich, dass Helen diese Vorsichtsmaßnahme um ihrer selbst willen befolgte, nicht um meinetwillen, und sobald ich bei Esther war, verließ sie den zweiten Stock, damit man sie auf keinen Fall mit meinem Erscheinen hier in Verbindung bringen konnte.

»Esther?«

Die Gestalt unter der Decke bewegte sich leicht.

»Esther, ich bin es. Michael.«

»Michael?«, erklang ihre kaum mehr verständliche Stimme. »Weiß Helen, dass Sie hier sind?«

Ich setzte mich neben sie auf die Bettkante und griff nach ihrer Hand. Sie hob den Kopf vom Kissen.

»Helen hat mir erzählt, dass Sie sich das Bein verletzt haben.«

Sie schwieg einen Augenblick lang. »Oh, das.«

»Sie sagt, dass Sie sich das Bein operieren lassen müssen.«

Esther erwiderte nichts.

»Der Wundbrand wird sich ausweiten. Er wird Sie umbringen.«

Ihre Stimme klang müde und resigniert. »Es ist nur das Unvermeidliche.«

»An Wundbrand ist nichts Unvermeidliches.«

»Es gibt nichts so Unvermeidliches wie den Tod«, erwiderte sie.

Ich saß nur da in der Dunkelheit und ärgerte mich über ihre Gleichgültigkeit ihrem eigenen Leben gegenüber. »Das dürfen Sie nicht«, sagte ich schroff. »Sie dürfen das Leben nicht einfach aufgeben.«

Plötzlich antwortete sie mir in dem gleichen schroffen Tonfall: »Sie haben die Absicht, Ihren Namen preiszugeben und Ihre Liebe, indem Sie sich eines Verbrechens für schuldig bekennen, das Sie nicht begangen haben, und Sie wollen mir sagen, ich dürfe das Leben nicht aufgeben? Wir sind aus dem gleichen Holz geschnitzt, Michael. Das Einzige, was der Tod von uns verlangt, ist die Preisgabe der Zukunft.« Ihre Stimme wurde eine Oktave tiefer. »Ich habe zumindest mehr als vierzig Jahre gewartet.« Nach einer Weile seufzte Esther. »Sie hatten recht, wissen Sie das? Vielleicht gibt das Leben uns eine zweite Chance, vielleicht auch nicht. Aber es spielt im Grunde keine Rolle. Wir würden wahrscheinlich einfach nur dieselben Fehler wieder machen.« Sie ließ sich auf das Kissen zurücksinken und wandte das Gesicht ab. Es gab keine Worte, keine Erleuchtung, die einem von uns beiden das Leben hätte retten können. Es blieb mir nichts zu tun, als zu gehen.

Als ich gerade die Tür meines Wagens aufschloss, trat Helen an mich heran.

»Hatten Sie Glück bei ihr? Haben Sie etwas erreicht?«, fragte sie ernst.

Ich öffnete die Wagentür. »Wenn Sie Glück wollten, haben Sie sich an den falschen Mann gewandt.«

## 24

### DER MUTTERSCHOSS

*Heute Abend habe ich mit Thomas einen Spaziergang unter*
*dem Sternenhimmel gemacht. Er hat tiefgründig von nichti-*
*gen Dingen gesprochen, was, wie ich vermute, besser ist als*
*umgekehrt. Im Licht des Mondes sah er irgendwie anders*
*aus. Vielleicht ist es so, dass der Mond nur das sichtbar*
*macht,*
*was wir bereits in uns haben.*

*Auszug aus Esther Huishs Tagebuch*

Unter einem trüben Mond flüchtete ich aus Haus Arkadien
und fuhr durch schweigende Wohnviertel westwärts, bis die
gusseisernen Straßenlaternen spärlicher wurden und die Straßen finsterer, sodass mein Ziel, der vom Winter weiß bemän-
telte städtische Friedhof, nur von dem Licht erhellt wurde, das
der Himmel spendete.

Der Friedhof lag vollkommen still. Seine hohen, eisernen
Tore waren seit Einbruch der Dämmerung verschlossen, und
die Fenster des Küsterhauses verströmten ein bernsteinfarbenes Leuchten hinter zugezogenen Vorhängen. Ich parkte am
westlichen Ende des Friedhofs, in der Nähe des Grabes meiner Mutter. Die Straße war genauso verlassen wie der Friedhof selbst, den ein mannshoher, schmiedeeiserner Zaun mit
aus Ziegeln gemauerten Pfeilern umgab. Ich stieg auf einen
der Pfeiler und ließ mich auf der anderen Seite des Zauns in
den Schnee fallen, der sich an manchen Stellen bis zu einer

Höhe von einem Meter auftürmte. Ich musste mich bis ans Grab meiner Mutter regelrecht durchkämpfen. Es lag unter einem Baldachin von Eichen und Weiden, die den äußeren Teil des Friedhofs überschatteten. Meine Mutter war nicht weit vom Zaun entfernt begraben worden – sie ruhte unter einem kleinen Grabstein aus Granit. Am Fußende ihres Grabes lagen noch immer Plastikblumen, die jetzt bis zum Hals im Schnee steckten. Ich trat vor ihren Grabstein.

Caitlin Keddington
Eine liebende Mutter
1. August 1944 – 30. Oktober 1988

Ich strich den Schnee von dem Stein.
*Was soll ich tun, Mutter?,* dachte ich. *Was soll ich tun?*
Ich kniete vor dem Grab nieder und legte die Hände an den Stein. Dann schrie ich die Worte plötzlich heraus: »Was soll ich tun?« Mein Atem hing als eine weiße Wolke vor mir in der kalten Luft, während meine Stimme von der Winterlandschaft zurückgeworfen wurde, als wolle sie mich mit meiner eigenen Unsicherheit verspotten.

Esther hatte mir vorgeworfen, geistigen Selbstmord zu begehen, und vielleicht war es ihre quälende Anklage, die durch meine Gedanken gellte, vielleicht war es auch der kalte Name, der mir von dem Grabstein entgegenstarrte. Was immer den Funken entfachte, in diesem Augenblick passierte etwas, das ich bis auf den heutigen Tag nicht erklären und auch nur bruchstückhaft beschreiben kann. Ein Gefühl überkam mich. Ein Gefühl, an das ich mich aus meiner Kindheit erinnerte. Eines Nachts, ich war noch ein kleiner Junge, erwachte ich weinend aus einem Albtraum. Meine Mutter rettete mich, und ich saß wimmernd auf ihrem Schoß und blickte voller Angst in die Dunkelheit, deren unsichtbare Gräuel mich quälten. Meine Mutter wiegte mich sanft hin und her und sagte mit liebevoller Gewissheit immer wieder dieselben Worte:

»Weine nicht, kleiner Mann. Hier ist nichts als deine eigene Angst.« In ihren Armen wusste ich, dass ich in Sicherheit war. Irgendwie überkam mich plötzlich dasselbe Gefühl von Frieden, und ich fühlte mich so geborgen, als hielte meine Mutter mich abermals mit ihren Armen umschlungen.

Und dann begriff ich. Ich war mir plötzlich ganz sicher, wie ich mich entscheiden musste. Ich konnte die Konsequenzen nicht abschätzen, die am Ende des Weges lagen, ich wusste nur, welcher Weg es sein würde. Es war ein Schritt, der mich zutiefst hätte erschrecken müssen. Aber er tat es nicht. Zum ersten Mal in meinem Leben sah ich die Dinge anders. Zum ersten Mal waren die Dinge klar.

Es gab einige Dinge an meiner Mutter, die ich nie verstanden hatte. Wie zum Beispiel die Frage, warum sie den Namen meines Vaters behalten hatte. Ich war davon ausgegangen, dass sie es für mich getan hatte, so wie sie die meisten Unannehmlichkeiten ihres Lebens um meinetwillen auf sich genommen hatte. Um mir jede Verlegenheit zu ersparen, die daraus hätte resultieren können. Aber meine Mutter hatte noch etwas anderes getan, etwas, das mir noch seltsamer erschien.

Sie hatte geweint, als sie vom Tod meines Vaters erfuhr.

Plötzlich begriff ich, warum. Meine Mutter hatte seinen Namen behalten, weil sie nie aufgehört hatte, ihn zu lieben. So unvorstellbar mir das erschien, er musste etwas an sich gehabt haben, das ihrer Liebe immer noch würdig gewesen war. Sie schien ihn, nachdem er uns verlassen hatte, nicht nur weiterhin geliebt zu haben, sondern sogar umso mehr.

In diesem Augenblick begriff ich, das Esther recht gehabt hatte, nicht nur in Bezug auf mich, sondern auch in Bezug auf meinen Vater. Dass mein Vater den Alkohol niemals geliebt hatte. Der Alkohol hatte Macht über ihn gehabt, mein Vater hatte ihn nicht geliebt. Aber uns hatte er vielleicht geliebt. In seinen nüchternen Augenblicken weinte er manchmal bittere Tränen, weil er wusste, wie sehr er meiner Mutter und mir wehtat. In diesem Moment erinnerte ich mich an etwas, das ich nur selten in meinem Innern aufsteigen ließ, damit ich kein Mitleid mit meinem Vater empfand und Verständnis für ihn aufbringen musste. Kurz bevor mein Vater uns verließ, kam er zu mir und bat mich um Vergebung – eine Bitte, auf die ich mit Hass und Zurückweisung reagierte. Ich erinnere mich noch an sein Gesicht, als er fortging. Es war verzerrt von Schmerz, aber nicht von Verurteilung. Er verstehe mich, sagte er, er habe nichts anderes verdient. Und dann war er fort.

Esther hatte recht. Mein Vater hatte nie aufgehört, uns zu lieben. Aber Jahre des Scheiterns hatten ihn gelehrt, dass er die Fesseln seiner Sucht niemals würde abstreifen können. Und deshalb hatte er sein eigenes Herz geopfert, um uns freizugeben. Er war allein gestorben.

Zum ersten Mal in meinem Leben weinte ich nicht um den Schmerz, den mein Vater uns zugefügt hatte, sondern um den Schmerz seines Lebens. Ich weinte um ihn. Und auf eine rätselhafte, wunderbare Art und Weise fand ich in diesen Tränen etwas, das sich mir entzogen hatte, seit ich alt genug war, um zu begreifen, dass es in meinem Leben fehlte. Ich fand Frieden. So schwer fassbar, wie er mir stets erschienen war, war er doch immer dort gewesen, verborgen hinter einer Tür des Verzeihens.

Ich sah noch einmal auf den Namen auf dem Grabstein, und mit einem Mal wusste ich, was die Vergebung von mir verlangte. Ich musste die erkannten Fesseln der Vergangenheit abstreifen um der unerprobten Flügel der Zukunft willen. Ich musste den Namen meines Vaters schützen und ihm Ehre machen.

## 25

### DIE ERKLÄRUNG

*Ich habe beobachtet, dass diese Welt allzu oft jenen ein
Denkmal setzt, die sie zu Lebzeiten verdammt hat.*

*Auszug aus Esther Huishs Tagebuch*

Stille senkte sich über das Büro, und Amanda, die sich über
eine Tontasse mit heißem Kaffee beugte, starrte mich mit be-
troffener Verwirrung an, als hätte sie nicht richtig gehört.
»Kein Handel?«

»Nein.«

Sie lehnte sich auf ihrem Stuhl zurück und musterte mich.
»Muss ich Ihnen noch einmal vor Augen führen, wie ernst
diese Anklagen sind?«

Ich schüttelte den Kopf. »Ich weiß, dass es nicht gut für
mich aussieht. Ich will auch nicht so tun, als hätte ich keine
Angst. Aber ich kann das nicht machen. Ich kann mich dieses
Verbrechens nicht schuldig bekennen. Selbst wenn das bedeutet, dass ich wegen meiner Unschuld ins Gefängnis gehe.«

Sie legte die Fingerspitzen aneinander. »Man wird in Ihrer
Einstellung wahrscheinlich einen Mangel an Reue sehen.«

»Ich kann es nicht machen, Amanda«, wiederholte ich leise.
»Ich kann meinen Namen nicht besudeln. Er ist alles, was ich
noch habe.«

Sie stützte das Kinn auf die Hände. »Wann sind Sie zu diesem Entschluss gekommen?«

»Gestern Nacht, am Grab meiner Mutter.«

Sie seufzte. »Ich bewundere Ihren Mut, Michael. Unglücklicherweise sind die meisten meiner Helden Märtyrer.«

»Ich habe nicht den Wunsch, mich einer dieser beiden Gruppen anzuschließen. Ich muss einfach tun, was ich tun muss. Wie geht es jetzt weiter?«, fragte ich.

»Ich rufe die Staatsanwaltschaft an und kündige an, dass wir vor Gericht gehen werden.« Sie stand auf. »Danach haben wir beide eine Menge Arbeit vor uns.«

Amanda Epperson war aus Woodstock in Illinois, einer malerischen Vorstadt von Chicago, die manchmal als Hintergrundkulisse für Filmproduktionen benutzt wird. Sie hatte ihren Mann, Phil, kennengelernt, als sie ihren ersten Abschluss an der Northwestern University machte, und er war ihr pflichtschuldigst an die juristische Fakultät der Universität von Utah gefolgt, wo er als Fahrer für uns arbeitete und eine braune Uniform trug.

Amanda war bereits schwanger gewesen, als sie ihr Staatsexamen machte, und erwartete Mitte Mai ein Mädchen. In den Spielen, die wir ersinnen, um uns zu quälen, überlegte ich mir, dass ich, je nach Laune der Geschworenen, Amandas Kind entweder als Säugling sehen oder erst im Teenageralter kennenlernen würde.

Amanda trug, wann immer es sich einrichten ließ, Wanderstiefel, fuhr einen Jeep Wrangler mit einem abnehmbaren Segeltuchdach und hatte einen Aufkleber an der Stoßstange mit der Aufschrift: *Wenn die Sonne scheint, fahre ich oben ohne.* Sie hielt sich am liebsten im Freien auf, machte jedes Jahr Urlaub im Zion National Park, und ich habe den leisen Verdacht, dass sie nicht nur wegen der Qualität der juristischen Ausbildung, sondern auch um der Berge willen nach Utah gekommen ist.

In den Monaten vor meiner Verhandlung traf ich mich drei oder vier Mal die Woche mit Amanda, um an meinem Fall zu arbeiten. Bei jeder unserer Begegnungen war sie runder und fühlte sich wahrscheinlich auch unwohler. Ich gewöhnte mich an ihr wildes Verlangen nach bestimmten Speisen, und mein wichtigster Beitrag zu dem Fall – abgesehen davon, dass ich mich an meinen Besuch mit Henri im Veteranenkrankenhaus erinnerte – war vielleicht meine Entdeckung von Verkaufsstellen von Snelgrove's, wo man auch nach Feierabend Karamelleis mit gebrannten Mandeln bekam oder mit Joghurt bestrichene Brezeln.

Aus meiner finanziellen Not heraus nahm ich einen Tagesjob als Verkäufer in einem Lebensmittelladen auf der nördlichen Seite von Ogden an. Mit Rücksicht auf unsere beiderseitigen Verpflichtungen trafen Amanda und ich uns für gewöhnlich nach der Arbeit, oft zu einer Zeit, in der Phil bereits im Bett lag.

Ich begriff bald, dass mein Fall für Amanda zu einem persönlichen Kreuzzug geworden war, und ich war davon überzeugt, dass es nur einen Grund dafür geben konnte: Amanda war immer fester von meiner Unschuld überzeugt. Solche Dinge dürften einen Strafverteidiger eigentlich nicht beeinflussen, aber nur eine Maschine konnte so weit über den Dingen stehen.

Eine so kreative Arbeit wie ihre muss von Leidenschaft beherrscht sein, denn ohne Leidenschaft sind wir zu ewigem Mittelmaß verurteilt. Wir können nicht dagegen an, wir ticken einfach so. Ich konnte von Glück sagen, dass Phil ein unglaublich toleranter Ehemann war, und mehr als einmal brachte er vom Chinesen oder Italiener etwas zu essen für uns drei mit nach Hause, während wir in ihrer Wohnung die Zeugenaussagen noch einmal durchgingen. Ich gestehe, dass es Zeiten gab, in denen es mir im Lichte von Fayes Abwesenheit schwerfiel, ein so zärtliches Paar zu beobachten. Erst später erfuhr ich, dass Phil Amanda einmal gefragt hatte, ob sie nicht eine gefühlsmäßig zu enge Bindung zu mir entwickeln würde. Sie hatte ihn daraufhin geküsst und seine Frage verneint, und er hatte es dabei bewenden lassen. Er ist ein guter Mann, und ich bin davon überzeugt, dass er ihrem Kind ein guter Vater sein wird.

Meine Angst vor der Verhandlung hatte eine narkotisierende Wirkung und drängte meine anderen Sorgen in die dunkleren Winkel meiner Gedanken, und es gab Tage, an denen ich die beiden Frauen, die mein Leben in den Monaten zuvor praktisch vollständig beansprucht hatten, beinahe vergaß.

In der Nacht vor meiner Verhandlung kehrte eine von beiden in meine Erinnerung zurück.

## 26

### DIE VERHANDLUNG

*Es gibt Zeiten, in denen ich mich versucht fühle, mein Herz
mit Zynismus vor weiteren Enttäuschungen zu schützen …
aber das wäre so, als würde man sich selbst vergiften,
um nicht ermordet zu werden.*

*Auszug aus Esther Huishs Tagebuch*

Das Hausverbot wirkte wie eine einseitig verspiegelte Glasscheibe, die es Esther ermöglichte, Einblick in mein Leben zu nehmen, während ich in ihres nicht hineinsehen durfte. Ich hatte seit geraumer Zeit nicht mehr mit Esther gesprochen und erkannte ihre Stimme zuerst gar nicht.

Sie hatte sich verändert und klang jetzt noch schleppender und milder als bei unserem letzten Gespräch. Das machte mir Sorgen.

»Michael.«

»Sind Sie das, Esther?«

»Gehen Sie morgen vor Gericht?«

»Morgen früh.«

»Ich werde nicht kommen können«, sagte sie bekümmert.

»Wie fühlen Sie sich?«

Sie ignorierte meine Frage. »Ist Faye gekommen?«

Ich wollte nicht antworten, mehr um ihretwillen als um meiner selbst willen. »Nein.«

Es folgte eine Pause von beträchtlicher Länge, und ich konnte ihren ungleichmäßigen Atem hören.

»Ich habe Ihnen nie gesagt, wie stolz ich auf Sie bin, dass Sie sich dieser Sache stellen. Sie haben großen Mut.«

»Sie hatten recht, Esther. Ich hoffe nur, dass das Schicksal gütig ist.«

»Sie sind ein braver Junge. Gott wird barmherzig sein.«

»Ich hoffe, Sie behalten recht. Und vielen Dank, Esther.« Ihre Stimme geriet ins Stocken. »Besuchen Sie mich, wenn es vorbei ist.«

»Das werde ich tun, wenn ich kann.«

Sie legte auf, und ich fragte mich, ob ich sie je wiedersehen würde.

Amanda erschien eine geschlagene Stunde vor der Verhandlung bei mir zu Hause, gerade als ich mich anzog. Am Abend zuvor hatte ich sie gefragt, wie ich mich für den Tag kleiden sollte. »Arglos wie ein Messdiener in der Sonntagsschule«, hatte sie geantwortet.

Ich trug eine graue Baumwollhose mit einem weißen, langärmeligen Oxfordhemd, einen Schlips und ein Tweedjackett, das ich mir von Phil geliehen hatte.

Amanda und ich waren in der Nacht zuvor lange aufgeblieben, hatten die Zeugenaussagen noch einmal durchgesehen und waren die Fragen durchgegangen, die der Staatsanwalt den Zeugen wahrscheinlich stellen würde. Anschließend hatten wir uns überlegt, welche Antworten wir von diesen Leuten zu erwarten hatten. Ich nehme an, dass sie das mehr für mich als für sich selbst getan hatte, da ich ohne ihre Gesellschaft verrückt geworden wäre. Sie ging davon aus, dass die Verhandlung zwei oder drei Tage dauern würde.

Ich stieg in ihren Jeep.

»Wie haben Sie geschlafen?«, fragte sie.

»Sehr wenig.«

»Dachte ich mir.«

»Und Sie?«

Sie lächelte. »Mich hindert nichts am Schlafen. Nicht einmal dieses Baby.« Sie sah zu mir herüber. »Mir ist gestern Nacht etwas eingefallen. Ich denke, der Staatsanwalt wird Sie in den Zeugenstand rufen.«

»Aber Sie haben doch gesagt, dass er das nicht tun kann.«

»Ich habe gesagt, dass Sie nicht gegen sich selbst aussagen müssen. In einer emotional derart aufgeladenen Verhandlung ist es allerdings möglich, dass man Sie als Zeugen der Gegenseite aufruft in der Erwartung, dass Sie von Ihrem Zeugnisverweigerungsrecht Gebrauch machen. Für die Geschworenen wird es dann so aussehen, als wollten Sie etwas verbergen.«

»Was mache ich, wenn es dazu kommt?«

»Ich denke, Sie sollten aussagen. Sie werden schon klarkommen. Jedenfalls richten Sie damit wahrscheinlich weniger Schaden an als mit einer Weigerung, in den Zeugenstand zu treten.« Sie grinste und legte eine Hand auf mein Knie. »Machen Sie sich deswegen keine Sorgen. Vielleicht ruft der Staatsanwalt Sie gar nicht auf; es ist nur so eine Idee. Ich möchte Sie aber noch einmal daran erinnern, dass Sie ruhig bleiben müssen, ganz gleich, was heute passiert. Dies ist nur der erste Tag, und der gehört immer dem Staatsanwalt. Es muss einfach praktisch alles negativ sein. Sie könnten dem Staatsanwalt keinen größeren Gefallen tun, als sich gleich zu Anfang derart einschüchtern zu lassen, dass Sie schuldig wirken.« Sie wirkte ernst, strahlte jedoch eine Sicherheit aus, die ich zuvor nicht bei ihr wahrgenommen hatte – es war vielleicht ihr Prozessgesicht, aber es war trotzdem eine Maske der Zuversicht, und es beruhigte mich. Sie drückte meine Hand. »Ich denke, wir haben einen starken Fall. Glauben Sie daran.«

Ihr Optimismus bereitete mich allerdings nicht auf das vor, was uns bei unserer Ankunft in der Stadt erwartete. Auf dem mit Hecken gesäumten Gehweg und dem Grundstück um das Gerichtsgebäude herum wimmelte es von Menschen, überall standen Journalisten; Zeitung, Fernsehen und Radio waren vertreten, außerdem ungezählte Senioren, Vertreter von Gruppen, die sich für die Rechte alter Menschen einsetzten, und Leuten, die schlicht und einfach jemanden brauchten, den sie hassen konnten. Ein kleines Mädchen hielt ein handgeschriebenes Plakat in die Höhe, auf dem einfach nur stand: *Levitikus 20,9*. Ich fragte mich, wie die Bibelstelle wohl lauten mochte.

Wie die meisten meiner Zeitgenossen hatte ich überheblicherweise angenommen, dass meine Generation zivilisierter sei als die unserer Väter, aber was ich an diesem Tag sah, warf dieses Vorurteil völlig um. Der Lynchmob von gestern lebt noch immer, wenn nicht in der Tat, so doch im Geiste, und er speist sich von demselben Trog voreingenommener Entrüstung. Amanda hakte mich unter und schob mich eilig durch das Gedränge hindurch, als schäme sie sich für die Versammlung und hoffte, dass ich nichts bemerkt hatte.

Ich hatte noch nie zuvor Probleme mit dem Gesetz gehabt oder auch nur einen Fuß in ein Gericht gesetzt, daher waren meine Erwartungen geprägt von ungezählten Samstagsfilmen mit Gregory Peck oder Spencer Tracy in der Hauptrolle und einer stetigen Kost von *Perry-Mason*-Wiederholungen. Der Gerichtssaal war größer als ich vermutet hatte, wenn auch immer noch nicht groß genug, um dem Teil der erzürnten Öffentlichkeit Platz zu bieten, der erschienen war, um mich verdammt zu sehen.

Ich zählte mehr als ein Dutzend Journalisten im Saal, die sich auf ihren langen, schmalen Reporterblöcken Notizen machten. Jeder Platz auf der Galerie war besetzt, und im hinteren Teil des Raums standen Zuschauer Schulter an Schulter.

Alice saß hinter der Gerichtsschranke, nicht weit vom Staatsanwalt. Neben ihr saß ein hochgewachsener, gut gekleideter Mann, in dem ich ihren Vater erkannte, Starley Richards. Ich hatte Richards in den Sechs-Uhr-Nachrichten gesehen, als er mit Reportern über meine bevorstehende Verhandlung sprach, und sowohl seine Stimme als auch seine Gesten kündeten von selbstgerechter Entrüstung angesichts der Verkommenheit der heutigen Jugend. Ich fragte mich, wann er und Alice wohl das letzte Mal ein wirklich vertrauliches Gespräch geführt haben mochten. Die Geschworenen hatten bereits Platz genommen, und als die Stimme des Gerichtsdieners erklang, erhoben sich die Anwesenden, und der Richter trat ein. Der Richter, der Ehrenwerte Howard Wells, war ein ziemlich kleiner, fast kahlköpfiger Mann mit glänzendem Schädel und mürrischem Gesicht. Er strahlte jene seltene Art von Arroganz aus, die es einem Richter ermöglicht, sich in einer Verhandlung zurückzuhalten, ohne irgendeinen Zweifel daran aufkommen zu lassen, dass man sich auf seinem Terrain befindet.

Nach den üblichen Formalitäten begann die Verhandlung.

Der Staatsanwalt hielt eine emotional aufgeladene Rede, in der er bildhaft das Grauen meines angeblichen Verbrechens beschrieb. Dem Zucken in den Gesichtern der Geschworenen entnahm ich, dass er seine Sache gut machte. Es war das erste Mal, dass ich den Staatsanwalt sah, und bis zu diesem Punkt war er lediglich eine Karikatur für mich gewesen – ein Titel, den man einer verhassten gegnerischen Macht übergestülpt hatte. Er war ein dünner Mann mit rötlichem Haar und einer kleinen Drahtbrille. Sein Anzug war eindeutig zu groß für ihn, und es fiel mir nicht schwer, ihn mir als ein Kind vorzustellen, das von den anderen immer ausgeschlossen und zurückgewiesen wurde. Ich wäre der Erste, der zugegeben hätte, dass ich den Mann an einem anderen Ort und zu einer anderen Zeit wahrscheinlich gemocht hätte.

Amandas Eröffnungsrede war eine gut formulierte Gegendarstellung. Sie stimmte dem Staatsanwalt zu, dass Missbrauch durch einen Pfleger ein verabscheuungswertes Verbrechen sei, gewiss ebenso verabscheuungswert wie Kindesmissbrauch, und das das Verbrechen, das an Henri McCord begangen worden war, besonders grauenhaft war. Dann rief sie den Geschworenen ins Gedächtnis, dass nicht das Grauen dieses Verbrechens zur Verhandlung stand, da es daran keinen

Zweifel geben könne, sondern die Schuld eines jungen Mannes, der das Verbrechen angeblich begangen hatte. Eines jungen Mannes, der in der Vergangenheit niemals in irgendeiner Weise straffällig geworden war, der nicht einmal ein Strafmandat wegen zu schnellen Fahrens bekommen hatte. Eines jungen Mannes, der nicht nur ein vortrefflicher Angestellter des Pflegeheims war, sondern ein Stipendiat, dem erst jüngst das prestigereiche Präsidentschaftsstipendium der Universität von Utah zuerkannt worden war, und ein Sohn, der liebevoll seine Mutter gepflegt hatte, während diese langsam an Krebs starb.

»Entrüstung, sei sie nun gerecht oder nicht, ist stets eine Waffe. Wir müssen sehr vorsichtig mit ihr umgehen«, sagte sie, »denn eine Waffe kann den Unschuldigen ebenso töten wie den Schuldigen.«

Nachdem sie ihre Ansprache vorgebracht hatte, machte die Staatsanwaltschaft sich daran, ihre Anklage gegen mich zu untermauern. Zunächst wurde eine Reihe vorgeladener Pflegerinnen und Angestellter aus der Notaufnahme aufgerufen, die sich zum Zeitpunkt von Henris Tod um den alten Mann gekümmert hatten. Ihnen folgte ein Sachverständiger, ein Arzt, dessen Aussage man offensichtlich gründlich mit ihm geprobt hatte. Der Staatsanwalt verfolgte damit die Absicht, den Geschworenen eindringlich klarzumachen, dass Henris Tod die Folge der schweren Misshandlung sei und nicht das natürliche Ergebnis endloser Wochen, in denen er unter einer chronischen, asthmatischen Bronchitis gelitten hatte. Es wurden schreckliche Farbfotos von Henris Verletzungen gezeigt, die umso makaberer wirkten, als sie an einem Leichnam mit einem amputierten Bein zu sehen waren. Während der menschliche Körper altert, verringert sich die dünne Schicht des Fettgewebes unter der Haut, sodass er erheblich verletzlicher wird. Ein einfacher Stoß gegen ein Bettgeländer, der bei einem Kind nicht einmal einen Abdruck hinterlassen würde, kann bei einem alten Menschen zu einer massiven Prellung führen. Die Wucht von Alice' Schlägen hatte genügt, um Henris Haut aufreißen zu lassen.

Das Gericht verfügte eine einstündige Mittagspause, und wir aßen in der Cafeteria des Gebäudes, um der Menge aus dem Weg zu gehen, die uns beide belagerte – denn der Mob hatte jetzt auch Amanda ins Visier genommen. Die Aussagen am Nachmittag unterschieden sich kaum von denen am Morgen, und die große Anzahl von Zuschauern erhitzte den Raum so weit, dass der Richter die Türen öffnen ließ, damit die Luft besser zirkulieren konnte. Der erste Verhandlungstag endete unspektakulär, mit nur einer einzigen Überraschung – einer der Zeugen der Staatsanwaltschaft, ein Arzt, verblüffte den Staatsanwalt mit der Feststellung, er bezweifle, dass das Ausmaß der Misshandlung einen Mann ohne eine schwere Bronchitis getötet hätte. Daraufhin beendete der Staatsanwalt abrupt das Verhör, und Amanda stürzte sich auf die Chance, die Aussage des Arztes in den Köpfen der Geschworenen zu verfestigen. Amanda hatte jeden der Zeugen dieses Tages ins Kreuzverhör genommen, wenn auch nicht mit großem Nachdruck. Häufig war sie sogar hinter unserem Tisch sitzen geblieben, da unsere Verteidigungsstrategie sich nicht auf die Frage konzentrierte, ob die Schläge Henris Tod verursacht hatten, sondern eher auf die Frage nach meiner Schuld. Dennoch gelang es ihr, bei den Geschworenen Zweifel zu wecken, ob Henri selbst ohne diese Misshandlungen die Woche überlebt hätte.

Am Ende des Tages unterbrachen Amanda und ich unsere Heimfahrt kurz, um Aspirin und Tacos zu kaufen, bevor sie mich zu Hause absetzte. Auf ihren Rat hin ließ ich den Fernseher aus, kochte mir eine Kanne Tee, stellte den Wecker und legte mich aufs Ohr.

Am nächsten Morgen um sieben Uhr holte Amanda mich wieder ab, und diesmal parkten wir in der unterirdischen Garage, die für das Gerichtspersonal reserviert war. Auf diese Weise konnten wir der Menge aus dem Weg gehen, die, aufgepeitscht durch die Medienberichte vom vergangenen Abend, noch größer geworden war als am Vortag. Der Staatsanwalt begann die Verhandlung mit einem weiteren Mediziner, der besser instruiert war als sein letzter Zeuge und der im Wesentlichen die Feststellungen vom Vortag bestätigte. Anschließend betonte der Staatsanwalt noch einmal die Punkte, die er seiner Meinung nach geklärt hatte. Ich verstand langsam die Strategie der gegnerischen Seite, dass Wiederholungen zu Übereinstimmung führen, und wenn man dieselben Anschuldigungen nur oft genug wiederholt, fangen die Leute einfach an, sie zu glauben, zusammen mit einem Haufen anderer unbewiesener Behauptungen.

Als nächsten Zeugen rief der Staatsanwalt Detective Kinkaid auf. Kinkaid schlenderte zum Zeugenstand und ließ sich lässig auf den Stuhl sinken. Er trug ein Polyesterjackett mit einem säuberlich gebügelten Hemd und einer Strickkrawatte.

»Detective, welche Position bekleiden Sie beim Ogden Police Department?«

»Ich bin Detective der Mordkommission.«

»Wie lange üben Sie diese Funktion bereits aus?«

»Ich bin vor etwa drei Jahren zur Mordkommission versetzt worden. Aber ich bin seit etwa acht Jahren bei der Polizei.«

»Sie bearbeiten den Fall Henri McCord, ist das korrekt?«

»Ja, Sir.«

»Schildern Sie uns bitte die Ereignisse, mit denen Sie in den frühen Stunden des 7. Januar befasst waren.«

Er rieb sich mit der Hand über den Mund. »Der diensthabende Beamte bekam einen Anruf vom McKay-Davis-Hospital, bei dem ihm mitgeteilt wurde, dass ein alter Mann schwer misshandelt worden war und einen Herzstillstand erlitten hatte.«

»Sind Sie in das Krankenhaus gefahren, um Nachforschungen anzustellen?«

»Ja, Sir.«

»Was haben Sie dort erfahren?«

»Ich habe erfahren, dass Mr McCord wiederholt geschlagen worden war. Die Verletzungen ließen darauf schließen, dass sein Angreifer mindestens sechzehn Mal zugeschlagen hatte.«

»Haben Sie zu diesem Zeitpunkt von irgendjemandem im Krankenhaus eine Aussage erhalten?«

»Ich habe mit den Ärzten gesprochen.« Er zeigte ins Publikum. »Mit Dr. Williams zum Beispiel. Und mit einigen anderen.«

»Stimmten Sie darin überein, dass Mr McCord tätlich angegriffen worden war?«

»Selbstverständlich. Es war offenkundig. Sehen Sie sich die Bilder an.«

Der Staatsanwalt nickte.

»War zu dieser Zeit ein Vertreter des Pflegeheims Arkadien anwesend?«

»Ja, Miss Richards hatte Mr McCord ins Krankenhaus begleitet.«

»Wie verhielt sie sich?«

»Das schreckliches Erlebnis schien sie zutiefst erschüttert zu haben.«

»Was hat sie zu Ihnen gesagt?«

»Sie sagte, sie habe nicht gewusst, dass der alte Mann geschlagen worden war, bis die Ärzte sie darauf hinwiesen. Ich habe sie gefragt, ob sie eine Ahnung habe, wer das getan haben könnte, und sie sagte, sie habe Mr Keddington gegen Mitternacht aus Mr McCords Zimmer kommen sehen, zwei Stunden nach dem Ende seiner Schicht. Sie sagte, der Vorfall sei ihr merkwürdig erschienen, da Mr Keddington mit den Patienten im ersten Stock eigentlich nichts zu tun hatte. Außerdem meinte sie, er habe sich eigenartig verhalten, er hätte irgendwie desorientiert gewirkt.«

Ich schüttelte ungläubig den Kopf. Amanda legte mir eine Hand aufs Knie, um mich daran zu erinnern, dass ich ruhig bleiben sollte.

»Haben Sie im Verlauf Ihrer Nachforschungen mit Mr Keddington gesprochen?«

»Bei verschiedenen Gelegenheiten.«

»Haben diese Unterredungen etwas Ungewöhnliches zutage gebracht?«

»Anfangs leugnete er zu wissen, wer Henri McCord war, aber als ich ihn in die Enge trieb, behauptete er, sich plötzlich zu erinnern.«

»Hat er bestritten, in der Nacht des Angriffs bei Mr McCord gewesen zu sein?«

»Nein. Tatsächlich erzählte er mir von sich aus, dass er dort gewesen war, aber nichts gesehen habe.«

»Wie reagierte er, als er von Henris Tod erfuhr?«

»Zuerst sagte er, es tue ihm leid …«

»Es tue ihm leid?«, hakte der Staatsanwalt nach. »Was hat ihm leidgetan?«

»Ich nahm an, dass ihm der Tod des alten Mannes einfach leidtat, sonst nichts.«

Der Staatsanwalt schlenderte scheinbar absichtslos zu den Geschworenen hinüber.

»Wann hat Mr Keddington erfahren, dass man ihn des Angriffs auf Mr McCord beschuldigte?«

»An dem Morgen, an dem ich ihn aufs Revier brachte.«

»Wie hat er zu diesem Zeitpunkt reagiert?«

»Er wollte wissen, wer ihn dieses Verbrechens beschuldigt hatte.«

»Was ist sonst noch an diesem Morgen geschehen?«

Kinkaid sah den Staatsanwalt verständnislos an. Diesen Teil der Probe hatte er vergessen. Der Staatsanwalt hakte nach. »Bevor Sie Mr Keddington abgeholt haben, haben Sie da das Arkadien aufgesucht?«

»Oh, stimmt«, antwortete er. »Ja, das habe ich getan.«

»Aus welchem Grund?«

»Eine Zeugin …« – er sah zu Alice hinüber – »… Miss Richards, hatte uns erzählt, sie habe Mr Keddington dabei beob-

230

achtet, wie er Medikamente stahl, und sie glaube, dass sie sich noch immer in seinem Spind befänden.«

»Und haben Sie Medikamente in seinem Spind gefunden?«

»Das haben wir, ja. Drei Flaschen Percocet. Außerdem haben wir einzelne Kapseln in seinem Kittel entdeckt.«

»Wie hat Mr Keddington auf diese Information reagiert … was die Drogen betrifft?«

»Er bestritt, Drogen zu nehmen.«

»Haben Sie Mr Keddington, nachdem Sie ihn aufs Revier gebracht hatten, verhört?«

»Ja, Sir.«

»Hat er im Laufe des Verhörs etwas Ungewöhnliches gesagt?«

»Er wollte wissen, wer ihn bezichtigt hatte, Medikamente zu stehlen.«

»Was haben Sie erwidert?«

»Ich habe ihn gefragt, warum das so wichtig für ihn sei. Es schien ihn wirklich zu interessieren, wer den Verdacht auf ihn gelenkt hatte.«

»Wann haben Sie beschlossen, ihn zu verhaften?«

»Als er herausfand, dass Miss Richards ihn beschuldigt hatte. Um ihrer Sicherheit willen hielt ich es für geraten, Mr Keddington unter Arrest zu stellen.«

Der Staatsanwalt wandte sich ab. »Vielen Dank, Detective.«

»Ich habe zu danken, Sir.«

»Kreuzverhör?«, fragte der Richter.

Amanda blickte auf. »Ja, Euer Ehren.«

Sie trat auf den Beamten zu.

»Haben Sie abgesehen von Miss Richards noch jemanden im Arkadien befragt?«

»Ja, Ma'am.«

»Hat außer ihr noch jemand Michael beschuldigt?«

»Nein.«

»Hat einer der Angestellten Michael verdächtigt?«

»Nein.«

»Hatte sonst noch jemand im Arkadien den Verdacht, dass Michael Medikamente stahl oder Drogen nahm?«

»Meines Wissens nach nicht.«

»Der Durchsuchungsbefehl für Michaels Spind gründete sich also ausschließlich auf die Aussage von dieser Miss Richards?«

»Ja.«

»Mit anderen Worten, Ihr ganzer Verdacht gründet sich ausschließlich auf die Aussage einer einzigen Person, Alice Richards?«

»Ja, nun, das und meine Gespräche mit Keddington.«

»Können Sie sich vorstellen, dass Sie aufgrund der Aussage der Zeugin Vorurteile gegen Mr Keddington hatten, bevor Sie ihn befragten?«

»Es wäre wohl schwierig gewesen, keine Vorurteile zu haben.«

»Sie stellen es so dar, als hätte Michael Keddington sich verdächtig benommen, weil er wissen wollte, wer die Anschuldigungen gegen ihn erhoben hatte. Wenn Sie fälschlich eines Verbrechens bezichtigt würden, hätten Sie persönlich dann kein Interesse an der Frage, wer Sie beschuldigt hat?«

»Einspruch, Euer Ehren«, sagte der Staatsanwalt, »das hypothetische Verhalten des Zeugen ist für den Fall irrelevant.«

»Stattgegeben.«

»Euer Ehren, ich versuche klarzumachen, dass das Verhalten meines Mandanten keineswegs ungewöhnlich ist und gewiss keinen Anlass für einen Verdacht liefert.«

»Fahren Sie fort.«

Amanda wirkte erregt. »Natürlich würden Sie es wissen wollen«, sagte sie zu Kinkaid.

Der Staatsanwalt warf mit einer dramatischen Gebärde die Hände hoch. »Euer Ehren …«

»Das genügt jetzt, Miss Epperson«, sagte der Richter nachdrücklich. »Streichen Sie Miss Eppersons Bemerkung aus dem Protokoll.«

»Ich bitte um Entschuldigung, Euer Ehren«, erwiderte sie zerknirscht. Dann wandte sie sich wieder zu Kinkaid um. »Haben Sie von sich aus in Mr Keddingtons Kittel nach Medikamenten gesucht, oder hat jemand Ihnen vorgeschlagen, dort zu suchen?«

Kinkaid war sichtlich verwirrt. »Ich erinnere mich nicht, Ma'am.«

Amanda kehrte zu ihrem Platz zurück. »Keine weiteren Fragen.«

Die Vertreter der Staatsanwaltschaft berieten sich kurz miteinander, dann wurde ich, wie Amanda es vorhergesagt hatte, in den Zeugenstand gerufen. Als ich dort Platz nahm, blickte ich zur Galerie hinüber und sah etwas, das ich nicht erwartet hatte. Zuerst wollte ich meinen Augen nicht trauen. In der sechsten Reihe von hinten, fast in der Mitte der Galerie, saß Faye. Ich hatte sie nicht sofort bemerkt, da sie eingekeilt zwischen zwei hochgewachsenen Männern saß und ausgesprochen klein wirkte. Ihr Haar war anders frisiert als früher, und als ich genauer hinsah, um mich davon zu überzeugen, dass sie es wirklich war, begegneten sich unsere Blicke. Ihre Augen wirkten keineswegs distanziert, und jetzt hob sie die Hand und legte einen Finger auf die Lippen, und trotz allem, was ich gehört oder nicht gehört hatte, wusste ich irgendwie, dass sie auf meiner Seite war. Allein ihre Anwesenheit hier war ein Beweis dafür, und das gab mir Kraft.

Der Staatsanwalt kam auf mich zu, das Kinn selbstbewusst vorgereckt.

»Mr Keddington, kennen Sie Alice Richards?«

Ich sah hinüber zu Alice, die das Ganze mit leidenschaftslosem Blick verfolgte. »Ja. Ich habe mit ihr zusammengearbeitet.«

»Was wissen Sie sonst noch über Alice?«

»Sie ist die Frau, die mich beschuldigt hat, Henri geschlagen zu haben.«

»Wann haben Sie erfahren, dass sie es war, die bei der Polizei gegen Sie ausgesagt hat?«

»Bei meiner Verhaftung. Der Polizeibeamte hat es mir erzählt.«

»Haben Sie Alice nach Ihrer Freilassung aus dem Gefängnis aufgesucht?«

Ich sah zu Amanda hinüber, die die Frage offensichtlich entsetzt hatte.

»Nein. Ich bin ins Arkadien gegangen, um eine Freundin zu besuchen, und Alice war dort.«

»Haben Sie mit ihr gesprochen?«

»Ja.«

»Haben Sie ihr gesagt, und ich zitiere, dass sie mit niemandem sprechen und ihren verdammten Mund halten solle?«

Amanda sah mich schockiert an. Damals waren mir meine Worte ganz natürlich und unerheblich erschienen, und plötzlich dachte ich, dass ich Amanda wahrscheinlich von dem Zwischenfall hätte berichten müssen.

»Ja, das habe ich gesagt.«

Aus der Galerie kam ein hörbares Aufkeuchen.

»Ist Ihnen klar, dass es sich dabei um die Einschüchterung von Zeugen handelt, ein zusätzliches Verbrechen, das Ihnen zur Last gelegt werden kann?«

»Ich habe einfach die Beherrschung verloren«, sagte ich törichterweise.

»Sie haben die Beherrschung verloren«, wiederholte der Staatsanwalt, als gefiele ihm meine Bemerkung. »Das ist keine gute Entschuldigung, um das Gesetz zu brechen, Mr Keddington. Haben Sie an dem Tag, an dem Sie Henri McCord misshandelten, auf dieselbe Art und Weise die Beherrschung verloren?«

»Einspruch, Euer Ehren«, sagte Amanda und erhob sich. »Es ist nicht bewiesen, dass mein Mandant Henri McCord geschlagen hat.«

»Stattgegeben.«

234

»Ich werde die Frage anders formulieren. Haben Sie die Beherrschung verloren und Henri McCord geschlagen?«

»Ich habe niemals einen der Patienten im Arkadien geschlagen. Dazu wäre ich gar nicht fähig.«

»Nehmen Sie Drogen, Mr Keddington?«

»Nein, Sir. Ich habe noch nie in meinem ganzen Leben Drogen genommen.«

»Wie erklären Sie dann die drei Flaschen Percocet, die in Ihrem Spind im Haus Arkadien gefunden wurden, und die Tabletten in der Tasche Ihres Kittels?«

»Ich habe sie nicht dort hingelegt.«

»Wie sind sie dann dort hingekommen?«

»Das weiß ich nicht. Alice war zuständig für die Verschreibungen.«

»Wollen Sie damit sagen, dass Alice Richards die Medikamente dort hingelegt hat?«

»Das kann ich nicht mit Gewissheit behaupten.«

Der Staatsanwalt nickte, dann drehte er sich um und machte ein paar Schritte auf die Geschworenen zu, als hätte er soeben einen für seinen Fall überaus wichtigen Punkt bewiesen. »Ihr Vater war Alkoholiker, nicht wahr?«

Amanda erhob sich hastig. »Einspruch, Euer Ehren. Das Verhalten des Vaters des Zeugen ist für diese Verhandlung irrelevant.«

Der Staatsanwalt lächelte zuversichtlich. »Euer Ehren, es ist bewiesen worden, dass der Teufelskreis von körperlicher Misshandlung in Familien häufig fortgesetzt wird. Da es in diesem Fall um schwere körperliche Misshandlung geht, erscheint mir meine Frage durchaus relevant.«

Der Richter sagte: »Ich werde die Frage zulassen, allerdings nur, um festzustellen, ob es körperliche Misshandlungen in der Familie gegeben hat.«

»Vielen Dank, Euer Ehren.« Der Staatsanwalt drehte sich wieder zu mir um. »Ihr Vater war Alkoholiker?«

»Ja.«

»Das heißt also, bei Ihnen war zu jeder Zeit Alkohol im Haus.«

»Manchmal.«

»Er hat jeden Tag getrunken?«

»Ja.«

»Und es war nur manchmal Alkohol da.«

»Meine Mutter duldete keinen Alkohol im Haus. Sie schüttete ihn weg oder versteckte ihn, wenn mein Vater einschlief. Daher brachte er immer nur die Flasche mit, die er gerade trank.«

»Hat Ihr Vater Sie jemals geschlagen?«

»Nein.«

»Hat er jemals Ihre Mutter geschlagen?«

»Nein.«

»Er hat Ihre Mutter niemals geschlagen, wenn sie seinen Alkohol wegschüttete?«

»Ich habe einmal gesehen, wie er meine Mutter gegen eine Wand drängte.«

»Und das war alles?«

»Er hat aufgehört, als er mich sah. Er war kein gewalttätiger Mensch.«

Der Staatsanwalt rieb sich das Kinn. »Ich weiß nicht, ob ich es eher verstörend oder entlarvend finde, dass Sie zugestehen, dass Ihr Vater Ihre Mutter gestoßen hat, obwohl er kein gewalttätiger Mensch war. Wie definieren Sie Gewalt?«

»Ich würde sein Verhalten in diesem Augenblick als einen Akt der Gewalt betrachten«, stammelte ich. »Was ich meinte, war, dass er für gewöhnlich nicht zu Gewalt neigte. Es war eher wahrscheinlich, dass er einschlief oder weinte, wenn er trank.«

»Ist es vorstellbar, dass Ihr Vater Ihre Mutter geschlagen hat, wenn Sie nicht anwesend waren?«

»Einspruch, Euer Ehren«, warf Amanda ein. »Wie soll der Zeuge diese Frage beantworten?«

»Ziehen Sie Ihre Frage zurück, Herr Staatsanwalt.«

»Wie benahm Ihre Mutter sich, wenn Ihr Vater sich nachts zu Hause betrunken hat?«

»Sie war verletzt. Sie war eine gute Frau und hatte es nicht verdient, so behandelt zu werden. Niemand verdient das.«

»Sie würde sich nicht schämen, wenn sie von dieser Verhandlung erführe, oder?«

»Sie hätte Angst. Angst war ihr nicht fremd. Aber es gäbe nichts, dessen sie sich schämen müsste.«

Er lächelte zynisch. »In den vergangenen zwei Jahren haben Sie erst Ihre Ausbildung am College abgebrochen und dann eine Steile aufgegeben, nachdem man Ihnen mit Kündigung gedroht hatte. Die Stelle im Arkadien war der erste Job seit geraumer Zeit, den Sie halten konnten, das heißt, bevor man Ihnen Hausverbot erteilte, habe ich recht?«

»Ja, aber ich habe das alles nur getan, weil ich meine Mutter gepflegt habe.«

»Keine weiteren Fragen, Mr Keddington.« Der Staatsanwalt drehte sich zu Amanda um. »Ihr Zeuge.«

»Die Verteidigung verzichtet zu dieser Zeit auf ein Kreuzverhör, Euer Ehren.«

»Sie dürfen sich setzen«, sagte der Richter zu mir. Ich verließ den Zeugenstand und kehrte zu meinem Platz zurück. Bevor ich mich wieder hinsetzte, warf ich einen kurzen Blick in Fayes Richtung, dann sah ich zu den Geschworenen hinüber. Nicht einer von ihnen sah mich an. Irgendwo hatte ich gehört, dass das ein schlechtes Zeichen war.

Der Staatsanwalt nahm seinen Faden wieder auf. »Als Nächstes möchte ich Alice Richards in den Zeugenstand rufen.«

Alice erhob sich und ging durch den Saal nach vorn. Sie mied den Blickkontakt mit mir, sie sah nur kurz in meine Richtung.

»Miss Richards, wie lange arbeiten Sie schon im Pflegeheim Arkadien?«

»Im Juli werden es drei Jahre.«

»Gab es in dieser Zeit jemals Berichte über die Misshandlung von Patienten?«

»Meines Wissens nach nicht, nein.«

»Sie hatten am Abend des 6. Januar Dienst?«

»Ja.«

»Erzählen Sie den Geschworenen bitte, was an diesem Abend geschehen ist.«

»Ich hatte Nachtschicht. Einige Stunden nach meinem Dienstantritt ging ich in Henris Zimmer, um nach ihm zu sehen. Er hatte auf unserer Wachliste gestanden, weil er unter einer akuten Bronchitis litt und sein Zustand sich nicht besserte. Als ich sein Zimmer betrat, lag er im Koma.«

»Sie sind hinreichend qualifiziert, um das einschätzen zu können? Ich meine, Sie wussten, dass er nicht nur schlief?«

»Ich bin eine approbierte Krankenschwester, das heißt, ich habe eine medizinische Ausbildung. Henri sah nicht gut aus. Sein Atem ging so flach, dass ich ihn kaum wahrnehmen konnte. Ich legte eine Hand auf seine Stirn, und sie war sehr heiß.«

»Was haben Sie dann getan?«

»Ich habe einen Krankenwagen gerufen, der Henri dann in aller Eile ins Krankenhaus brachte.«

»Haben Sie zu diesem Zeitpunkt den Verdacht gehabt, dass er misshandelt worden sein könnte?«

»Nein. Er war seit etlichen Monaten sehr krank gewesen.«

»Wann haben Sie erfahren, dass Henri geschlagen worden war?«

»Als die Ärzte in der Notaufnahme ihm das Hemd auszogen. Er hatte schwere Prellungen am ganzen Körper.« Sie zeigte auf das letzte Beweisstück. »Wie auf diesen Bildern da. Für mich sah es so aus, als sei er wiederholt mit einem Gegenstand geschlagen worden. Tatsächlich bluteten einige seiner Wunden noch.«

»Was war Ihr erster Gedanke?«

»Ich wusste nicht, was ich denken sollte. Dann fiel mir wieder ein, dass ich ein seltsames Geräusch gehört und Michael gesehen hatte, wie er aus Henris Zimmer kam. Ich fand es merkwürdig, weil Michaels Schicht einige Stunden zuvor geendet hatte.«

»Haben Sie dem Pflegepersonal im Krankenhaus mitgeteilt, dass Sie Mr Keddington verdächtigten?«

»Ja, das habe ich getan.«

»Was geschah dann?«

»Henri erlitt einen Herzstillstand. Direkt danach starb er.«

»Ist Ihnen bekannt, dass Mr Keddington Sie beschuldigt hat, Henri misshandelt zu haben?«

»Ja.«

»Was haben Sie dazu zu sagen?«

»Ich denke, dass Michael Angst hat.«

»Einspruch, Euer Ehren. Mutmaßungen vonseiten der Zeugin sind irrelevant.«

»Stattgegeben. Streichen Sie die Bemerkung der Zeugin aus dem Protokoll.«

Der Staatsanwalt fuhr fort. »Trifft es zu, dass Mr Keddington am Abend des 20. Januar in Ihr Pflegeheim gekommen ist – ungefähr zehn Tage, nachdem er seinen Pflichten dort enthoben worden war?«

»Das trifft zu.«

»Welchen Zweck hatte sein Besuch?«

»Das weiß ich nicht.«

»Haben Sie gesehen, wie er das Arkadien betreten hat?«

»Ja. Er kam direkt auf mich zu.«

»Hat er Sie angesprochen?«

»Ja.«

»Was genau hat er gesagt?«

»Er hat mir erklärt, dass ich mit niemandem reden solle. Dann sagte er, ich solle meinen verdammten Mund halten.«

»Hat er Sie bedroht?«

»Eingedenk der Tatsache, dass er einen alten Mann geschlagen hat, habe ich seine Worte als Drohung angesehen.«

Der Staatsanwalt trat zurück, sah zu den Geschworenen hinüber und nickte, als wolle er die Bemerkung unterstreichen. Dann wandte er sich langsam wieder zu Alice um. »Man hat in Mr Keddingtons Spind Tabletten gefunden. Wissen Sie, worum es sich dabei handelte?«

»Es waren Flaschen mit Percocet, die einigen der Patients gehörten. Percocet ist ein Schmerzmittel.«

»Was hatten diese Medikamente in Mr Keddingtons Spind zu suchen?«

»Da kann ich nur spekulieren. Sie gehörten den Patienten.«

»Sind Sie für die Rezeptverordnungen im Arkadien zuständig?«

»Ja.«

»Wussten Sie, dass diese Tabletten fehlten?«

»Nicht diese Tabletten direkt. Es gibt so viele Medikamente im Haus, dass ich nicht immer schnell genug damit bin, alte Tabletten wegzuwerfen. Obwohl mir durchaus aufgefallen war, dass in letzter Zeit einige Dinge zu verschwinden schienen, und ich musste verschiedentlich Rezepte neu bestellen.«

»Erinnern Sie sich daran, wann das mysteriöse Verschwinden von Medikamenten im Arkadien begann?«

»Anfang November würde ich sagen.«

»Und was ist an diesem Zeitpunkt so auffällig?«

»Das war etwa die Zeit, in der Michael die Arbeit im Arkadien aufnahm.« Der Staatsanwalt machte abermals eine vielsagende Pause, und ich sah zu den Geschworenen hin, von denen zwei hastig den Blick abwandten.

»Hatten Sie Mr Keddington in Verdacht, die Medikamente zu stehlen?«

Sie drehte sich um und sah mich an. »Nein, ich hielt ihn für einen anständigen Kerl.«

»Haben Sie ihn der körperlichen Misshandlung verdächtigt?«

»Nein. Er wirkte durchaus anständig. Tatsächlich ist er sogar mit einigen Heimbewohnern befreundet.«

240

»Halten Sie Mr Keddington für fähig, einen Patienten zu misshandeln?«

»Einspruch, Euer Ehren. Die Frage zielt auf eine Mutmaßung hin.«

»Euer Ehren, wir versuchen, uns ein Bild von dem Charakter eines Kollegen der Zeugin zu machen, und als Aussage zum Charakter ist Mutmaßung statthaft.«

Der Richter antwortete nicht sofort. »Ich lasse die Frage zu.«

»Also noch einmal, Miss Richards. Halten Sie Michael Keddington für fähig, einen Patienten zu misshandeln?«

Sie warf einen verstohlenen Blick in meine Richtung. »Das weiß ich nicht. Ich denke, dass sein Leben oft sehr hart war und er Hilfe braucht.«

»Keine weiteren Fragen, Miss Richards.« Der Staatsanwalt kehrte zu seinem Platz zurück und sah erst die Geschworenen an, dann den Richter. »Euer Ehren, die Staatsanwaltschaft zieht sich zurück.«

Der Richter ließ seinen Blick durch den Saal wandern. »Möchte die Verteidigung die Zeugin ins Kreuzverhör nehmen?«

Amanda erhob sich. »Nicht zu diesem Zeitpunkt, Euer Ehren.«

Der Richter sah auf die Uhr im Saal und wiederholte dann seine Warnung vom vergangenen Tag. »Es ist fast fünf Uhr. Ich vertage die Verhandlung auf morgen früh. Ich empfehle den Geschworenen, keine Fernsehnachrichten zu sehen oder irgendetwas zu lesen, das diese Verhandlung betrifft, und sich keine Meinung zu bilden, bevor wir die Verteidigung gehört haben. Es ist Ihnen untersagt, mit irgendjemandem über diese Verhandlung zu sprechen, was die Zeugen und die Anwälte beider Seiten einschließt. Wenn irgendjemand Kontakt zu Ihnen aufnimmt, der mit Ihnen über diese Verhandlung sprechen will, müssen Sie die betreffende Person dem Gericht melden.« Er schlug mit dem Hammer auf sein Pult. »Das Gericht vertagt sich auf morgen früh um neun Uhr.«

## 27

### EIN LETZTES LEBEWOHL

*Es gibt Menschen, deren vordringlichster Ehrgeiz im Leben
darin besteht, ihren Namen eingemeißelt auf irgendeinem
kleinen Stein dieses Globus zu hinterlassen.
Aber das ist Torheit. Die schlimmste Tragödie besteht nicht
darin, unbekannt zu sterben, sondern ungeliebt.*

Auszug aus Esther Huishs Tagebuch

Nachdem das Gericht sich vertagt hatte, schwoll der Geräuschpegel im Saal zu einer Kakofonie der Erregung an.

Ich hielt Ausschau nach Faye. Sie kämpfte sich durch das Gedränge der Menschen, die dem Ausgang entgegenstrebten, auf mich zu. Sie sah ernst und vollkommen ausgelaugt aus. Als sie vor mich hintrat, sahen wir einander an wie Fremde, ungewiss, was der andere fühlte. Erst da bemerkte ich, dass ihre Augen feucht waren, und sie kam näher und legte die Arme um mich. Ich drückte sie fest an mich. In diesem Moment kam eine Frau mit silberner Bifokalbrille und hochtoupiertem Haar, das an einen Bienenstock erinnerte, auf mich zu. Das Gesicht von Hass verzerrt. »Ich hoffe, Sie werden in der Hölle verrotten für das, was Sie getan haben.«

Ich spürte, wie Faye sich verkrampfte, und sie machte Anstalten, sich zu der Frau umzudrehen, aber ich hielt sie fest. »Lass sie laufen, Faye.«

Sie biss die Zähne zusammen. »Wie kannst du das tun?«

»Es würde mir nicht helfen.«

Sie lehnte sich wieder an mich und begrub das Gesicht an meiner Schulter. Amanda wandte sich um und sagte zu mir: »Michael, ich muss mit Ihnen reden.« Dann bemerkte sie die Frau die sich an mich drückte. »Ist das Faye?«

Faye blickte auf und sah dann instinktiv auf Amandas Bauch hinunter. »Ich bin Faye.«

Amanda streckte die Hand aus. »Ich bin froh, dass Sie gekommen sind«, sagte sie. »Ihr zwei wollt jetzt wahrscheinlich zusammen sein.«

Faye sah mich an. »Meine Eltern wissen nicht, dass ich hier bin.«

»In meiner Wohnung ist Platz genug«, erwiderte ich.

Amanda legte mir eine Hand auf den Arm. »Lassen Sie uns von hier weggehen. Den Plan für morgen können wir auf dem Heimweg besprechen.«

Wir gingen zu dritt zum Essen in ein japanisches Restaurant, und Amanda bestritt den größten Teil des Gesprächs, da Faye sich in sich selbst zurückgezogen hatte. Ich hatte Magenschmerzen und aß eine Schale Miso-Suppe. Gegen acht setzte Amanda uns bei mir zu Hause ab. Nachdem ich Faye die Tür geöffnet hatte, streifte sie ihren ledernen Rucksack ab und ließ sich aufs Sofa sinken. »Wir müssen reden«, sagte sie.

Ich nahm ihr gegenüber Platz, die Finger nachdenklich ineinander verschlungen. Faye seufzte.

»Es tut mir leid, dass ich dich das alles allein habe durchmachen lassen. Ich war so verwirrt. Mein Vater hat mir von eurem gemeinsamen Essen erzählt. Er dachte, du wärest inzwischen Vergangenheit für mich, daher fand er nichts dabei, mir von seiner Drohung zu erzählen ... Es tut mir leid, Michael. Ich war so verletzt, dass ich abgereist bin. Dabei wolltest du mich nur beschützen.« Sie hielt inne. »Ich habe beschlossen, einen Monat zu warten ... Nur, um den Kopf freizubekommen. Aber dann wurde mir mit jedem Tag klarer, wie sehr ich dich liebe und wie sehr ich dich mag ...« Sie runzelte unglücklich die Stirn. »Dann ist all das passiert. Mein Vater hat mir den Artikel gefaxt und mir erzählt, du hättest zugegeben, den alten Mann getötet zu haben.«

Ich war plötzlich sehr wütend, ebenso auf Faye wie auf ihren Vater. »Und du hast ihm geglaubt?«

Ihre Fassung begann zu bröckeln. »Nein, das habe ich nicht.«

Stille senkte sich über den Raum, und Faye kam zu mir und setzte sich neben mich. Sie schlang mir die Arme um den Hals und zog mich dann sanft an sich, um meinen Kopf mit einer mütterlichen Geste an ihre Brust zu drücken. Eine Weile lagen wir schweigend nebeneinander, und ich konnte Fayes Herz schlagen hören. Schließlich begann Faye zu sprechen.

»So wie Amanda es geschildert hat, könnte das alles morgen ein Ende haben.«

»Das könnte es. Es ist möglich, dass ich als freier Mann nach Hause komme oder dass ich diese Wohnung jahrelang nicht sehen werde. Vielleicht auch dich nicht.«

Sie lehnte sich zurück, um mir ins Gesicht zu sehen. »Nein, Michael. Ich werde dich nicht wieder verlassen.«

Ihr Versprechen war nicht dazu angetan, meine Stimmung zu heben. »Was ist, wenn ich schuldig gesprochen werde?«

»Ich werde bei dir bleiben, solange man mich lässt. Ich weiß nicht, ob sie dich einfach wegbringen werden oder was sonst passieren könnte. Ich schätze, wir müssen es einfach abwarten. Ich werde dich nicht im Stich lassen, Michael«, wiederholte sie.

»Was ist, wenn man mich für nicht schuldig befindet?«

Sie dachte darüber nach.

»Dann fliege ich zurück zur Universität. Ich habe am Montag eine Prüfung, aber in der übernächsten Woche fangen die Frühlingsferien an. Und wir werden jede Minute davon zusammen verbringen.«

Ich seufzte. »Ich kann nicht fassen, dass ich morgen Abend um diese Zeit vielleicht im Gefängnis sein werde.«

Fayes Augen wurden feucht. »Bitte mich, die deine zu sein,

Michael. Lass mich dir meine Liebe beweisen. Bitte, gib mir diese Chance.«

Als ich sie ansah, traten auch mir die Tränen in die Augen, aber ich würde es nicht tun. Es wäre mir so vorgekommen, als nähme ich einem Sterbenden ein Versprechen ab. Es wäre einfach nicht recht gewesen.

Also lehnte ich mich wieder an sie, und sie zog mich fest an sich und küsste mich; danach hielt sie mich einfach zärtlich im Arm, und das war das schönste Gefühl, das ich in meinem ganzen Leben erfahren hatte.

Eine gute halbe Stunde später, gegen elf Uhr, klingelte das Telefon, und ich überlegte kurz, ob ich an den Apparat gehen sollte, aber dann fiel mir ein, dass es Amanda sein könnte, und ich nahm den Hörer ab.

Am anderen Ende der Leitung erklang eine schwache Stimme.

»Michael.«

Es war Esther. Ihre Aussprache hatte sich seit dem vergangenen Tag auf erschreckende Weise verschlechtert, was mich überraschte.

»Ist Faye gekommen?«, fragte sie.

Ihre Worte klangen gehetzt und verzweifelt, als sei sie nicht imstande, ihnen Einhalt zu gebieten. Trotzdem nahm ich auch Zurückhaltung und Furcht vor der Antwort in ihrer Stimme war.

»Sie ist jetzt bei mir.«

Am anderen Ende der Leitung herrschte Schweigen, und ich konnte mir vorstellen, dass Esther ein stilles Dankgebet sprach.

»Ich wusste, dass sie kommen würde.«

»Ist mit Ihnen alles in Ordnung?«

»Ich bin nur so müde, Michael«, erwiderte sie sehr leise. »Es geht mir nicht allzu gut. Sie werden mich doch besuchen, wenn das hier vorbei ist?«

»Das ist das Erste, was ich tun werde.«

»Michael.« Sie schwieg so lange, dass ich mich schon fragte, ob sie vielleicht eingeschlafen sei. »… ich wollte Ihnen sagen, dass ich Sie liebe.«

So abgedroschen diese Worte auch erscheinen mögen, ich staune noch immer darüber, welche Kraft sie besitzen, wenn sie aus dem richtigen Mund und zur richtigen Zeit kommen. »Ich liebe Sie auch, Esther.«

Kurz darauf drang das Geräusch des Hörers an mein Ohr, der unsicher auf die Gabel geschoben wurde. Dann war die Leitung tot.

## 28

### ESTHERS BRIEF

*Der Unterschied zwischen einem Lynchmob und
einem Country-Dance besteht häufig nur in der Anwesenheit eines guten Geigers.*

*Auszug aus Esther Huiths Tagebuch*

Utahs Klima ist ebenso mannigfaltig wie seine Landschaft,
so unterschiedlich wie die ganzjährige Hitze im Süden und der
ewige Schnee auf den Gipfeln im Norden. Bei uns hielt der
März Einzug wie ein Löwe und würde sich mit großer Wahr-
scheinlichkeit auch auf dieselbe Art und Weise verabschieden.
In dieser Nacht schneite es wieder, und obwohl ich hoffte, dass
sich die Menge Schaulustiger bei der Verhandlung durch das
launische Wetter verringern würde, sorgten die Medienberichte vom vergangenen Abend für ein erneutes Anwachsen
der Menge vor dem Gerichtsgebäude. Wenn für dergleichen
Ereignisse Eintrittskarten verkauft werden würden, hätten die
Schwarzhändler dem Sturm gewiss getrotzt, um die besten
Plätze zu ergattern. Die Nacht mit Faye hatte meine Angst
noch verschlimmert, da mich diese Stunden mit großer Macht
daran erinnert hatten, wie leer ich mich ohne sie fühlte, und es
war möglich, dass am späten Nachmittag ein Urteil über mich
gesprochen wurde, das unsere Trennung erzwang.

»Es wird heute einige Überraschungen geben«, bemerkte
Amanda nebulös, als wir zu dritt zum Gericht fuhren.

»Was für eine Art von Überraschungen?«

Sie wirkte plötzlich ernst. »Einige der Überraschungen möchte ich für den Augenblick lieber für mich behalten. Eines sollten Sie jedoch wissen: Ich werde Sie heute als Ersten in den Zeugenstand rufen. Ich möchte, dass Sie den Geschworenen erzählen, was in dieser Nacht vorgefallen ist. Von dem Geräusch, das Sie gehört haben, und dass Sie Alice in dem Zimmer vorfanden. Aber ich muss Sie warnen. Was auch immer Sie tun, es darf nicht so klingen, als würden Sie Alice beschuldigen. Wir können nicht beweisen, dass Alice irgendetwas getan hat, und für die Staatsanwaltschaft wäre es ein gefundenes Fressen. Ich möchte lediglich die Saat des Zweifels säen. Außerdem werde ich Sie fragen, ob Sie Henri McCord geschlagen haben.«

»Sie glauben, das würde irgendetwas ändern?«

»Ich will, dass die Geschworenen es aus Ihrem Mund hören. Sie sind ein sehr aufrichtiger und ernsthafter Mensch. Ich möchte, dass die Geschworenen das erkennen, bevor ich meine anderen Zeugen aufrufe. Ich denke, was Sie zu sagen haben, wird bei einigen Müttern unter den Geschworenen Gefallen finden.«

Faye griff nach meiner Hand.

»Glauben Sie, dass der Staatsanwalt mich ins Kreuzverhör nehmen wird?«

»Schwer zu sagen. Wahrscheinlich nicht, jedenfalls nicht, wenn wir ihm nichts liefern, das er rundheraus bestreiten kann. Die Staatsanwaltschaft hat bereits ihren vielversprechendsten Schuss auf Sie abgefeuert, und mit etwas weniger Eindrucksvollem werden sie die Verhandlung nicht beenden wollen. Wenn Sie keinerlei Anschuldigungen erheben, die wir nicht beweisen können, dann dürfte der Staatsanwalt wohl passen.«

»Sie meinen, dass ich Alice nicht beschuldigen sollte.«

»Ganz genau.« Ihre Miene hellte sich auf. »Nervös?«

»Ich denke, ich verdaue gerade meine Magenwände.«

»Ich gehe davon aus, dass der Tag für uns gut laufen wird«,

sagte sie so beiläufig, als hätte sie vergessen, dass meine nächsten fünfzehn Jahre davon abhingen.

Etwa eine halbe Stunde nach Beginn der Verhandlung wurde ich wieder in den Zeugenstand gerufen. Der Gerichtsdiener erinnerte mich noch einmal daran, dass ich unter Eid stand, dann kam Amanda mit dem watschelnden Gang einer Hochschwangeren auf mich zu, und ich überlegte, ob sie nicht vielleicht ein wenig übertrieb, um die Geschworenen zu beeindrucken. Sie trug eine Schwangerschaftsbluse und Stretchhosen, die ihren Zustand noch betonten, und nachdem ich sie zwei Tage lang in Aktion gesehen hatte, hielt ich das nicht mehr für Zufall. Amandas Chancen standen schlecht, und jetzt erst kam mir der Gedanke, dass ihre Schwangerschaft uns wahrscheinlich sehr zugute kam, da sie sich offensichtlich auf meine Seite gestellt hatte, und niemand möchte eine schwangere Frau verlieren sehen.

»Guten Morgen, Michael«, sagte sie mit dem freundlichen Tonfall, mit dem man auch einen Nachbarn begrüßt. Ich konnte mir ein Lächeln nicht verkneifen, worauf sie, wie ich argwöhnte, gehofft hatte.

»Haben Sie gern im Haus Arkadien gearbeitet?«

»Ich brauchte eine Weile, um mich an einige der Bewohner zu gewöhnen, aber nachdem ich die Leute endlich kennengelernt hatte, war es ein wunderbarer Job für mich.«

»Am Abend des 6. Januar, dem Abend, an dem Henri McCord misshandelt wurde, hatten Sie um neun Uhr ausgestempelt, aber Sie waren noch bis nach Mitternacht im Haus. Warum waren Sie zu so später Stunde noch dort?«

»Eine Freundin von mir – eine der Heimbewohnerinnen – fühlte sich nicht wohl. Sie war bettlägerig geworden, und ich hatte gehofft, dass ich sie vielleicht ein wenig aufmuntern könnte.«

»Um wie viel Uhr haben Sie die Dame verlassen?«

»Den genauen Zeitpunkt kann ich Ihnen nicht nennen, aber ich bin so gegen halb eins nach Hause gekommen, daher muss ich das Arkadien wohl kurz nach Mitternacht verlassen haben.«

»Auf welchem Stockwerk liegt das Zimmer Ihrer Freundin?«

»Ich war im zweiten Stock.«

»Ist Ihnen an diesem Abend, als Sie das Haus verließen, nichts Ungewöhnliches aufgefallen?«

»Ich hörte ein seltsames Geräusch aus einem Zimmer im ersten Stock. Also blieb ich stehen, um der Sache auf den Grund zu gehen, und fand heraus, dass das Geräusch aus Henris Zimmer kam. Als ich bei ihm hineinschaute, fand ich dort Alice vor, die an seinem Bett stand.«

»Was tat sie gerade?«

»Sie stand einfach nur da. Sie sagte, sie hätte versucht, ihm seine Hustenmedizin zu verabreichen.«

»Hielt sie das Medikament in der Hand?«

»Nein. Sie hatte eine Hand auf Henris Krücke gelegt. Deshalb ging ich davon aus, dass sie den Versuch, Henri seine Medizin einzuflößen, aufgegeben hatte.«

»Können Sie uns das Geräusch, das Sie gehört haben, näher beschreiben?«

»Es war eine Art Aufheulen. Mein erster Gedanke war, dass wir ein Tier auf diesem Stockwerk haben mussten.«

Sie hielt kurz inne, als dächte sie selbst zum ersten Mal über diese Möglichkeit nach.

»Michael, mochten Sie Henri McCord?«

»Ich kannte ihn nicht besonders gut. Aber ich vermutete, dass er einsam war, er war so alt und obendrein der einzige Schwarze in dem Heim. Er tat mir leid. Ich würde schon sagen, ja, ich mochte ihn.«

»Michael, haben Sie Henri McCord geschlagen?«

»Nein, Ma'am. Ich war dazu eingestellt, mich um ihn zu kümmern.«

Amanda sah mich mit echter Freundlichkeit an. »Vielen Dank, Michael. Das wäre jetzt alles, Euer Ehren.«

Bevor sie an ihren Platz zurückkehren konnte, erhob sich der Staatsanwalt. Er wirkte erregt, als sei er plötzlich über etwas gestolpert.

»Mr Keddington, welche Einstellung haben Sie zu Schwarzen?«

»Meine Einstellung ist positiv.«

»Haben Sie jemals an Demonstrationen gegen Aktionen zur Verbesserung der Lage von Minderheiten teilgenommen?«

»Nein, Sir.«

»Haben Sie etwas gegen Schwarze?«

»Natürlich nicht«, sagte ich barsch. »Das wäre das Gleiche, als hätte man etwas gegen alte Menschen, nur weil sie alt sind.«

Amanda lächelte, und der Staatsanwalt wandte sich ab, sichtlich frustriert, dass seine Spur in die Leere gelaufen war. »Das ist alles.«

»Sie dürfen sich setzen, Mr Keddington«, sagte der Richter.

Amanda zwinkerte mir zu, als ich aus dem Zeugenstand trat, und sie stand auf.

»Die Verteidigung möchte Mrs Helen Staples in den Zeugenstand rufen.«

Das war eine von Amandas Überraschungen, wie ich vermutete. Helen wäre wohl eher eine Zeugin für die Staatsanwaltschaft gewesen als für uns. Helen trat in den Zeugenstand. Sie trug ihren Kittel aus dem Pflegeheim.

»Mrs Staples, welche Position bekleiden Sie im Pflegeheim Arkadien?«

»Ich bin die Leiterin dieser Einrichtung.«

»Haben Sie diese Position bereits längere Zeit inne?«

»Seit fast acht Jahren.«

»Sie sind verantwortlich dafür, dass Michael Keddington angestellt wurde, ist das korrekt?«

Sie sah mich an. »Ja, das stimmt.«

»Wie würden Sie Michael Keddington als Angestellten beschreiben?«

»Er war sehr gewissenhaft und arbeitete hart.«

»Wäre Ihrer Meinung nach Michael imstande, einen Patienten zu schlagen?«

»Nein, so etwas würde er nicht tun.«

»Sie scheinen sich da relativ sicher zu sein.«

»Ich behalte meine Angestellten sehr genau im Auge, für gewöhnlich gerade dann, wenn sie keine Ahnung davon haben, dass sie beobachtet werden. Ich habe gesehen, wie Michael die Patienten behandelt. Er behandelt sie mit Würde. Es ist etwas, das man hat oder nicht. Ein Mensch, der einen Patienten schlägt, würde wohl kaum seine Freizeit im Heim verbringen, um einige der Bewohner dort zu besuchen.«

Amanda trat direkt in die Mitte des Raums. »Euer Ehren, Mrs Staples hat heute einen Brief von einer der Bewohnerinnen des Arkadien mitgebracht, den ich um Michaels willen gern vorlesen würde.«

Der Staatsanwalt stand auf. »Einspruch, Euer Ehren. Das ist keine relevante Charakteraussage.«

»Euer Ehren«, konterte Amanda, »dieser Brief liefert sehr tiefgehende Anhaltspunkte zur Charakterzeichnung des Angeklagten.«

»Abgelehnt.«

Der Staatsanwalt ließ nicht locker. »Euer Ehren, der Brief ist unzulässig, weil er Hörensagen enthält.«

»Die Verteidigung verweist auf die Ausnahmeklausel vierundachtzig im Fall von Hörensagen, da die Zeugin körperlich außerstande ist, vor Gericht zu erscheinen«, sagte Amanda.

»Warum ist diese Zeugin nicht verfügbar, Frau Rechtsanwältin?«

Plötzlich zögerte Amanda und drehte sich wieder zu mir um. Ich konnte das Unbehagen in ihrem Blick spüren.

»Die Frau, die diesen Brief geschrieben hat, ist heute in den frühen Morgenstunden verstorben.«

Diese Worte raubten mir den Atem. Ich starrte Amanda an, dann sah ich zu Helen hinüber, die bekümmert dreinblickte, wie um Amandas Erklärung zu bekräftigen. Mir traten die Tränen in die Augen, und ich ließ den Kopf in meine Hände sinken und schob sie mir dann vor die Augen. Der Richter beobachtete das kleine Zwischenspiel sehr geduldig, dann sagte er: »Der Einspruch gegen das Hörensagen wird abgewiesen.«

Amanda faltete den Brief auseinander. »Der Brief ist datiert vom 24. März. Das war vor drei Tagen.« Sie räusperte sich, dann begann sie zu lesen.

*Liebe Geschworenen,*

*mein Name ist Esther Huish. Ich habe die letzten sieben Jahre im Pflegeheim Arkadien gelebt. Den größten Teil dieser Zeit bin ich allein gewesen, was meine eigene Entscheidung war. Das heißt, zumindest bis zum vergangenen Herbst, als ich Michael Keddington kennenlernte. Trotz meiner Halsstarrigkeit gelang es Michael mit seinen vielen kleinen Freundlichkeiten schließlich, mich dazu zu bringen, ihm mein Herz zu öffnen. Er kam oft nach der Arbeit zu mir in mein Zimmer und leistete mir Gesellschaft. Ich bin nicht die Einzige, die ihn liebt, dasselbe tun auch alle anderen Heimbewohner, die ihn kennen. Ich habe ihre Unterschriften gesammelt, um ihn zu unterstützen.*

*Man hat Michael beschuldigt, einen unserer Mitbewohner geschlagen zu haben, Henri McCord. Wir hoffen, dass die Person, die dieses abscheuliche Verbrechen begangen hat, sehr schnell und streng verurteilt wird – weil diese Person einen unserer Kameraden verletzt hat. Aber wir sind davon überzeugt, dass es nicht Michael war, der diese abscheuliche Tat begangen hat, und wir fürchten, dass der wirkliche Schuldige möglicherweise ungeschoren davonkommt. Das schwere Leben, das Michael geführt hat, hat seinen Geist sanfter werden lassen statt grausam. Jede Gesellschaft, die solche Geister zerstört, muss ernten, was sie verdient – verbitterte, zornige Söhne, die sich mit einer Welt abfinden, die ebenso unbarmherzig ist wie ungerecht.*

*Wenn mein Sohn zum Mann herangewachsen wäre, hätte
ich gehofft, dass er wie Michael gewesen wäre.
Mit freundlichen Grüßen
M. Esther Huish*

*Wir, die Unterzeichneten, unterstützen Michael Keddington.*

Amanda hielt den Geschworenen den Brief hin.

»Hier finden sich achtundzwanzig Unterschriften. Ich
möchte, dass dieser Brief als Beweisstück M aufgenommen
wird.«

Der Staatsanwalt sagte mit lauter Stimme: »Einspruch,
Euer Ehren. Die Unterschriften stammen von älteren Mit-
bürgern. Diese Leute sind infantil; sie wussten nicht, was sie
da unterschrieben.«

»Euer Ehren, jede einzelne Unterschrift wurde von Menschen geleistet, die im Vollbesitz ihrer geistigen Kräfte sind,
und von Mrs Staples beglaubigt«, konterte Amanda. »Und ich
bin entsetzt über den Versuch des Staatsanwalts, die Geschworenen zu beeinflussen, indem er alle älteren Mitbürger
als infantil bezeichnet.«

Der Richter war gleichermaßen verärgert über die Bemerkung des Staatsanwalts. »Ihr Einspruch ist abgelehnt, Herr
Staatsanwalt.«

»Das sind alle Fragen, die ich an Mrs Staples hatte.«

Amanda setzte sich wieder, dann beugte sie sich zu mir hinüber. »Es tut mir leid, Michael. Ich konnte Ihnen das nicht
sagen, bevor Sie Ihre Aussage gemacht hatten.«

Ich saß reglos da, dann wischte ich mir die Wange ab.
Amanda griff nach meiner Hand, und ich legte meine andere
Hand auf ihre. Sprechen konnte ich nicht.

Uns gegenüber berieten sich die Mitglieder der Staatsanwaltschaft miteinander.

»Wünscht die Staatsanwaltschaft, die Zeugin ins Kreuzverhör zu nehmen?«, fragte der Richter ungeduldig.

Der Staatsanwalt blickte auf, immer noch zerknirscht von dem Tadel des Richters. »Wir bitten darum, Euer Ehren.« Dann erhob er sich langsam und blieb kurz an seinem Pult stehen. Helen beobachtete ihn wachsam.

»Mrs Staples, ist Ihre Einrichtung während der acht Jahre, die Sie im Arkadien gearbeitet haben, jemals der Misshandlung eines Patienten angeklagt worden?«

»Nein.«

»Das heißt, bis zu diesem Zeitpunkt«, korrigierte er sie. »Stellen Sie sich vor, acht Jahre mit einem tadellosen Ruf, und binnen zwei Monaten nach Michael Keddingtons Einstellung kommt es zu einem Zwischenfall. Finden Sie nicht, dass das ein sehr merkwürdiger Zufall ist?«

»Ich finde, dass es ein unglücklicher Zufall ist.«

»Haben Sie Mr Keddington jemals des Drogenmissbrauchs verdächtigt?«

»Wenn es so gewesen wäre, hätte ich ihm sofort gekündigt.«

»Als man Ihnen mitteilte, dass man Drogen in seinem Besitz gefunden hatte, was dachten Sie da?«

»Ich war skeptisch.«

»Warum skeptisch?«

»Michael schien nicht der Typ zu sein.«

»Das heißt, Sie können genau sagen, welcher Typ Mensch es ist, der Drogen missbraucht?«, fragte er ironisch.

»Häufig.«

»Ist Michael jemals unter dem Einfluss von Alkohol zur Arbeit erschienen?«

»Meines Wissens nicht. Wenn mir etwas Derartiges aufgefallen wäre, hätte ich darauf bestanden, dass er uns verlässt.«

»Hatte er ein Alkoholproblem?«

»Meines Wissens nicht. Ich habe niemals Alkohol bei ihm gerochen.«

»Und Sie würden den Geruch erkennen?«

»Auf jeden Fall. Meine Mutter war Alkoholikerin.«

Der Staatsanwalt änderte eilig die Richtung, in die seine

Fragen zielten, um seine Schlappe nicht eingestehen zu müssen. »Ist Ihnen bewusst, dass Michael nur unter der Bedingung aus dem Gefängnis entlassen wurde, sich von Ihrer Einrichtung fernzuhalten?«

»Ja.«

»Das bedeutet, dass er keinerlei Kontakt zu dem Heim haben darf, weder per Telefon noch persönlich.«

»Das ist korrekt.«

»Ist er in das Heim gekommen?«

Sie zögerte. »Ja.«

»Wir haben ermittelt, dass er einige Tage nach seiner Entlassung aus der Haft Ihre Einrichtung betreten und mit Miss Richards gesprochen hat, ein Vorfall, den Sie nicht gemeldet haben.«

»Nein. Ich habe ihn gebeten zu gehen, und das tat er.«

»Ist er danach noch einmal wiedergekommen?«

Abermals zögerte Helen. »Ja.«

»Wann?«

»Vor acht Wochen ist er auf meine Bitte hin ins Haus gekommen, um mit einer Heimbewohnerin zu sprechen.«

»Obwohl Sie sich vollauf darüber im Klaren waren, dass seine Anwesenheit einen Verstoß gegen das Hausverbot darstellte, haben Sie ihm gestattet, Ihre Einrichtung zu betreten?«

»Ich hielt es für eine Angelegenheit von Leben und Tod. Die infrage stehende Dame verweigerte ihre Zustimmung zu einem medizinischen Eingriff, der ihr das Leben retten konnte. Ich hatte gehofft, dass Michael sie dazu bewegen könnte, einer Behandlung zuzustimmen.«

»Ist es ihm gelungen?«

Sie sah mich an, und ihr Gesichtsausdruck war bekümmert. »Nein«, sagte sie leise.

»Das ist alles«, erklärte der Staatsanwalt, bevor er zu seinem Platz zurückkehrte.

»Sie dürfen sich setzen, Ma'am«, sagte der Richter.

Amanda erhob sich. »Die Verteidigung möchte Dr. Raymond Heath vom Veteranenhospital in Ogden in den Zeugenstand rufen.«

Der Arzt, der ein Oxfordhemd und eine Strickkrawatte trug, trat vor und nahm Platz. Amanda erhob sich abermals.

»Dr. Heath, den Krankenhausunterlagen zufolge haben Sie Henri McCord ungefähr sechs Wochen vor seinem Tod untersucht.«

»Das ist richtig.«

»Aus dem Fahrtenbuch des Heims geht hervor, dass es Michael Keddington war, der Henri McCord in Ihr Krankenhaus begleitet hat.« Sie zeigte auf mich. »Erkennen Sie diesen Mann?«

Er sah mich an. »Ich erinnere mich daran, dass ich mit ihm gesprochen habe.«

»Aus welchem Grund hatte man Henri McCord zu Ihnen geschickt?«

»Henri McCord litt unter einer akuten Bronchitis. Er bekam bereits ziemlich hohe Dosen Antibiotika, erholte sich aber nicht.«

»Was für eine Untersuchung haben Sie bei Mr McCord durchgeführt?«

»Es war eine typische Untersuchung. Ich habe mir zuerst seine Nebenhöhlen angesehen, dann habe ich sein Herz und die Lunge abgehört.«

»Hat er für die Untersuchung sein Hemd ausgezogen?«

»Ja. Er trug ein OP-Hemd.«

»Hat Ihre Untersuchung etwas Ungewöhnliches ergeben?«

»Allerdings. Ich habe an seinem Körper mehrere Verletzungen gefunden.«

»Welcher Art waren diese Verletzungen?«

»Es handelte sich um Prellungen an seinem ganzen Körper. Zu der Zeit glaubte ich, der Mann sei gestürzt, da er nur eine Krücke hatte. Ich empfahl, ihm einen Rollstuhl zu beschaffen.«

»Lässt sich aufgrund der Art der Prellungen sagen, wann ihm diese Verletzungen zugefügt worden waren?«

»Man kann anhand des Reifungsgrads der Prellungen ermitteln, wann ein Mensch eine bestimmte Verletzung erlitten hat.«

»Wann würden Sie sagen, dass Henri McCord sich diese Verletzungen zugezogen hatte?«

»Meiner Schätzung nach muss das neun oder zehn Tage vor seinem Besuch im Krankenhaus gewesen sein.«

Amanda wandte sich zu den Geschworenen um. »Die Geschworenen sollten zur Kenntnis nehmen, dass den Personalunterlagen des Arkadien zufolge Michael Keddington seine Arbeit am 9. November aufgenommen hat, nur vier Tage vor diesem Krankenhausbesuch.« Sie drehte sich wieder zu dem Arzt um. »Sie glauben, dass Henri McCord diese Verletzungen eine ganze Woche, bevor Michael die Arbeit im Arkadien aufnahm, erlitten hat?«

»Ich glaube es nicht nur, sondern es ist aufgrund des Entwicklungsstadiums der Prellungen eindeutig festgestellt worden. Es ist unmöglich, dass Mr McCord sich diese Verletzungen weniger als fünf Tage zuvor zugezogen hatte.«

»Haben Sie Mr Keddington auf die Verletzungen hingewiesen?«

»Ja.«

»Wie hat er darauf reagiert?«

»Er wirkte besorgt. Er fragte, ob Mr McCord sich wund gelegen haben könne.«

»War das der Fall?«

»Nein. Die Verletzungen stammten eindeutig von einem Schlag.«

»Hat Michael Keddington, soweit Sie sich erinnern können, sonst noch etwas gesagt?«

»Er hat gefragt, ob ich wolle, dass die Heimleiterin im Krankenhaus anruft.«

»Ist das ein logisches Verhalten für einen Menschen, der einen anderen misshandelt hat? Den Vorfall einem Vorgesetzten zur Kenntnis zu bringen?«

»Euer Ehren, diese Frage zielt auf eine Mutmaßung hin; dafür ist der Zeuge kein Fachmann.«

»Einspruch abgewiesen«, sagte der Richter. »Bitte, fahren Sie fort.«

»Nein, das ist kein logisches Verhalten. Jemand, der sich einer Misshandlung schuldig gemacht hat, hat sich für gewöhnlich bereits ein Alibi für den Zeitpunkt des Zwischenfalls zurechtgelegt. Einen Sturz zum Beispiel. Ich habe alles schon gehört. Einmal hat mir jemand erzählt, sein Vater sei von Außerirdischen entführt worden.«

Seine Bemerkung entlockte dem Publikum auf der Galerie ein Kichern. Amanda sah zufrieden aus.

»Vielen Dank, Herr Doktor, das ist alles.«

»Möchte die Staatsanwaltschaft den Zeugen ins Kreuzverhör nehmen?«

»Wir bitten darum, Euer Ehren.« Der Staatsanwalt trat selbstbewusst vor den Zeugenstand hin, breitbeinig wie ein Revolverheld.

»Dr. Heath, wie lange ist es her, dass Sie Henri McCord untersucht haben?«

»Es war Mitte November. Vor ungefähr vier Monaten.«

»Wie viele Patienten haben Sie seither untersucht?«

»Da müsste ich in den Unterlagen des Krankenhauses nachsehen.«

»Es geht mir nicht um genaue Zahlen. Eine Schätzung genügt.«

Der Arzt tippte sich mit dem Zeigefinger auf die Stirn. »Vielleicht tausendfünfhundert. Mindestens.«

»Dann müssen Sie über ein beachtliches Gedächtnis verfügen, dass Sie sich an einen einzelnen Patienten erinnern können.«

»Ich habe tatsächlich ein hervorragendes Gedächtnis. Aber einen einbeinigen Schwarzen vergisst man auch nicht so schnell.«

Wieder kam von der Galerie Gelächter.

»Erinnern Sie sich daran, welcher Wochentag es war, als Sie Henri untersucht haben?«

»Nein.«

»Aber nachdem Sie tausendfünfhundert andere Patienten untersucht haben, können Sie sich genau daran erinnern, in welchem Stadium sich seine Verletzungen befanden?«

»Nein, daran könnte ich mich sicher nicht erinnern.«

Der Staatsanwalt hob vielsagend die Hände. »Und doch haben Sie soeben vor diesem Gericht ausgesagt, Sie seien sich ganz sicher, dass die Prellungen zu diesem Zeitpunkt neun oder zehn Tage alt gewesen sein müssen.«

Der Arzt ließ sich nicht aus der Fassung bringen. »Das weiß ich, weil ich mir die Unterlagen und die Fotografien des Patienten angesehen habe, bevor ich hergekommen bin, um meine Aussage zu machen. Da wir für Medicaid arbeiten, müssen wir dergleichen Dinge fotografieren.« Er zeigte auf das Beweisstück. »Die Bilder unterscheiden sich nicht allzu sehr von diesen dort, nur dass die Verletzungen nicht ganz so frisch waren.«

Der Staatsanwalt wandte sich vom Zeugenstand ab. »Ich habe keine weiteren Fragen mehr.«

Amanda blätterte in ihrem Portfolio, dann erhob sie sich. »Ich möchte noch einmal Alice Richards in den Zeugenstand rufen.«

Alice Vater drückte seiner Tochter kurz die Schulter, wie um seine Unterstützung zu demonstrieren. Alice stand auf und ging auf den Zeugenstand zu. Dann sah sie Amanda unverfroren an.

»Miss Richards, haben Sie einen Spind im Arkadien?«

»Jeder Angestellte hat einen.«

»Gibt es ein Kombinationsschloss oder sonst eine Möglichkeit, diesen Spind zu sichern?«

»Nein.«

»Hat überhaupt einer der Spinde Schlösser?«

»Nein.«

»Dann wäre es also relativ einfach gewesen, diese Medikamente in Michaels Spind zu legen?«

»Wenn jemand einen Grund dafür gehabt hätte, wahrscheinlich schon.«

»Ich bin froh, dass Sie das sagen«, erwiderte Amanda und wiederholte ihre Worte. »Wenn jemand einen Grund dafür hatte. Ist es korrekt, dass, abgesehen von Helen Staples, Sie die Einzige im Haus Arkadien sind, die befugt ist, Rezepte in Auftrag zu geben?«

»Das ist eine meiner Aufgaben dort.«

Amanda nickte zur Bekräftigung, dann ging sie zu unserem Tisch zurück und hob ein maschinenbeschriebenes Blatt Papier hoch. »Ich werde Ihnen jetzt eine Liste von Namen vorlesen. Leah Marsh. Anna Crockett. Doris Curtis. Lucille Haymond. Wilma Bettilyon. Harvey Stromberg. Clara George. Jakob Romney. Kennen Sie diese Namen?«

»Einige dieser Leute waren Patienten.«

»Tatsächlich waren sie alle Patienten des Arkadien«, sagte Amanda. »Können Sie sich daran erinnern, was all diese Leute gemeinsam haben?«

»Sie sind alt«, antwortete Alice schnippisch. Wieder kam ein Kichern aus der Galerie, und Alice lächelte über ihren eigenen Scherz.

»Sie alle haben Percocet bekommen – ein Schmerzmittel mit hohem Suchtpotenzial, das häufig missbraucht wird«, erklärte Amanda. »Eben das Medikament, das man in Michaels Spind fand.«

Alice wirkte, als sei ihr sichtlich unbehaglich zumute. »Ich kann mich unmöglich an alle Medikamente erinnern, die die Patienten einnehmen.«

»Es gibt noch etwas, das all diese Leute gemeinsam haben. Haben Sie eine Vorstellung, was das sein könnte?«

»Euer Ehren«, rief der Staatsanwalt von seinem Platz aus, »die Verteidigung bedrängt die Zeugin. Miss Richards hat diese Frage bereits beantwortet.«

»Ich werde die Frage selbst beantworten, Euer Ehren.«
Amanda wandte sich zu den Geschworenen um. »Die Personen, deren Namen ich soeben verlesen habe, sind alle tot. Tatsächlich ist eine von ihnen, Lucille Haymond, schon vor über einem Jahr gestorben.«

»Wie ich schon sagte, ich kann mich wirklich nicht an alle erinnern.«

»Aber vielleicht können Sie mir eine andere Frage beantworten. Warum haben Sie Lucille Haymonds Rezept während des ganzen letzten Jahres jeden Monat neu ausgefüllt?«

Alice wurde aschfahl. »Das habe ich nicht getan.«

»Oh doch, Alice, das haben Sie. Für Lucille Haymond und für die anderen sieben verstorbenen Heimbewohner, deren Namen ich soeben verlesen habe. Wir haben die Rezepte in Ihrer Handschrift vorliegen, mitsamt der Bestätigung durch die Apotheke. Darüber hinaus wurden die Tabletten, die man in Michaels Spind fand, von Ihnen für Lucille Haymond bestellt, und das erst zwei Stunden vor Henri McCords Tod, und die Medikamente wurden nicht vor Sonntagmorgen geliefert.« Sie lächelte heiter, und ihre Stimme wurde nachdrücklicher. »Es ist ausgeschlossen, dass Michael selbst diese Tabletten in seinen Spind gelegt haben kann.« Amanda machte einen Schritt auf Alice zu. »Der Lieferschein der Apotheke wurde von Ihnen persönlich unterschrieben. Niemand außer Ihnen wusste von diesen Medikamenten.« Sie beugte sich vor und sah Alice eindringlich ins Gesicht. »Haben Sie diese Tabletten in Michaels Spind gelegt?«

Alice senkte den Blick, dann sah sie zu ihrem Vater hinüber, als suche sie nach jemandem, der ihr sagen konnte, wie sie antworten sollte.

»Alice, können Sie meine Frage beantworten?«

»Ich will mit meinem Anwalt sprechen.«

»Der Staatsanwalt ist nicht Ihr Anwalt«, erklärte Amanda. »Beantworten Sie die Frage, Miss Richards.«

Alice sagte noch immer nichts, und schließlich griff der

Richter ein. »Miss Richards, wenn Sie sich mit einer Antwort selbst belasten würden, müssen wir Ihnen einen Rechtsbeistand besorgen.«

Alice brach in Tränen aus und begann, den Kopf zu schütteln. Amanda näherte sich dem Zeugenstand wie ein Boxer einem Gegner, der bereits in den Seilen lag. »Alice, möchten Sie Ihre Geschichte, wie Michael Keddington Henri McCord geschlagen hat, noch einmal erzählen?«

»Ich habe nichts zu sagen. Ich will einen Anwalt.«

Amanda zögerte eine Erwiderung heraus, bis nur noch Alice' Schluchzen im Gerichtssaal zu hören war, dann sagte sie leise: »Die Verteidigung hat keine Fragen mehr, Euer Ehren.«

Einen Augenblick lang herrschte Stille, bevor der Staatsanwalt sich zu seiner Schlussbewertung erhob, während die Anwesenden noch immer versuchten, die jüngsten Entwicklungen aufzunehmen. Amandas Präsentation war brillant gewesen, und ich hätte im Angesicht meiner neuen Chancen eigentlich jubilieren müssen, aber in das Glück mischte sich ein gleiches Maß an Kummer. Seit ich von Esthers Tod erfahren hatte, hatte ich das Gefühl, als sei ein Teil meiner Strafe bereits erfüllt. Ganz gleich, wie die Verhandlung ausging, ich hatte etwas verloren, das mir sehr teuer gewesen war.

## 29

### DIE ABSCHLUSSPLÄDOYERS

*Heute kam ein Mann in das Gasthaus, um ein Quartier zu erbitten. In seiner Miene lag eine Kälte, die mich frieren machte. Ich antwortete ihm mit einer Lüge, indem ich erklärte, dass wir kein Zimmer frei hätten. Es gibt einen Grund dafür, dass wir manchem Menschen instinktiv misstrauen. Was wir vor der Welt zu verbergen suchen, offenbart sich in unserem Gesicht.*

*Auszug aus Esther Huishs Tagebuch*

Das Schlussplädoyer des Staatsanwalts war kaum mehr als eine Litanei seiner bisherigen Behauptungen, von denen die meisten jetzt auf schwankendem Grund standen. Alles, was mit Alice Aussage zu tun hatte, streifte er nur sehr flüchtig. Er geriet häufig ins Stottern, und trotz allem war es sehr befriedigend zu beobachten, wie die prahlerische Selbstsicherheit des Mannes sich in Nichts aufgelöst hatte.

Die Geschworenen sahen ihn teilnahmslos an, und ich vermute, dass er sein Plädoyer schneller beendete, als er ursprünglich beabsichtigt hatte, um sie nicht noch weiter gegen sich aufzubringen. Im Gegensatz dazu richtete Amanda mit großer Zuversicht das Wort an die Geschworenen, und sie strahlte dabei, als hätte sie die Absicht, sie alle anschließend zu einer Grillparty in ihrem Garten einzuladen. Sie hatte die Hände strategisch in die Hüften gestemmt, als wolle sie die Rückenschmerzen lindern, die die Schwangerschaft mit sich brachte, und ich bin davon überzeugt, dass mehr als einer der Geschworenen sie voller Mitgefühl betrachtete. Sie sah allen Geschworenen nacheinander fest in die Augen.

»Die Staatsanwaltschaft möchte Sie glauben machen, dass Michael einen alten Mann unbarmherzig geschlagen hat. Dass er ihn nicht nur geschlagen, sondern zu Tode geprügelt hat. Der Staatsanwalt sagt, dieser junge Mann hätte einen Mord begangen. Dieser junge Mann, der noch nie zuvor irgendeines Verbrechens bezichtigt wurde, war Student in seinem ersten Jahr auf dem College, bekam eines der prestigereichsten Stipendien der Universität zugesprochen, hat seine Stellung und seine Ausbildung aufgegeben, um seine kranke Mutter zu versorgen, und wird von allen Bewohnern des Pflegeheims geliebt, in dem er zuletzt gearbeitet hat. Können Sie diese Anklage wirklich glauben?«

Ohne den Blickkontakt mit den Geschworenen zu unterbrechen, zeigte sie auf die Türen des Gerichtssaals. »Aber da draußen gibt es Menschen, die es glauben. Es gibt Menschen da draußen, die nach Gerechtigkeit schreien und die keine Ahnung haben, wer Michael ist oder was in der Nacht, in der Henri McCord getötet wurde, geschehen ist. Tatsache ist, wenn die Zeitungen versehentlich Ihren Namen statt Michaels gedruckt hätten, dann würden diese Leute jetzt nach Ihnen schreien. Sie wissen, dass das wahr ist.« Amanda blickte noch einmal zu den Saaltüren hinüber, obwohl sie sich geradeso gut in dem Raum selbst hätte umsehen können.

»Die Wahrheit ist, die Staatsanwaltschaft hat versucht, Ihren Blick zu trüben, indem sie dieses grauenhafte Verbrechen in allen Einzelheiten geschildert hat, um fälschlicherweise einen jungen Mann unter Anklage zu stellen. Die Staatsanwaltschaft braucht einen Sündenbock, weil sie – und die Öffentlichkeit – es verlangt. Das Arkadien braucht einen Sündenbock, weil das Heim in finanzieller Hinsicht die Verantwortung für alles trägt, was unter seinem Dach geschieht.« Amanda näherte sich mit ernster Miene den Geschworenen und sagte mit einem leiseren Tonfall: »Und tief im Inneren wünscht sich jeder von uns einen Sündenbock, weil wir nicht die sein wollen, die eine solche Gräueltat unbestraft durchgehen lassen. So funktionieren wir eben. Deshalb ist es uns vielleicht nicht gar so wichtig, wer bestraft wird, Hauptsache, es wird überhaupt jemand bestraft. Das ist der Grund, warum in diesem Land jeden Tag Menschen zu Unrecht eines Verbrechens bezichtigt werden.

Dem Staat ist die Verantwortung zugefallen, zu beweisen, dass Michael Keddington Henri McCord zu Tode geprügelt hat. Was genau hat die Staatsanwaltschaft denn nun bewiesen? Dass Michael außer sich war, als er zu Unrecht beschuldigt wurde. Wären Sie es nicht ebenfalls gewesen? Die Staatsanwaltschaft hat bewiesen, dass Michaels Vater Alkoholiker war. Michael ist es nicht. Michael hat genug unter diesem Erbe gelitten; man sollte ihn dazu beglückwünschen, dass er sich aus diesem Sumpf erhoben hat, statt ihn dafür zu verdammen. Er lebt sein Leben nicht wie ein Opfer, ebenso wenig verlangt er Mitleid von uns. Lediglich eine faire Chance.

Aber ganz gleich, wie Sie diese Dinge sehen, Sie müssen alle Vorurteile und alle Leidenschaft beiseiteschieben und sich diese eine, entscheidende Tatsache ansehen. Sie haben etliche Stunden, zu viele Stunden, damit verbracht, sich Zeugenaussagen über ein Verbrechen anzuhören. Das bestreitet niemand. Aber unter all diesen Zeugen und Sachverständigen gab es *nur eine einzige Person,* die Michael tatsächlich dieses Verbrechens bezichtigt hat, und das war die Frau, deren Unterlagen zeigen, dass sie sich ungefähr zu der Zeit, in der Henri misshandelt wurde, in seinem Zimmer aufgehalten hat. Beim Kreuzverhör weigert diese Zeugin sich dann plötzlich, ihre frühere Aussage zu wiederholen. Anschließend nimmt sie Zuflucht zum Zeugnisverweigerungsrecht, als sie gefragt wird, ob sie Medikamente in Michaels Spind geschmuggelt habe.« Amandas Stimme schwoll an. »Medikamente, von denen wir beweisen können, dass die Zeugin sie gesetzwidrig bestellt hat.

Medikamente, die Michael selbst unmöglich in seinem Spind hätte unterbringen können, da er zwischen dem Zeitpunkt ihrer Lieferung und der Zeit, als sie in seinem Spind entdeckt wurden, nicht einmal in der Nähe der Einrichtung war. Das wissen wir. Wir können es belegen. Und es war – wenig überraschend – dieselbe Frau, die der Polizei gesagt hat, wo sie diese Drogen finden könne. Also will ich jetzt die Frage wiederholen, die der Staatsanwalt Michael gestern gestellt hat: Wenn er die Medikamente nicht in den Spind gelegt hat, wer war es dann? Ich brauche niemandem von Ihnen eine Antwort darauf zu geben. Um die Sache auf den Punkt zu bringen, die Staatsanwaltschaft hat keinen Fall. Sie hat keine Beweise dafür, dass Michael dieses Verbrechen begangen hat. Sie kann kein Motiv nennen, warum er das Verbrechen begangen haben sollte, und vor allem, sie hat keinen Zeugen.

Glaubt die Staatsanwaltschaft wirklich, dass Michael ein Mörder ist? Wenn es so wäre, hätte man Michael Keddington dann einen Handel angeboten? Bekennen Sie sich schuldig, hat man ihm erklärt, und Sie werden nur ein paar Tage im Gefängnis sitzen. Behandelt man so jemanden, der grausam einen gebrechlichen, alten Mann getötet hat? Und jetzt drehen Sie das einmal herum. Wenn Michael die Art Mann wäre, der ein solch furchtbares Verbrechen begehen würde, warum hätte er sich nicht auf dieses Angebot gestürzt? Ich hätte es getan. Ich hätte es getan, weil ich weiß, dass Geschworene schlechte Entscheidungen treffen, wenn die emotionale Beteiligung an einer Verhandlung die Oberhand über die Wahrheit gewinnt. Tatsächlich habe ich Michael, bevor ich Gelegenheit hatte, seinen Fall näher zu untersuchen, als seine Anwältin geraten, den Handel anzunehmen.

Sie, wir alle, sind hier, weil Michael das Angebot abgelehnt hat. Er ging nicht darauf ein, weil er dieses Verbrechens nicht schuldig war, und wenn er sich schuldig bekannt hätte, hätte er und hätten all die, die er liebt, dieses Stigma für immer mit sich herumgetragen. Und dem wahren Schuldigen hätte es frei gestanden, das gleiche Verbrechen noch einmal zu begehen. Michael wusste, dass seine Entscheidung nicht nur ihn selbst betraf. Er war bereit, das Risiko einer Gefängnisstrafe auf sich zu nehmen, weil er glaubte, dass Sie als Geschworene das Richtige tun würden.

Es ist an Ihnen, festzustellen, ob der Staat hinreichend Beweise vorgelegt hat, um Michaels Schuld über jeden vernünftigen Zweifel hinaus zu beweisen. Offensichtlich ist es der Staatsanwaltschaft nicht gelungen. Sie hat ein ausreichendes Maß an Leidenschaft gezeigt, das räume ich ein. Aber die Staatsanwaltschaft hat dem Gericht nichts vorgelegt, das Michaels Schuld wirklich bewiesen hätte. Ich glaube, dass Sie in diesem Fall mehr tun müssen, als auf nicht schuldig zu erkennen. Sie müssen zu dem Schluss kommen, dass Michael unschuldig ist. Michael hat aufgrund dieser falschen Anschuldigungen bereits sein Stipendium verloren, einen Job, an dem ihm viel liegt, und seinen guten Namen. Es steht nicht in Ihrer Kraft, ihm all das zu ersetzen. Aber ein wenig davon könnten Sie ihm vielleicht zurückgeben.«

Amanda ging zu ihrem Tisch hinüber, nahm einen Schluck Wasser und kehrte dann zu den Geschworenen zurück. »Die größte Ironie dieser ganzen Verhandlung ist vielleicht die Tatsache, dass Michaels Entsetzen über das, was Henri angetan wurde, wahrscheinlich größer ist als das Entsetzen aller anderen in diesem Raum. Größer als das Entsetzen derer, die ihn anklagen. Größer als das Entsetzen des ignoranten Lynchmobs, der draußen randaliert und nach einer Strafe für Michael schreit. Michael kannte Henri und mochte ihn. Und er hat ihn gepflegt.

Die Staatsanwaltschaft hat Sie gedrängt, der Gesellschaft eine klare Botschaft zu übermitteln, dass wir die Art Misshandlungen, wie dieser Fall sie zu Tage gebracht hat, auf keinen Fall tolerieren werden. Ich bin derselben Meinung. Wir dürfen es nicht tolerieren, wenn der Anspruch eines Einzelnen auf Gerechtigkeit so grob verletzt wird. Wenn diese Vorstellung zu abstrakt für Sie ist, dann probieren Sie es mal mit dieser hier: Schließen Sie die Augen und stellen Sie sich einen Moment lang vor, es sei nicht Michael, der dort sitzt, sondern Ihr eigener Sohn. Ihr eigener Enkel.« Plötzlich geriet Amandas Stimme ins Stocken, und ich wusste, dass dies nicht Teil der Show war. Es war das, was sie selbst empfand. Sie sah zu mir hinüber, und ihre Augen waren feucht, dann holte sie tief Luft und wandte sich wieder zu den Geschworenen um. »Michael hat sich nicht schuldig bekannt, weil er daran glaubte, dass Sie das Richtige tun würden. Um Gottes willen, tun Sie es.«

Amanda kehrte zu ihrem Platz zurück und setzte sich. Man konnte deutlich Unruhe im Raum spüren.

Der Richter wandte sich an die Staatsanwaltschaft. »Eine Erwiderung?«

Der Staatsanwalt antwortete mit einem simplen Kopfschütteln, dann erhoben sich die Geschworenen auf die Aufforderung des Richters hin und verließen den Saal.

Eine Stunde und fünfundvierzig Minuten später kehrten sie zurück.

# 30

## DAS URTEIL

*Wie oft kommt es vor, dass das Leben eines Menschen
binnen eines einzigen Herzschlags verändert wird.*

*Auszug aus Esther Huishs Tagebuch*

Sie dürfen Platz nehmen«, sagte der Gerichtsdiener. Der
Richter ließ den Blick über den Saal schweifen.

»Man hat mich davon in Kenntnis gesetzt, dass die Geschworenen ihre Beratung beendet haben«, erklärte der Richter. Dann richtete er sich an die Anwälte. »Sind alle Personen
im Gerichtssaal, deren Anwesenheit erforderlich ist?«

»Ja, Euer Ehren«, antworteten Amanda und der Staatsanwalt beinahe wie aus einem Mund.

»Rufen Sie die Geschworenen herein.«

Stille senkte sich über den Gerichtssaal, als die Geschworenen einer nach dem anderen auf ihre Plätze zurückkehrten. So
sehr ich diesem Augenblick entgegengefiebert hatte, wäre ich
jetzt gern bereit gewesen, ihn um einen weiteren Tag zu ver-
zögern, vorzugsweise aber bis in alle Ewigkeit. Faye beugte sich
vor und legte einen Arm um mich, und Amanda griff unter
dem Tisch nach meiner Hand.

Der Richter wartete, bis alle Geschworenen Platz genommen hatten. »Haben Sie einen Sprecher?«

Ein Mann erhob sich: »Ja, Euer Ehren.« Ein hochgewachsener, gut genährter Mann. Er trug ein gestreiftes, kurzärme-
liges, bügelfreies Hemd, unter dessen Achseln sich Schweiß-

270

flecken abzeichneten. Er sprach mit dem gedehnten Tonfall eines Ranchers, und es fiel mir leichter, ihn mir mit einem John-Deere-Hut vorzustellen als mit dem Titel eines Sprechers.

»Ich nehme an, das sind Sie, Mr Olson?«

»Ja, Euer Ehren.«

»Sind die Geschworenen zu einem einstimmigen Urteil gekommen?«

»Ja, Euer Ehren.«

»Dann reichen Sie dieses Urteil bitte dem Gerichtsdiener.« Der Mann erhob sich und gab dem Gerichtsdiener den Umschlag, der ihn dem Richter übergab. Nach einem kurzen Blick ließ der Richter den Umschlag zu Mr Olson zurückbringen. »Mr Olson, ist dies das Urteil der Geschworenen?«

»Ja, Euer Ehren.«

Der Richter musterte die Geschworenen ausdruckslos, dann sagte er: »Bitte verlesen Sie das Urteil.«

Der Mann atmete tief ein. »Wir, die Geschworenen in dem oben genannten Fall, befinden den Angeklagten für nicht schuldig.«

Aus dem Publikum kam ein Aufschrei. Ich schlang die Arme um Amanda, und ein breites Lächeln huschte über ihr Gesicht. »Sie hatten recht«, sagte sie grinsend, und es war unübersehbar, wie viel Gefühl sie um meinetwillen in diesen Prozess investiert hatte. Faye umarmte mich von hinten, und ich drehte mich um. Ihr Gesicht war tränenüberströmt. Der Sprecher der Geschworenen blieb stehen und sah den Richter zaghaft an.

»Möchten Sie sonst noch etwas sagen, bevor ich die Geschworenen entlasse?«, fragte der Richter.

»Euer Ehren, wir wissen nicht, ob uns etwas Derartiges gestattet ist, aber wir haben eine Erklärung niedergeschrieben.«

Der Richter schlug mit seinem Hammer auf sein Pult, um dem Tumult im Gerichtssaal ein Ende zu machen. »Ich bitte um Aufmerksamkeit.« Stille senkte sich über den Raum. »Bitte, reichen Sie Ihre Erklärung dem Gerichtsdiener.«

Der Gerichtsdiener nahm das Schreiben von dem Sprecher der Geschworenen entgegen und legte es dem Richter vor. Der Richter überflog die Erklärung, dann gab er dem Gerichtsdiener das Blatt Papier zurück.

»Der Gerichtsdiener wird die Erklärung verlesen«, stellte er fest. Der Gerichtsdiener räusperte sich.

»Die Geschworenen sind zu dem Schluss gekommen, dass Michael Keddington zu Unrecht eines entsetzlichen Verbrechens beschuldigt wurde, das er mutig bestritten hat. Wir sind stolz auf sein Eintreten für die Wahrheit und finden sein Vertrauen in die Justiz vorbildlich. Wir sind stolz darauf, dass er ein Mitglied unserer Gemeinschaft ist, und hoffen, dass die Presse, das Pflegeheim Arkadien und jede andere Organisation, die ihm zu Unrecht seine Privilegien und Rechte streitig gemacht oder ihn auf irgendeine andere Weise kritisiert hat, große Anstrengungen unternehmen werden, um den Schaden wiedergutzumachen, der ihm aus diesen falschen Anschuldigungen erwachsen ist.«

Ich beobachtete den Sprecher während der Verlesung der Erklärung, und als der Gerichtsdiener zum Ende kam, sah der Sprecher zu mir herüber. Ich formte mit den Lippen ein Dankeschön, und in seinen Augen las ich Stärke und Freundlichkeit. Er tippte sich mit dem Finger an die Stirn und nickte mir zu. Der Richter sprach den Geschworenen sein Lob für ihre Bemühungen aus und entließ sie.

»Ich habe übrigens gelogen«, sagte Amanda zu mir, als der Gerichtssaal sich langsam leerte.

Ich sah sie fragend an. »In welcher Hinsicht?«

»Als ich Ihnen erzählt habe, ich sei unter den zwanzig besten Absolventen meines Jahrgangs gewesen.«

»Und das entspricht nicht der Wahrheit?«

»In gewisser Weise doch. Ich gehörte zu den oberen zwanzig Prozent.«

Ich umarmte sie noch einmal. »Sie haben etwas gut bei mir.«

»Sie können nach der Geburt zu uns kommen und auf das Baby aufpassen.« Sie grinste. »Das hat Phil bei uns beiden gut.«

Ich lachte. Faye sagte nichts, sondern hielt einfach nur meine Hand. Auf ihren Wangen waren immer noch Tränenspuren zu erkennen. Ich legte die Arme um sie und hielt sie fest.

Helen kam auf mich zu; ihre Miene spiegelte eine seltsame Mischung aus Dankbarkeit und Kummer wider. »Herzlichen Glückwunsch, Michael. Es tut mir leid, dass Sie auf diese Weise von Esthers Tod erfahren mussten.«

»Waren Sie bei ihr, als sie gestorben ist?«

»Nein. Sharon war bei ihr. Sie sagte, Esther sei friedlich eingeschlafen.« Sie berührte mich kurz an der Schulter. »Wenn sich die Dinge bei Ihnen wieder normalisiert haben, möchte ich gern mit Ihnen über Ihren Job sprechen. Wir würden uns alle freuen, wenn Sie ins Arkadien zurückkämen.«

»Ich rufe Sie an. Vielen Dank für Ihre Aussage.«

»Keine Ursache.«

Ich drehte mich zu Amanda um. »Sind wir hier fertig?«

»Es steht Ihnen frei zu gehen«, sagte sie. »Ich werde allerdings fahren.«

Faye sagte zu Amanda: »Danke, dass Sie ihn für mich gerettet haben.«

Amanda lächelte. »Er ist es wert, gerettet zu werden.« Zu dritt verließen wir das Gebäude, umlagert von Reportern, die Amanda und mich mit Fragen bombardierten, bis ein sichtlich erschütterter Starley Richards mit seiner Tochter den Gerichtssaal verließ, eindeutig die fettere Beute. Als die Paparazzi sich zurückzogen, sagte Faye: »Ich hoffe, dass meine Eltern heute Abend nicht die Nachrichten sehen.«

»Oder Freunde Ihrer Eltern?«, fragte Amanda.

Faye seufzte. »Ich schätze, wenn ich in den Frühjahrsferien zurückkomme, werde ich ein paar Dinge erklären müssen.«

»Wann reist du ab?«, fragte ich.

273

Sie lehnte sich an mich. »Heute Abend geht noch ein Flugzeug.«

»Woher weißt du das?«

»Ich wäge meine Möglichkeiten immer genau ab«, sagte sie nüchtern.

»Hast du schon dein Ticket?«

Sie sah mir in die Augen und lächelte. »Nein. So zuversichtlich war ich nun auch wieder nicht.« Sie griff nach meiner Hand. »Ich werde nächsten Samstag, wenn die Frühjahrsferien anfangen, wieder da sein.«

Ich sah auf meine Armbanduhr. »Um wie viel Uhr geht der Flug?«

»Wir haben bis halb zehn Zeit.«

»Ich bringe Sie beide jetzt nach Hause«, sagte Amanda. »Phil und ich haben heute Abend auch eine Verabredung.«

# 31

## ESTHERS ZIMMER

*Ich habe darüber nachgedacht, ob ich vielleicht versuche,
dem Leben Gewalt anzutun. Auch wenn das Leben,
das ich führe, nicht mit dem Bild in meinem Kopf
übereinstimmen mag, so ist es vielleicht doch in gleichem
Maße von Glück erfüllt, und seine Pigmente sind gerade so
leuchtend wie die meiner Fantasie, es ist nur eben nicht das,
was ich erwartet hatte.*

*Auszug aus Esther Huishs Tagebuch*

Fayes Abreise war eine gewaltige Verbesserung gegenüber unserem letzten Abschied, obwohl ich nie viel Gutes in Abschieden finden konnte. Diesmal zumindest war sie die Letzte, die an Bord des Flugzeugs ging. Die Heimfahrt gab mir Zeit zum Nachdenken, und meine Gedanken jagten in ebenso viele Richtungen wie der Schneematsch, den meine Reifen zur Seite spritzen ließen. Es fiel mir schwer, zu glauben, dass die Verhandlung endgültig vorüber war – dass das Damoklesschwert, das gefährlich über mir geschwebt hatte, wirklich und wahrhaftig verschwunden war. Diese Erkenntnis machte einem seltsamen, neuen Kreislauf von Gefühlen Platz: Mich durchzuckte der Gedanke, dass ich mein Glück gern mit Esther teilen würde, und die Realität ihres Todes holte mich wieder ein.

Als ich nach Ogden kam, nahm ich die erste Ausfahrt der Stadt und fuhr den Canyon hinauf. Es war lange her, seit ich das letzte Mal einen Fuß ins Arkadien gesetzt hatte. Es war schon spät, nach halb zwölf, und das Heim lag dunkel und still da, obwohl ich aus dem Gemeinschaftszimmer das Dröhnen eines Fernsehers hören konnte, den niemand beachtete. Im Foyer stand Sharon neben einer Pflegerin, die mir fremd war, und bei meinem Eintritt brachen die beiden Frauen ihr Gespräch ab. Sharon kam sofort auf mich zu und umarmte mich.

»Sie haben ja keine Ahnung, wie sehr wir uns alle um Sie gesorgt haben.«

»Vielen Dank, Sharon.«

Dann trat sie zurück, und auf ihren Zügen malte sich jähes Begreifen ab; ihr war klar, warum ich hergekommen war. »Sie wollen zu Esther. Sie wissen noch nicht …«

»Ich weiß, dass sie tot ist. Helen hat es mir erzählt.«

»Es tut mir leid, Michael.«

»Helen hat auch gesagt, dass Sie bei ihrem Tod bei ihr waren.«

»Ich war in den letzten paar Stunden an ihrer Seite, ja.«

»War sie bei Bewusstsein?«

Sharon schüttelte den Kopf. »Nein. Sie hat kurz nach Mitternacht das Bewusstsein verloren. Ich musste ihr Morphium geben. Aber sie ist friedlich eingeschlafen.«

Ich runzelte die Stirn bei dem Gedanken an ihren Tod, und Sharon drückte mir die Hand. »Es tut mir so leid, dass Sie nicht bei ihr sein konnten. Ich weiß, dass sie sich das gewünscht hätte.«

»Ich würde gern in ihr Zimmer hinaufgehen.«

»Natürlich. Es ist abgeschlossen worden. Ich gebe Ihnen meinen Schlüssel.« Sharon reichte mir einen Schlüssel von ihrem Schlüsselring. Ich wandte mich zum Gehen, aber als ich den Fuß auf die erste Treppenstufe gesetzt hatte, fiel Sharon plötzlich etwas ein, und sie fragte mich: »Wissen Sie, wer Thomas ist?«

Ich drehte mich noch einmal um. »Thomas? Warum?«

»Kurz vor ihrem Tod hat sie nach ihm gerufen. Ich dachte nur, dass er das vielleicht gern wissen würde.«

»Nein«, sagte ich traurig. »Es würde keinen Unterschied machen.«

Ich drehte mich wieder um und ging die Treppe hinauf. Der zweite Stock wirkte verlassen, wie er das nachts für gewöhnlich tat, obwohl ich ein schwaches Licht aus dem Schwesternzimmer scheinen sah und das gedämpfte Murmeln eines Menschen vernehmen konnte, der telefonierte. Vor der Tür zu Esthers Zimmer blieb ich stehen. Ich nahm eine seltsame Kälte wahr, vielleicht das Produkt meiner eigenen Erwartung, aber es fühlte sich sehr real an und ließ mich innehalten. Ich schob den Messingschlüssel ins Schloss, drehte ihn um und zauderte plötzlich. Es kam mir falsch vor, dass ich diese Tür öffnete und Esther nicht da sein würde. Mit einem Mal war ich mir nicht mehr sicher, ob ich den Raum wirklich betreten sollte – ob ich damit vielleicht unsere gemeinsamen Erinnerungen schal werden lassen würde, um sie auf einem leeren, einsamen Blatt neu zu schreiben. Zu guter Letzt waren es dieselben Erinnerungen, um die ich bangte, die mich in das Zimmer zurückzogen, um diese Erinnerungen noch einmal zum Leben zu erwecken, an dem Ort, den wir miteinander geteilt hatten. Langsam drückte ich die Tür auf.

Der kleine, hohe Raum war verdunkelt, und einzig der Widerschein des Mondes auf den schneeverhangenen Felsen des Canyon spendete ein wenig Licht. Ich schloss die Tür hinter mir und sah mich um, allein in der Stille. Ich konnte weder ein Geräusch noch eine Bewegung wahrnehmen, nur den einschmeichelnden Strom der Erinnerung und Esthers letzte Worte, die in meinen Gedanken immer noch lebendig waren. Ihre letzten Worte. Sie hätten nicht besser gewählt sein können, und plötzlich wurde mir klar, dass sie gewusst haben musste, dass dies unsere letzten gemeinsamen Augenblicke gewesen waren. Vielleicht nicht bewusst, aber instinktiv, so wie der Zugvogel weiß, wann seine Reise zu Ende ist. Ich griff

277

nach dem Porträt von Esther als junger Frau und fragte mich, ob sie jetzt vielleicht wieder genauso aussah – ob sie die verfallene Hülle des Alters abgestreift hatte und wieder zu einem wunderschönen Geschöpf in der Blüte seiner Jahre geworden war.

Im Laufe meines Lebens bin ich zu der Auffassung gelangt, dass das Leben nicht wirklich chronologisch verläuft, wie der Weg eines Uhrzeigers oder der Schwung eines Pendels. Vielmehr gleicht das Leben eher einer Leiter oder einer Treppe, und eine jede Erfahrung wird über die vorangegangene gelegt, um uns in höhere Ebenen zu führen. Vielleicht lässt sich so am besten meine Vorstellung von Gott beschreiben – dem Architekten dieses göttlichen Aufstiegs, dem verborgenen Arm, der uns einen Weg durch die wilde Vegetation des Schicksals bahnt, die am deutlichsten sichtbar wird in unserem eigenen Leben.

Esther war ein Teil dieser göttlichen Unterweisung, und es schien, als sei sie eigens für diesen einen Augenblick in mein Leben getreten – diese eine unendlich wichtige Stufe innerhalb meiner spirituellen Evolution. Unweigerlich drängte sich mir die Frage auf, ob sie vielleicht mehr ein Engel gewesen war als eine Frau. Ein trauriger Engel.

Es gab noch mehr zu sehen in dem Zimmer, jeder einzelne Gegenstand ein Schlüssel zu einer weiteren Erinnerung. An der Wand über ihrem Bett hingen getrocknete Blumen, die Winterrosen, die ich ihr am Tag nach unserem Besuch bei Thomas geschickt hatte. Plötzlich musste ich grinsen. Genauso trocken wie die Blumen war der noch immer unberührte Früchtekuchen, der sich jetzt dem Stadium der Versteinerung näherte.

Ich hörte ein leises Klopfen, dann wurde die Tür langsam geöffnet, und Helen trat ein.

»Sharon sagte, dass ich Sie hier finden würde.« Sie musterte mich ernst. »Ist alles in Ordnung mit Ihnen?«

»Ich werde schon klarkommen. Was ist mit Ihnen? Wird Ihre Aussage Ihre Position hier gefährden?«

»Starley Richards hat im Augenblick schlimmere Sorgen als mich.« Sie trat näher. »Es tut mir leid, dass ich mich so kalt geben musste. Ich hatte Alice von Anfang an in Verdacht, aber ich wusste, dass es nicht leicht sein würde, sie zur Strecke zu bringen, und dass ich zumindest den Eindruck erwecken sollte, unparteiisch zu sein.«

Plötzlich verstand ich. »Sie haben Amanda von Alice' Medikamenten erzählt …«

»Im Gegensatz zu Alice vergesse ich niemals einen Bewohner unseres Heims. Ich war dabei, als die Polizei Ihren Spind durchsuchte. Als ich Lucille Haymonds Namen auf dem Medizinfläschchen sah, wusste ich, dass wir Alice hatten.«

»Ich weiß nicht, wie ich Ihnen danken soll.«

»Aber ich. Indem Sie wieder für mich arbeiten. Wir vermissen Sie hier.«

»Ich werde darüber nachdenken. Es gibt zurzeit überhaupt sehr viele Dinge, über die ich nachdenken muss.« Ich sah mich im Raum um. »Was werden Sie mit Esthers Sachen machen?«

»Wenn es keinen direkten Angehörigen gibt, verkaufen wir die Sachen normalerweise für einen wohltätigen Zweck. Aber Esther hatte andere Pläne mit ihrem Besitz.« Sie nahm einen Umschlag aus ihrer Tasche. »Esther hat mich gebeten, ihr bei der Niederschrift von zwei Briefen behilflich zu sein. Einen Brief für das Gericht und diesen hier, nur für den Fall des Falles.«

Ich nahm den Umschlag entgegen. »Wissen Sie, was darin steht?«

Helen nickte. »Esther hat ihn mir diktiert. Aber ich lasse Sie jetzt allein mit ihr.« Sie kam auf mich zu und umarmte mich. »Sie sind ein guter Mensch, Michael Keddington. Gott weiß, dass wir mehr Menschen wie Sie gebrauchen könnten.« Dann drehte sie sich um, ging zur Tür und blieb noch einmal stehen. »Esthers Beerdigung ist morgen früh um zehn in der Baptistenkirche unten am Friedhof. Falls Sie einverstanden sind, fände ich es passend, wenn Sie etwas sagten.« Ich nickte, und Helen schloss die Tür hinter sich. Ich knipste die kleine Nachttischlampe an, dann schaltete ich die Deckenbeleuchtung aus und setzte mich auf das Bett neben Esthers Sessel, wo ich ihr jeden Tag die Todesanzeigen vorgelesen hatte. Bevor ich den Brief öffnete, fuhr ich mit der Hand über die Armlehne des Sessels, als sei ein Teil von Esthers Geist noch immer dort.

*Mein liebster Michael,*

*es wäre mir so viel lieber, Ihnen diese Dinge persönlich zu sagen, aber wie wir beide wissen, nimmt das Leben nicht oft Bitten entgegen. Deshalb habe ich Helen gebeten, mir bei diesem Brief zu helfen. Nur für den Fall des Falles. Ich nehme an, dies ist eine Art Testament. Zunächst einmal: Ich weiß noch nicht, wie die Verhandlung ausgehen wird. Ich kann nicht wissen, ob Sie diese Zeilen in einer Zelle lesen werden. Ich kann nur hoffen, dass mein Brief und die Unterschriften Ihrer Freunde einen gewissen Nutzen hatten. Ich vertraue darauf, dass Sie freigesprochen werden, daher werde ich meinen Brief in diesem Sinne verfassen und mich nicht von meinen Befürchtungen leiten lassen.*

*Ich würde mich freuen, wenn Sie meine Briefe und meine Tagebücher an sich nähmen. Sie sind die Narben meines Herzens. Eines Herzens, das zu heilen Sie geholfen haben. Die Briefe und Tagebücher enthalten meine verborgensten Gefühle, und das ist es, was ich Ihnen mehr als alles andere hinterlassen möchte.*

*Außerdem vermache ich Ihnen meine Möbel und meine Bibel. Die Möbel sind handgeschnitzt und antik. Die Spiegelkommode wurde von Marius Morrell angefertigt, der es zu einem gewissen Bekanntheitsgrad als Tischler gebracht hat, daher hat das Stück möglicherweise einen gewissen Wert. In jedem Fall ist es unverwüstlich. Die Bibel gehörte meinem Vater. Sie ist alt, aber ihr Wert liegt in ihren Worten, nicht im Material.*

*In der untersten Schublade meines Sekretärs, verborgen unter meinen Briefen, befindet sich eine lederne Mappe.*

*William und ich haben jahrelang jeden zusätzlichen Penny, den wir verdient haben, in Kriegsanleihen investiert, die für Matthews Pflege nach unserer beider Tod bestimmt waren. Ich hatte nicht viel Verwendung für Geld, und die Anleihen sind inzwischen allesamt lange fällig geworden.*

*Es sollte genug sein, um Ihre Ausbildung zu finanzieren und auch einige Ihrer sonstigen Kosten zu decken.*

*In der obersten Schublade des Sekretärs liegt ein Samtbeutel mit zwei Erbstücken. Das erste ist mein Medaillon. Ich würde mich freuen, wenn Sie es für mich nach Betheltown zurückbrächten – um es an den gemauerten Kamin zu legen, an dem ich vor so vielen Jahren meinen Geliebten verließ. Ich hatte früher einmal mit dem Gedanken gespielt, mich in Betheltown begraben zu lassen, aber diesen Wunsch habe ich heute nicht mehr. Das Medaillon wird genügen.*

*Ich habe Helen geholfen, eine Karte zu zeichnen. Die Straßen werden gewiss inzwischen überwuchert sein, aber Sie werden den Ort dennoch finden.*

*Außerdem enthält der Beutel den Verlobungsring von Thomas, den ich aus dem Kamin geborgen habe. Was Sie damit anfangen, ist Ihre eigene Entscheidung. Ich habe nie viel davon gehalten, Ratschläge zu erteilen (Was könnten sie aus meinem Mund auch wert sein?), aber so viel weiß ich doch. Sie sind ein guter Mensch. Und das ist kostbarer als alles, was die Schatzhäuser dieser Welt enthalten. Wenn jemand vom äu-ßersten Rand der Gesellschaft kommt und sein Herz dennoch frei von Zynismus hält, dann hat er das höchste Ziel erreicht, nach dem eine Seele zu trachten vermag. Zaudern Sie nicht, eine gute Wahl für sich selbst zu treffen, Michael. Ich weiß, dass Ihnen dieser Gedanke nie gekommen ist, das ist nicht Ihre Art, aber Fay könnte sich wahrhaft glücklich schätzen, Sie zu haben.*

*Ich bin stolz auf Sie, Michael. So stolz, vermute ich, wie Ihre eigene Mutter es wäre. Sollte ich sie in einer anderen Welt* wiedersehen, werde ich ihr dafür danken, dass sie mir ihren Sohn für eine Weile geliehen hat. Ich weiß nicht, was ich in meinem Brief an die Geschworenen geschrieben habe – wenn mein Sohn gesund gewesen wäre, hätte ich gehofft, dass er Ihnen eines Tages ähnlich geworden wäre.

Gott gewährt uns doch eine zweite Chance. Aber manchmal sollte diese Chance besser einem anderen gegeben werden.

Leben Sie wohl, mein lieber Freund,

Esther

# 32

## DAS MEDAILLON

*Glaube. Glaube an dein Schicksal und den Stern,*
*von dem es leuchtet.*
*Glaube, dass Gott dich geschickt hat als*
*einen Pfeil von seinem Bogen.*

*Das ist der eine universale Weg, dem die Großen dieser*
*Welt gefolgt sind; die Schatten werden derweil bevölkert von*
*Geistern, die sich mit jammernden Klagerufen auf den*
*Lippen in alle Winde treiben lassen.*

*Glaube, als hinge dein Leben davon ab, denn wahrlich,*
*das tut es.*

*Auszug aus Esther Huishs Tagebuch*

*Bethel, Utah – 2. April 1989*

Eine verlassene Stadt hat etwas Geisterhaftes – sie vermittelt
einem das unerklärliche Gefühl, beobachtet zu werden, nicht
von jenen reptilähnlichen Kreaturen, die in der Einöde gedei-
hen, sondern eher von den Geistern der früheren Bewohner
des Landes, eingekerkert in den Begierden, die sie dorthin geführt haben und die sie noch immer beherrschen. Ich habe
ähnliche Bewegungen auf den zu Gedenkstätten erklärten
Schlachtfeldern gespürt, auf denen jedes Fleckchen Erde einst

mit Blut errungen wurde, und die jetzt jenen gewidmet sind, die das Land mit ihrer Sterblichkeit bezahlt haben. Ich kann es nicht beweisen, aber ich weiß, was ich gefühlt habe.

Es ließ sich unmöglich sagen, wie lange es her war, seit jemand einen Fuß in die vergessene Stadt gesetzt hatte, aber ich entdeckte nicht einmal einen Lehmabdruck von einem Autoreifen oder eine weggeworfene Bierdose oder Zigarettenkippen, Dinge, die unfehlbar die Anwesenheit des Menschen in der Natur bezeugen. Wenn die Stadt in den vergangenen zehn Jahren Leben gesehen haben sollte, dann war es höchstwahrscheinlich nicht menschlichen Ursprungs gewesen.

Faye und ich stiegen in der Nähe des größten erhaltenen Gebäudes der Stadt aus, einer Sandsteinkirche von spektakulären Ausmaßen. Ihre verwitterten Mauern aus getrocknetem Lehmziegel erhoben sich mehr als sieben Meter hoch in den Himmel und stützten noch immer ihren Glockenturm, obwohl die Glocke selbst fehlte. Sie war wahrscheinlich wegen ihres Metalls eingeschmolzen worden. In einer Stadt des Erzes und der Schmelzer wurden alle metallenen Gegenstände letztendlich als eine Möglichkeit angesehen, die Bedürfnisse des Augenblicks zu stillen.

Wir drangen in die düstere, palastartige Halle ein, überrascht, noch Reste der ursprünglichen Kirchenausstattung vorzufinden. Die Bänke waren umgekippt, und man konnte sich unschwer vorstellen, wie sie, einer Reihe von Dominosteinen gleich, klappernd zu Boden gefallen waren. Durch Risse in den Mauern fielen einzelne Sonnenstrahlen und erhellten wie Scheinwerfer Teile des staubigen Gebäudes. Aus ihrer schattigen Höhle über uns verfolgte eine mondgesichtige Schleiereule gleichmütig unser Eindringen in ihr Reich.

Wir kehrten ans Tageslicht zurück und gingen um die Kirche herum zu einem eingestürzten Pferch und den Ruinen von zwei Gebäuden, die wir nicht zu identifizieren vermochten, obwohl ich vermutete, dass es sich bei dem Gebäude direkt neben dem Pferch einmal um die Schmiedewerkstatt gehandelt haben könnte. Ich habe gelesen, dass die Indianer vom Stamm der Schoschonen ihre Toten nicht begruben, sondern stattdessen ihre Häuser um sie herum einstürzen ließen, und genauso wirkte das Bild, das sich mir hier bot.

Weder Faye noch ich sagten viel, während wir in den Ruinen stöberten, als hätten wir beide das Bedürfnis, mit unserem Schweigen der Totenstadt unsere Huldigung zu bezeugen. Schließlich griff Faye nach meiner Hand, und wir gingen über den Marktplatz zu dem letzten Gebäude des Dorfes hinüber, das dem allgemeinen Verfall noch die Stirn bot, einem zweistöckigen, schmalen Bauwerk, das ich für das Bethel Boarding House and Inn hielt.

»Ich denke, das ist das Gasthaus«, sagte ich. Ich setzte vorsichtig einen Fuß auf die erste Stufe der Treppe, die unter meinem Gewicht leicht nachgab. »Das Holz ist verrottet. Pass auf, wo du hintrittst.«

»Ich passe immer auf«, erwiderte Faye, ohne aufzublicken. Dann trat sie hinter mir durch die schmale Tür.


»Das ist das Haus«, sagte ich und drehte mich zu Faye um. »Das ist der Ort, an dem Esther ihre Chance auf Liebe verlor.«

Faye trat neben mich. Ich hockte mich hin, hob den Kaminsims hoch, lehnte ihn an den steinernen Kamin und machte dann einen Schritt zurück, um mir vorzustellen, wie die Menschen einst den Kamin wahrgenommen hatten. Sie hatten in seinem Licht gesessen, um zu trinken und Gesellschaft zu finden – die neu eingetroffenen Goldsucher, die von in der Erde verborgenen Reichtümern schwatzten, und die erfahreneren Goldsucher, die von verlorener Heimat und verlorener Liebe sprachen, geheilt zwar von ihrem Optimismus, aber nicht von der Sucht nach Gold. Und ich konnte mir zwei Liebende vorstellen, eine schüchterne junge Frau mit hellem Haar und einen jungen Mann mit olivfarbenem Teint, verletzbar, auf den Knien, wie er am Abend vor seinem Aufbruch in den Krieg vor dieser Feuerstelle seine flehentliche Bitte aussprach. Und ich konnte den Ring vor mir sehen, wie der junge Mann ihn in die gelben Flammen warf, bevor er die Frau verließ.

Ich holte aus meiner Hosentasche den alten Samtbeutel, band die ledernen Schnüre auf und schüttelte Esthers schönes Medaillon heraus, bis es an seiner Kette an meinen Fingern baumelte. Dann öffnete ich die winzige Schließe des Schmuckstücks und enthüllte die beiden Miniaturporträts.

Faye lehnte ihren Kopf an meine Schulter und ließ ihre Hand in meine gleiten, um mit mir die vergilbten Fotografien in dem exquisiten Erbstück zu betrachten.

»Esther war sehr schön als junge Frau«, sagte sie leise.

»Sie war immer schön«, erwiderte ich, den Blick immer noch auf das Schmuckstück geheftet. Dann hockte ich mich hin und strich mit dem Handrücken die Asche von dem steinernen Boden, bevor ich das geöffnete Medaillon auf den Kamin legte und seine Kette sorgfältig darum herum ausbreitete.

Faye betrachtete das Schmuckstück und fragte sich, welchen Sinn die Mission haben mochte, die zu erfüllen wir einen so weiten Weg zurückgelegt hatten. Ich erhob mich und wandte mich langsam von dem Kamin ab. Faye trat vor mich hin und schlang beide Arme um meine Taille. Nach einem kurzen Schweigen sagte sie sanft: »Wir sind um ihretwillen hergekommen.«

Sie sah mich mit stiller Gelassenheit an, einen forschenden, durchdringenden Blick in ihren dunklen, mandelförmigen Augen. Ich zog sie an mich und drückte ihren Kopf an meine Brust. Dann küsste ich sie aufs Haar. »Nein. Wir sind um unseretwillen hier.«

Ich ließ sie los, dann nahm ich abermals den Samtbeutel aus der Tasche und schüttelte den zweiten Gegenstand darin in meine Hand. Esthers Ring. Er glitzerte hell, und der Smaragd warf spielerisch das Licht im Raum zurück. Ich griff nach Fayes Hand, und zum Schweigen gebracht von meiner eigenen Unsicherheit, was ihre Reaktion betraf, streifte ich ihr den

Ring über den Finger. Eine volle Minute lang starrte sie das Schmuckstück an. Ihre Augen konnte ich nicht sehen, aber ich sah, dass ihre Hand leicht zitterte.

Eine schwache Brise tanzte über die fadenscheinigen Gardinen, die in Streifen vor den staubigen Fenstern hing. Endlich hob Faye langsam den Blick. Ihre Augen waren feucht, und ich wusste, dass sie begriff, welch große Heilung sich in diesem Augenblick vollzogen hatte. Ein winziges Lächeln umspielte ihre Lippen.

»Was hat dich so lange aufgehalten?«

Ich hob ihr Kinn und küsste sie sanft. Ich wollte den Beutel gerade wieder einstecken, als ich bemerkte, dass noch etwas darin war. Ein zusammengefaltetes Stück Papier. Ich nahm es heraus, vielleicht weil ich einen Brief von Esther erwartete. Nachdem ich das Blatt auseinandergefaltet hatte, besah ich es mir genauer. Es war eine aus einem Buch herausgerissene Seite – aus dem Buch, aus dem Esther mir einst zitiert hatte – *Das verlorene Paradies*. Esthers Weisheit entlockte mir einmal mehr ein Lächeln, dann las ich Faye die Passage laut vor.

> *Noch rannen Tränen, bald abgewischt;*
> *Vor ihnen offen lag die Welt, wo sich*
> *Die feste Stätte ihres Bleibens fände*
> *Und die Vorsehung ihre Schritte wies:*
> *Sie gingen Hand in Hand, langsamen Ganges,*
> *Durch Eden einsam wandernd ihren Weg.*

Ich griff nach Fayes Hand, und wir traten wieder hinaus in die trostlose Landschaft, um zu unserem Wagen zurückzukehren. Auch jetzt wehte eine leichte Brise durch die Stadt, und ich hielt Faye die Tür auf, ging dann auf die Fahrerseite hinüber und hielt noch einmal inne, zum Gedenken an die Frau, die mich hierher geführt hatte. Dann überließen wir Bethel auf immer seinen Geistern.

Das Werk einschließlich aller seiner Teile ist urheberrechtlich geschützt.
Jede Verwertung außerhalb des Urhebergesetzes ist ohne Zustimmung des
Verlages unzulässig und strafbar. Dies gilt insbesondere für Vervielfältigungen,
Übersetzungen, Mikroverfilmungen und die Einspeicherung und Verarbeitung
in elektronischen Systemen.

Weltbild Buchverlag – Originalausgaben –
Genehmigte Lizenzausgabe 2009
Copyright © 1998 by Richard Paul Evans
Published by arrangement with Richard Paul Evans
c/o Harvey Klinger, Inc., 301 West 53rd Street 21a,
New York, NY 10019 USA
Copyright © für die deutschsprachige Ausgabe 2004 by
Verlagsgruppe Lübbe GmbH & Co. KG, Bergisch Gladbach
Dieses Werk wurde vermittelt durch die Literarische Agentur
Thomas Schlück GmbH, 30827 Garbsen.

Alle Rechte vorbehalten

Projektleitung: Bettina Spangler
Umschlag: zeichenpool, München
Umschlagabbildung: Norma Cornes (Medaillon),
Iryna Shpulak (Hintergrund)/Shutterstock
Satz: Uhl und Massopust GmbH, Aalen
Gesetzt aus der Adobe Garamond 11,5/12,5 pt
Druck und Bindung: CPI Moravia Books s.r.o., Pohorelice
Gedruckt auf chlorfrei gebleichtem Papier

Printed in the EU

ISBN 978-3-86800-140-2